ГОСПОДИН АДВОКАТ

ФРИДРИХ НЕЗНАНСКИЙ

ФРИДРИХ НЕЗНАНСКИЙ

ГОСПОДИН АДВОКАТ

ЧЕЧЕНСКИЙ СЛЕД

аст
ИЗДАТЕЛЬСТВО
ОЛИМП

Москва   2002

УДК 821.161.1-312.4
ББК 84(2Рос=Рус)6-44
    Н44

Серия основана в 1998 году

Серийное оформление А.А. Воробьева

*В оформлении книги использованы
фотоматериалы Сергея Мамонтова и слайд,
предоставленный фотоагентством Василия Ватагина*

Подписано в печать с готовых диапозитивов 28.09.01.
Формат 84×108¹/₃₂. Печать высокая с ФПФ. Бумага
типографская. Усл. печ. л. 18,48. Тираж 30 000 экз.
Заказ 2050.

ISBN 5-17-011446-X («Издательство АСТ»)
ISBN 5-7390-1127-2 («Олимп»)

1

Казалось бы, за последние годы Аслан Магомадов уже должен был привыкнуть к любым суровым испытаниям. Должна была зачерстветь душа, притупиться ощущение собственного горя и сострадания к чужой беде. Но все-таки его сердце сжималось от горячей боли при виде жестокой катастрофы — разрушения любимого родного города, бессмысленной гибели своего народа. И время не лечило эти раны...

Вот и сегодня, каким-то чудом оказавшись на свободе, едва переступив порог Чернокозовского следственного изолятора, Аслан в предчувствии счастья свободы был готов пьянеть от каждого глотка свежего воздуха, от ощущения простора и ясной возможности жить по собственной воле, но...

Добравшись до Грозного, он снова увидел, как навязчивый кошмар, до отвращения привычные груды дымящихся развалин, кучи битого стекла и кирпича, по которым пробирались несчастные, измученные и запуганные люди... Это вместо веселых и благополучных прохожих на тенистых, просторных бульварах и праздничных площадях такого уютного, такого красивого прежде, родного города. Города, который, наверное, каждому грозненцу и на том, и на этом свете снится до сих пор каждую ночь не как воспоминание и сожаление, а как единственная настоящая реальность!

Так часто бывает с любимыми, безвременно ушедшими людьми — их уже нет давно, а во сне они еще живы, будто и не случалось несчастья. Будто все само собой продолжается, течет по нормальному, положенному руслу жизни, как и следовало, если бы не смерть...

Мирное время... Оно снилось Аслану каждую ночь. А проснешься — снова невыносимое горе. Все теперь стало шиворот-навыворот: простая, настоящая жизнь во сне и ежедневный беспросветный кошмар войны наяву.

Выйдя из Чернокозовского изолятора и с трудом добравшись до Грозного, Аслан не мог радоваться даже собственному освобождению. По искореженным рельсам бывшего трамвайного пути он прошел на теперь уже бывшую улицу Красных Фронтовиков. После гибели она стала по-настоящему фронтовой улицей: не осталось ни одного целого дома. И вообще, весь район от бродвея, как раньше называли широкий проспект Революции, до сорок первой спортивной школы, от строгой и церемонной филармонии до шумного, суетливого Главпочтамта — весь центр представлял собою нечто страшное и странное, нереальное, будто ты случайно забрел не туда и

6

попал в декорацию, где все сделано нарочно, чересчур, чтоб всем зрителям было без слов понятно — просто здесь снимают кино про войну...

Пятиугольный двор пентагона, где когда-то расположился и стоял насмерть отряд Гелаева, превратился в адскую воронку.

Вычурный Дом политпросвещения, с которого, можно сказать, и начались все несчастья чеченского народа, практически полностью уничтожен. И вместе с ними все жилые кварталы, магазины, кинотеатры, библиотеки, школы. Целая жизнь уничтожена. Погибла, как Атлантида. Вместе с живыми и безвинными людьми опустилась на дно прошедшего времени. Даже малым детям не оставив ничего в настоящем и будущем.

Когда-нибудь любопытные археологи раскопают и этот общий могильник, как нашли погибшую Трою, и будут по камушку восстанавливать загадочные картины безвозвратного прошлого.

А пока еще не занесены землей и не поросли травой родные камни, родные обломки...

Даже куски простой штукатурки, шуршащие на ветру обрывки обоев, осколки посуды, валяющиеся под ногами среди мусора, все до боли знакомо — комок в горле не дает дышать, когда вдруг расслабишься и нечаянно, в подробностях, вспомнишь и эту синюю штукатурку, и эти полосатые обои... Которые ты вместе со всем классом клеил учительнице химии, когда эта одинокая старушка, ко всеобщей радости, наконец-то дождалась счастья и переехала из коммуналки в отдельную однокомнатную квартиру.

Сначала только мальчишки помогали ей перевозить мебель. Было-то всего ничего — шкаф, стол и пара стульев. И бесконечные стопки книг! Ничего — на руках перетащили. Два квартала.

Директор, конечно, направил школьный грузовик, да тот пока не спеша заправился, пока адрес нашел — резвые пацаны уже все успели перетащить. Только потом, на следующее утро, хозяйственные девчонки пришли с тряпками — мыть и убирать. А до уборки решили потолок «подновить» — веником смахнули с него паутину, пыль, копоть. Вместе с побелкой! Беда невелика — стали потолок заново белить! Потекла вода — старые обои отклеились! Скинулись кто сколько мог — и купили новые обои. Пять рулонов по рубль сорок за штуку. Тогда это были деньги! Семь рублей! Выбрали отличные обои — полосатые, чтоб потолок казался выше...

С новыми обоями комнатка стала настоящим дворцом! На радостях и на кухоньке стены перекрасили! А в коридоре сделали модные оштукатуренные стены! Сами делали! Все по науке, как учили на уроках труда. Вот только когда стены высохли... Случилась одна неожиданность. Стены вышли загадочного темно-синего цвета. Но все радовались как сумасшедшие! Старушка химичка смеялась и дурачилась вместе со всеми, даже помолодела от этой суеты. А дети, проучившиеся у нее почти пять лет, только в этот день заметили, что химичка-то вроде бы и не такая уж старая, вовсе не занудная, а очень даже компанейская, веселая. И глаза у нее синие. Под «загадочный» цвет коридора...

Аслан, от волнения не поднимая головы, прошел мимо того места, где когда-то стоял его родной дом, боясь увидеть осколки собственной судьбы, собственного погибшего счастья.

А может оказаться под ногами семейный альбом с дорогими фотографиями...

Нет, его бы подобрали...

Или кусочки бабушкиного сервиза...

Или обрывки маминого праздничного платья...

Последние метры Аслан шел с закрытыми глазами. И мысленно навеки прощался с родными развалинами.

По бывшей улице Космонавтов он вышел на руины улицы Мира и повернул налево — в направлении к Центральному базару.

Среди разных мелких вещей, что Аслану возвратили на проходной в Чернокозове, на удивление, были и деньги. Не очень-то много, но можно было надеяться, что хватит на проезд до Назрани. Или до Слепцовска. А там...

Аллах поможет. Мир не без добрых людей.

А если денег не хватит, можно отправиться и пешком. Люди говорят, что за неделю пожилые женщины с узлами и чемоданами, с малыми детьми на руках добираются. А молодой мужик один, налегке!

На Центральном базаре ему сказали, что рейсовый автобус до Слепцовска уже ушел. Единственный автобус только в первой половине дня отправляется туда, чтобы засветло вернуться обратно. Теперь нужно ждать до завтра. Какой-то слепцовский частник на обгоревшем «пазике» набил полный салон, уцепиться не за что. Аслан поднажал, стараясь втиснуться до закрытия дверей.

— Дорогой! — крикнул ему усатый шофер из кабины. — Отойди! Отпусти автобус! Я так не поеду! Видишь сам, что уже некуда! Отпусти, пока люди тебя не отцепили! Не обижай нас!

Народ зло зашипел, тетки нахмурились под черными платками. Пришлось отцепиться. Скрипучие двери с трудом закрылись. Перед самым его лицом.

— От Минутки такси можешь взять, — посоветовал сердобольный владелец автобуса. — На улице Сайханова. От подземного перехода.

— Знаю. — Аслан разочарованно махнул ему на прощанье рукой.

Он еще немного послонялся без толку на рыночной площади, раздумывая, как бы лучше поступить — искать ли сегодня ночлег в городе и поехать на рейсовом автобусе завтра? Где можно отыскать кого-нибудь из знакомых? Можно ли попроситься к ним? Или уж лучше сегодня топать на Сайханова и подсаживаться четвертым в такси? Хватит ли денег на такси — вот главный вопрос.

— Гражданин! — Какой-то странный мужчина в пиджаке с меховым воротником осторожно тронул Аслана за рукав. — Я видел, что вы не поместились в автобус...

— Да, — насторожился Аслан.

— Вы один?

— Один.

— Дело в том, — как-то испуганно проговорил странный мужчина, — что я еду в Слепцовск. Могу и вас подбросить. Если вам надо, — добавил он шепотом.

— Мне до Назрани нужно, — признался Аслан. — А сколько это будет стоить?

— Договоримся, — кивнул мужчина. — Идите за мной. Но не рядом, а немного позади. Я первый пойду, а вы потом... Замечайте, куда я иду.

И странный мужчина, не оборачиваясь, засеменил в толпу, мелькнул за ларьками и юркнул в ближайший двор.

Безответственный внутренний голос уговаривал Аслана довериться и пойти за этим странным типом. Но, переждав первый порыв доверчивости, подумав немножко, Аслан все-таки решил быть осторожным. Мало ли что и кто ждет его? Неспроста же этот странный мужик заманивает его в укромный уголок? Надеется деньги отобрать? Или извращенец? Наверное, компания шпаны караулит доверчивых лохов в каком-нибудь разрушенном подвале. Потом бьют, грабят. Они рассчитывают, что человек не может ехать далеко без денег...

— Я так и знал, — зашептал голос над ухом Аслана, — что вы меня потеряете.

Перед ним снова возник человек в пиджаке с меховым воротником.

— Да я как-то еще и не решил, ехать мне или нет? — замялся Аслан.

— Вы боитесь меня, а я боюсь вас, — улыбнулся

странный человек. И лицо его стало добрым, по-детски наивным. — Так мы и будем...

— Почему вы тут, на площади, открыто не набираете пассажиров? — прямо спросил Аслан.

— Тут только свои люди стоят. Они держат это место. Крыша. И они решают, кто повезет и куда. Деньги забирают.

— А на Сайханова?

— Там они и есть. А здесь только эти... Боевики. Гоняют. Чтоб все туда шли.

— Значит, вы нарушитель местных законов? Вас поймают, нам обоим достанется?

— Никакой я не нарушитель, — обиделся человек. — Совершенно другой случай. Ладно... Тут вот какой казус. Я еду сам по себе. Мне к родственникам надо в Слепцовск. А один ехать боюсь. Нужен попутчик. Но тоже... Надежный. А то, знаете ли...

— Вам нужен охранник?

— Ну...

— По-вашему, я похож на охранника? — спросил Аслан с нескрываемой иронией.

— Знаете, — странный человек оглянулся, — по одежде, по всему видно, что вы человек бывалый. А по лицу можно определить, что вы порядочный человек.

— А вы физиономист?

— Да. В определенной степени. Приходилось работать с большими... людскими потоками.

— Интересно, — поднял брови Аслан.

— Давайте отойдем. На нас уже смотрят, — заволновался странный физиономист. — Идите за мной.

И он повторил свой замысловатый трюк по запутыванию следов.

Аслан спокойно огляделся и не заметил вокруг ничего подозрительного. Он совершенно уверенно пошел за ларьки, перепрыгнул канаву и пробрался по мусорным завалам во двор полуразрушенного дома. В уцелевших частях ютились люди, женщины вывесили белье на просушку, старики о чем-то серьезно переговаривались у беседки, кивая друг другу папахами.

Пройдя через двор, Аслан очутился на пустыре, похожем на дворовое футбольное поле. Вытоптанная середина, чахлая травка по краям, друг напротив друга стоят самодельные ворота из неструганых жердей. На дальнем краю этого спортивного сооружения пыхтела помятая, ржавая «Нива» неопределенного светлого окраса.

Из кабины странный человек помахал Аслану рукой, подбадривая его и зазывая.

— Хорошо, что машина действительно есть, — вздохнул Аслан, подходя ближе.

Убедившись, что водитель в кабине один, Аслан опасливо приоткрыл дверцу:

— С нами никто больше не поедет?

— В том-то и беда, что у меня никого больше нет. Если бы был кто-то, я бы вас не пригласил, — сообщил странный человек. — Да и вообще не поехал бы. Садитесь быстрее.

Аслан сел и захлопнул за собой дверь.

— Ну, как говорил Гагарин, поехали! — провозгласил хозяин машины, и они плавно тронулись в путь.

Проехали по тряскому бездорожью, миновали какие-то заброшенные огороды, землянки, сарайчики, в которых тоже жили люди — на керосинках кипятили что-то в огромных алюминиевых кастрюлях, чумазые полуголые дети копались в пыли. И вечные старики в папахах...

— За город выскочим, — сказал водитель, — там будет легче. — Если нарвемся на ментов или военных, то вы мой шурин. Или деверь... То есть муж сестры моей жены. У жены сестра, а вы ее муж. Ладно? Жену зовут Лена.

— Лена? — удивленно переспросил Аслан. — Вашу жену или мою?

— Мою. Что вас удивляет?

— Да ничего. Меня зовут Аслан, а вас?

— Евгений Валентинович Еникеев.

— Вы русский?

— Татарин. И жена татарка. У вас жена — татарка. Зовут ее Катя.

— Разве Катя татарское имя? — снова удивился Аслан.

— Наверное. Я не задумывался. У меня совершенно другая специальность. Это надо бы уточнить у филологов. — Водитель выехал на асфальтированную дорогу.

— Я и есть филолог, — сказал Аслан. — В некотором роде. Учитель. Бывший.

— Мы с вами бывшие коллеги. Я вам про свою

жену рассказываю не для развлечения, а для конспирации. Чтобы вы не запутались при опросе. А как ваше полное имя, отчество, фамилия?

— Аслан Арбиевич Магомадов. Мне тридцать пять лет. Жил в Грозном. На улице Космонавтов.

— Знаю такое место, — обрадовался Евгений Валентинович. — Я туда часто ходил в кино. Летний кинотеатр «Машиностроитель» знаете?

— Из окон квартиры половину экрана видно было! — похвастался Аслан.

— Значит, вы жили в доме ученых... Мы всегда старались на второй сеанс попасть, когда темнее. — Евгений Валентинович испытующе поглядел на Аслана.

— Вы меня проверяете?

— Проверяю.

— Было два сеанса. На девятнадцать и на двадцать три.

— Точно! — засмеялся Евгений Валентинович.

— Ну я тоже вас проверю, — насупился Аслан, — раз вы такой любитель кино... А кинотеатр «Юбилейный» вам приходилось посещать?

— Не городите ерунды, Аслан Арбиевич, — обиделся Евгений Валентинович. — Я жил напротив Дворца пионеров. На проспекте Орджоникидзе. А вы тут всякую чушь порете! — повысил он голос. — Проверяете меня, будто это я преступник!

Они замолчали оба. Евгений Валентинович напряженно всматривался в дорогу, Аслан отвернулся.

— Я, конечно, понимаю, до какого сумасшествия я докатился, — печально сказал Евгений Валентинович. — Но это, по-моему, неизбежно... В этом безбашенном мире... Что еще нам остается, как только не сойти с ума? — И добавил без паузы: — У меня нет жены. Уже три месяца. И сестры ее нет. Пропала...

Аслан молча смотрел в окно на воронки, развалины домов, бетонные блоки. Вот проехал БТР с солдатами федеральных сил. Вид у солдат был уставший, измученный, полевая форма сплошь была покрыта засохшей грязью.

— Не обижайтесь, — тихо произнес Евгений Валентинович. — Нам всем досталось.

— Я понимаю, — ответил Аслан, поворачивая грустное лицо к водителю. — Меня сегодня выпустили из Чернокозова.

— Как? — поразился водитель. — Не может быть! А за что брали?

— Ни за что. Сами понимаете — раз выпустили...

— Знаете ли, молодой человек, — Евгений Валентинович доверительно посмотрел на пассажира, — я долго думал над причинами всего происходящего с нами.

— Я тоже, — ехидно заметил Аслан.

— Все мы думаем об одном, это правда. И все по-разному.

— Согласен.

— Так вот мне кажется, что среди миллиарда причин, приведших нас к неизбежному трагическому результату, есть и одна, прямо скажем, мистическая...

— Так вы не только учитель физиономики? — снисходительно усмехнулся Аслан.

16

— До войны я преподавал марксистско-ленинскую философию в Нефтяном институте. Тогда другой философии не было. А я был. Был доктором философии. Профессором...

— Да? — искренне поразился Аслан и пожалел о том, что разговаривал с философом в таком высокомерном тоне. — Извините...

— За что?

— Ну... Я вас слушаю!

— Так вот... Вы хотите, чтоб я рассказал вам о ленинской философии?

— Нет, о мистической причине.

— Вы, как образованный человек, как несомненный патриот, наверняка знаете биографию Хаджи-Мурата.

Профессор выждал паузу. Аслан не проронил ни слова. И Евгений Валентинович продолжил:

— Я лишь напомню, если позволите?

— Внимательно слушаю вас. — Аслан даже голову чуть заметно склонил.

— Не придавайте моим словам слишком большого значения. Это частное мнение совершенно отчаявшегося человека.

— Простите, Евгений Валентинович, мне очень интересно.

— Впервые в истории Хаджи-Мурат упоминается в 1834 году. Он сел на престол в Хунзаре. А сел потому, что его брат убил законного хана Аварии. В мечети! Вы понимаете, что это такое — человеческое жертвоприношение в храме Божием?

— Понимаю. У русских Иван Грозный начал свое

свирепое царствование с убийства в церкви. Боярина Репнина, кажется, в алтаре зарезали...

— Это одно из главных сатанинских таинств! — испуганно проговорил профессор ленинской философии. — Дальше больше... Я не буду разворачивать перед вами всю последовательность их служб и празднеств... Поверьте мне, Хаджи-Мурат, как и Ленин, прошел их в необходимой последовательности. Через семнадцать полных лет в 1851 году в Буйнакске... Как говорят народные предания, Хаджи-Мурат «шакалом напал на аул, убил хана, взял в плен его жену и детей и, как подлый хищник, скрылся в чеченских горах». В этом же году он предал Шамиля и перешел на сторону русских.

— Представляю их удивление! Это все равно как если бы Хаттаб перекинулся к федералам.

— И всех своих ваххабитских наемников перетянул бы, — уточнил профессор. — А через год он и от русских сбежал. Но неудачно. На следующий же день его настигли карабахи и лезгины.

— У Льва Толстого все подробно описано.

— А знаете ли вы, где похоронен Хаджи-Мурат?

— По-моему, где-то в районе Нухи?

— Правильно! Это на территории нынешнего Азербайджана. Но... Приготовьтесь, молодой человек! Слушайте меня внимательно! Хаджи-Мурат похоронен не весь!

Аслан вытаращил глаза.

— Сначала отрубленную голову Хаджи-Мурата заспиртовали и отослали в Тифлис на опознание.

— Как и голову царя Николая Второго.

— Правильно! Потом голова Хаджи-Мурата была переправлена в Петербург. В Кунсткамеру! У этого сатанинского экспоната и номер есть! 6521-й.

— А сейчас где она?

— Там же. Хранится в запасниках.

Впереди на дороге показался военный пост.

— Вот, — выдохнул Евгений Валентинович, — мне и кажется, что нужно нам эти останки похоронить. Соединить тело и голову. Соблюсти религиозные обряды — все как положено... Чтоб отвести от нас сатанинское проклятие.

— Говорят, голову Николая Второго тоже еще не нашли.

— Русские тоже мучаются. У них еще один бес — Ленин без погребения под стенкой валяется.

Постовые милиционеры издали помахали автоматами — приказывали остановиться.

— А почему мы, чеченцы, должны расплачиваться за какого-то дагестанского иблиса, за русского беса?

— У Бога нет различия между детьми. Мы все — одна семья. Почему мы, татары, умираем на вашей войне? — торопился высказаться профессор, притормаживая у КПП.

Милицейский патруль проверил документы у Евгения Валентиновича и у Аслана, все по очереди покрутили в руках его справку об освобождении из Чернокозова.

— Драпаешь? — совершенно равнодушно спросил офицер.

— Никого в живых не осталось, — честно признался Аслан. — Хочу в России отыскать родственников.

— Привози их домой. — Офицер протянул Аслану документы. — Скоро мир наступит, надо будет снова людьми эту землю населять.

— Найдутся желающие, — горько усмехнулся профессор.

— Это наша страна, — твердо заявил офицер. — И нам Аллах приказал жить здесь. Проезжайте! Отпускаю вас на время. Оба должны вернуться! Ясно?

И этот якобы грозный приказ прозвучал как пожелание жизни, мира, счастья!

— Спасибо вам. — Аслан чуть заметно поклонился и отступил к машине.

— Все кажется мне чрезмерным, странным и ненастоящим. — Евгений Валентинович залез в кабину своей потрепанной «Нивы». — Этот сентиментальный ментовской капитан. И эта разбомбленная земля, и эти кордоны, и эти люди с оружием.

— Дело не в окружающем. Это у вас, наверное, марксизм-ленинизм до сих пор перед глазами.

— Может быть, вы и правы, — охотно согласился Евгений Валентинович. — Скоро Слепцовск, я вас там высажу. Вы сможете самостоятельно добраться до Назрани?

— Ну там ехать-то всего минут пятнадцать! — Аслан убрал документы во внутренний карман.

— В мирное время и по неразбитой дороге, — тяжело вздохнул профессор. — Ну что мне с вами делать? Придется потом одному из Назрани возвращаться.

— Не знаю, хватит ли у меня денег?

— Бросьте вы ерунду городить! — вспылил Евгений Валентинович. — При чем тут деньги? Я же вам сразу заявил, что мне нужен только попутчик. А может, мне вам денег дать? Вы же далеко едете? Вам на билет хватит?

Аслан только плечами пожал.

В Назрани он понял, что денег в обрез — хватило только на плацкартное место до Москвы. Евгений Валентинович помялся-помялся, да и приплатил немного — на постель, и еще дал двадцать рублей — перекусить в дороге.

— Спасибо, профессор. — Аслан был бесконечно благодарен за помощь. — Я обязательно верну! Я не забуду!

— Возвращайтесь! Я буду ждать! Обязательно возвращайтесь! Как мент приказал — с женой и с детьми. С братом, сватом! Со всеми своими, кого разыщете.

— Я сына еду искать.

— Найдете, привозите ко мне. Я его философии выучу.

— Ленинской?

— Не шутите так, молодой человек!

— Простите, я же не хотел вас обидеть.

— Мне ехать пора. Темнеет...

И они расстались, мало веря, что судьба еще когда-нибудь сведет их вместе. Евгений Валентинович покатил по своим делам в Слепцовск, торопясь успеть, пока еще светло, пока еще можно проскочить. Аслан пристроился на вокзальной скамейке ждать до вечера.

Два раза его тормошили милиционеры, проверяли документы, но придраться было не к чему.

Подали к перрону состав. Ничего другого Аслан и не ожидал — нужный вагон оказался в самом конце платформы.

У дверей милиционеры еще раз проверили документы и билет.

В вагоне, не дожидаясь отправления, Аслан расстелил на верхней полке чахлый железнодорожный матрас, у пожилой проводницы досрочно выпросил постельное белье. И через несколько минут с удовольствием растянулся на холодной и чуть влажной простыне. Заснул сразу же. И во сне даже не заметил, как бесшумно и плавно тронулся скорый поезд.

Под стук колес хорошо спится.

И снова Аслан оказался дома — мама, лежа в гамаке, кричит с балкона, зовет обедать...

На кухне отец в переднике вытирает руки и ставит тарелки на стол, глядя прямо в душу печальными глазами...

Мальчишки стоят перед кирпичной стеной, увитой переплетениями дикого винограда.

— Чтобы вырос такой закрученный, такой толстый ствол у простого дикого винограда, — серьезно говорила черноглазая красивая девочка, — нужно... тысячу лет!

— Тогда и кирпичей не было! — смеялись мальчишки. — Как мог вырасти виноград на этой стенке, если стенки еще не было?

— Вы, мальчишки, дураки! — заплакала красавица.

И из ее глаз посыпались жемчужные слезы — они катились по траве и терялись.

2

Столбик ртути на шкале моего настроения медленно, но верно полз вверх. И пожалуй, не так уж медленно. Я даже боялся, что вот-вот ртуть доползет до высшей отметки и мой мысленный термометр сломается. Что и говорить, сидя в кожаном кресле моего нового «БМВ», я чувствовал себя отлично. «БМВ», конечно, был не последней модели, подержанный, но очень даже в хорошем состоянии, скажу я вам. Думать о таких мелочах, как какие-то пятнадцать тысяч километров пробега, совсем не хотелось. Жизнь была замечательна, июньское солнце, пожалуй, даже чересчур интенсивно светило прямо в глаза, а впереди расстилалась прямая, пусть и не слишком ровная, дорога.

Будь на вашем месте налоговый инспектор, он обязательно спросил бы, на какие это, интересно, деньги я, Гордеев Юрий Петрович, адвокат юридической консультации № 10, находящейся по адресу: Москва, улица Таганская, дом 34, приобрел свою иномарку — пусть даже и неновую, но достаточно приличную. На обыкновенные деньги, ответил бы я, на бумажные.

Только что я закончил вести одно дело — в общем, даже и несложное, но достаточно выгодное. Некая предприимчивая дама (Кристина Александровна Умецкая, 1965 года рождения, замечу в скобках — симпатичная, бюст очень даже ничего, но ножки немного подкачали), запутавшись в долгах и разнообразных денежных махинациях, решила перевести офис своего босса на себя. По поддельным документам, разумеется. Плевое, я бы даже сказал, дело, но офис был внушительный, в самом центре. Так что и гонорар за образумливание... или образумление?.. Короче говоря, за выведение Умецкой на чистую воду гонорар причитался не очень маленький. Я бы даже просто сказал — немаленький, только вдруг среди вас все же обнаружится налоговый инспектор?

Но, несмотря на подобные гонорары, не сказал бы я, что обожаю подобные дела. Слишком они все-таки скучные, эти бумажные разбирательства, и что-то они в последнее время попадаются мне очень уж часто. Душа просила иногда и чего-то более активного, но сегодня ей хватало и нового «БМВ».

Я потянулся к магнитоле, включил радио, нашел подходящую моему приподнятому настроению песенку (ею оказалась «Sunshine Reggae» — уж и не знаю, кто ее исполняет, но в данный момент это было то, что нужно), расслабился и закурил. Вообще-то я не могу себя назвать большим меломаном — не разбираюсь ни в стилях, ни в исполнителях, да и времени на это совсем нет, но от звучания автомобильной стереосистемы я даже на какое-то время отвлекся. И как раз в этот момент моего наслаждения и, можно даже сказать, соприкосновения души с высшими сферами через дорогу побежала девушка, и надо же! — прямо мне под колеса. Я ударил по тормозам, крутанул руль, но девушку, похоже, все-таки задел. Только этого мне не хватало!

Помнится, таким же вот образом я, лет в тринадцать, угодил под грузовик. Нога попала в какую-то выщербину на дороге, каковых у нас всегда было более чем достаточно, упал, и эта здоровенная махина как раз проехала по ноге. Отделался, правда, до смешного легко — перелом, причем закрытый, так что некоторые приятели даже мне не сразу верили. Шофер, что меня сбил — дядя Женя с соседней улицы, которого все мы знали, потому что он был любитель поиграть в карты в нашем дворе, да все время проигрывал, — вышел из грузовика весь белый и трясущийся — решил, будто насмерть. А я от шока только смеяться мог. Все лето у меня, правда, было испорчено — со сломанной ногой ни мяч не попинаешь, ни на велике не погоняешь. Те, что помладше, даже пытались дразнить меня: «Юрка, Юрка — вместо ноги чурка», пользуясь тем, что догнать я их не мог. Но через полтора месяца гипс сняли, и несколько раз дядя Женя даже брал меня с собой на рыбалку — чувствовал себя виноватым. За это время я сильно привязался к нему, своих детей у него не было, да и жены тоже, жил он холостяком.

Через год дядя Женя погиб — перебрал лишнего

и вместе со своим грузовиком угодил в реку. Мы с ребятами бегали смотреть, как вытаскивали из воды его тело. Тело на дядю Женю совсем не походило, было каким-то обмякшим и вообще неприятным. На его похороны я не пошел.

Я выскочил из машины и наклонился к пострадавшей. Она уже приподнялась и хотела было встать без моей помощи, но сморщилась от боли и застонала.

— Жива?! — спросил я, хотя это было и так очевидно. Она кивнула.

Я помог ей подняться на ноги (на ее очень даже красивые ноги, сказал бы я в другой ситуации, но, к сожалению, сейчас было не до того). Когда она встала, во мне зашевелилось что-то похожее на комплекс неполноценности. Вообще-то я не могу пожаловаться на свой рост, но тут был как раз такой случай. Я совсем не удивлюсь, если в детстве ее дразнили Каланчой — как дядю Степу.

— Идти сможете? Может, вам в больницу или травмопункт?

Девушка кивнула в ответ на мой первый вопрос, а вместо ответа на второй похромала в сторону тротуара.

— Давайте я вас подвезу! — крикнул я ей, уже даже и не надеясь на какую-либо реакцию с ее стороны.

Неожиданно девушка обернулась.

— Да, — сказала она, очевидно приняв какое-то

решение. — Подвезите меня, пожалуйста... Вы знаете, где здесь Птичий рынок?

Я галантно распахнул перед ней дверцу. Обошел машину и сел за руль. Сидя в машине, я почувствовал себя комфортнее — наша разница в росте мгновенно исчезла.

— Впервые в жизни вижу человека, который так спешит на Птичий рынок, что не замечает проезжающих мимо машин, — попытался пошутить я, чтобы завязать разговор. — Это где-то рядом с Волгоградским проспектом?

— А где Калитниковское кладбище находится, вы тоже не знаете? — не желая реагировать на мой юмор, спросила девушка.

— Вы уж определитесь, куда вам надо — на кладбище или на Птичий рынок, — не унимался я.

Девушка только вздохнула:

— Ох уж эта мужская логика! Я пытаюсь дать вам ориентиры...

— Кстати, вы знаете, чем отличается мужская логика от женской?

Моя спутница лишь равнодушно пожала плечами. Но я не отступал от своего намерения хоть как-то ее развеселить и рассказал ей свой любимый в последнее время анекдот:

— Одного мужчину спросили, какова вероятность того, что он встретит на улице динозавра. Он ответил, что примерно одна миллиардная. Когда тот же вопрос задали женщине, она ответила — пятьдесят на пятьдесят.

Я выдержал паузу. Девушка не выдержала:

— Почему?

— Либо встречу, либо не встречу.

Получилось! Моя спутница наконец позволила себе улыбнуться. Люблю, когда мои старания приносят результат. Правда, через пару секунд она вновь опустила углы губ.

— Смешно, — вздохнула она.

3

Аслан всю дорогу проспал, как говорится, без задних ног, впервые отсыпаясь в полной безопасности, впервые за несколько последних безумных лет.

Проснулся только за два часа до Москвы.

Умылся, сдал постель, скатал матрас, забросил его на третью полку. И, помаявшись в тесном вагоне, вышел, чтоб не мешать людям собираться, и встал в тамбуре у окна. Какой-то угрюмый мужик у противоположного окна с остервенением курил одну за другой едкие папиросы.

— Едешь в Москву бомбы подкладывать? — скривился он в сторону Аслана.

— К жене возвращаюсь, — спокойно соврал Аслан.

— Успел свою переправить в мирное место? — не унимался угрюмый мужик. — А я нет! У меня всех ваши зарезали! И даже старуху!

Аслан молча повернулся и через переход прошел в другой вагон.

Ни капли обиды или раздражения он не испытывал к тому задиристому мужику. Жизнь приучила

Аслана относиться к подобным провокациям как к самому обыкновенному, обычному. Как к ветру, например, или как к дождю. Дует, каплет — отойди в сторонку. О настоящей боли, о действительных утратах так не говорят. А может, не врет?.. Кто его знает... Тем и успокоит истерзанную душу.

С приближением к столице на сердце становилось все тревожнее и тревожнее. В мрачных казематах Чернокозова встреча с любимой представлялась праздником на облаках в море цветов! А наяву... Денег не хватит даже на один цветочек. Да и захочет ли она увидеться? Покажет ли сына? Вероятнее всего — нет. Не станет разрушать настоящую, налаженную жизнь ради каких-то туманных воспоминаний.

Да и что у них было? Полгода детских ухаживаний? А после его отъезда — она в полном одиночестве... Стыд перед знакомыми, укоры родителей. От Аслана она не видела ничего хорошего за все эти годы, только редкие и короткие разговоры по телефону.

Насчет жены Аслан действительно соврал случайному попутчику. Но не на все сто процентов. В Москве у него был сын! И любимая женщина, которая родила ему этого сына. К ним он и ехал. Хотя и была эта любимая в настоящее время женой совершенно другого человека. Ответственного работника Министерства внутренних дел...

В купейном вагоне, куда прошел Аслан, можно было только встать около окна в коридоре. За его спиной суетились пассажиры, стараясь успеть вос-

29

пользоваться туалетом до прибытия поезда в карантинную зону. А перед глазами за окнами в вечерних сумерках улетали в бездонное прошлое пригородные платформы, березовые рощи, дачные поселки и краснокирпичные коттеджные городки за высокими бетонными заборами. Многоэтажные дома подмосковных городков, переезды с иностранными машинами, поля, заводы, реки и мосты... Золотом сверкали кресты далеких церквей.

На вокзале стремительная толпа подхватила Аслана — он не успел и сообразить-то, куда ему нужно пробираться!

— Гражданин! — остановил его милицейский патруль. — Предъявите документы!

Такой строгости Аслан никак не ожидал. Его бесцеремонно и дотошно расспросили, кто он, куда направляется, зачем, на какое время? Перечитали все бумажки и документы. Разве только на зуб не попробовали. И не нашли, к чему придраться. С явным сожалением, будто упустили какое-то удовольствие, вернули документы:

— Ну гляди, не забудь зарегистрироваться! А то... Сам понимаешь. У нас тут много ваших... С терактами!

Аслан сдержался, не ответил. Молча взял документы, проверил, все ли вернули...

Чтобы позвонить, пришлось просто за бешеные деньги покупать телефонную карточку! А он и не знал, что здесь теперь таксофоны. Пришлось отдать последнее.

Кое-как разобрался в хитроумной инструкции, набрал номер. На другом конце провода тут же взяли трубку:

— Слушаю вас!

— Простите, — закашлялся Аслан, — это Елена Николаевна?

— Да. А это кто?

— Аслан.

— Да? — Елена растерялась и замолчала, видимо, не поверила собственным ушам. — А ты откуда звонишь?

— Я в Москве! Очень хочу тебя увидеть. Я тебе все расскажу!

— Асланушка, я же говорила тебе, что я не могу больше! Не могу! Столько лет прошло! Зачем? Зачем ты хочешь опять мучить меня?

— Я очень люблю тебя! И нашего сына!

— У меня своя семья... У меня нормальный муж... А... Где же ты был все это время?

— Позавчера меня освободили из концлагеря.

— Из концлагеря? Освободили... Ты говоришь правду?

— Леночка, ты забыла меня? Разве я когда-нибудь тебя обманывал?

— Замолчи! Я не могу тебя слушать!

— Почему?

— У меня сейчас сердце разорвется.

В трубке было слышно, как она тяжело дышит.

— Я сейчас приеду. Давай адрес! — Аслан от вол-

31

нения никак не мог найти в карманах ни ручку, ни карандаш. Которых в общем-то там и не было.

— Через полчаса приедет мой муж. Сегодня у нас... не получится встретиться. Давай встретимся завтра?

— Хорошо, — только и успел вымолвить Аслан: она моментально бросила трубку.

Честно говоря, Аслан надеялся на чудо, виделись ему облака и цветы, а на самом деле представлял себе встречу несколько иначе. Могло быть по-разному. Больше всего было шансов на совершенно трагический вариант. Если бы она не стала разговаривать и сразу же бросила трубку. Но этого не случилось. Уже хорошо. Но! Даже лучше! Намного! Она же сама назначила встречу! Осталось только ночь продержаться...

— Вот и хорошо, вот и хорошо, — на разные лады, как заклинание, повторял Аслан, потирая дрожащие руки, — она не отказала. Она встретится со мной. Я все объясню, все расскажу. Она поймет. Главное, чтобы сын был здоров! И все у нас будет хорошо.

Вариантов ночлега не было — он решил перекантоваться на вокзале. Но оказалось, что и тут царят новые порядки — его попросту не пустили в зал ожидания, где есть скамейки. Вход только по билетам или за деньги. Ни того, ни другого у Аслана не было. И он отправился, как беспечный денди, гулять по ночной столице!

Он еще не знал, что всякое «лицо кавказской национальности», бесцельно и бесприютно бродящее по ночной Москве, кажется зловеще подозрительным и тем самым подвергает себя значительному риску — просто нагло провоцирует бдительную столичную милицию!

4

Юле Долговязовой было не до смеха. Слишком уж все не ладилось у нее в последнее время. Особенно сегодня. Все-таки риэлторская деятельность была явно не для нее...

В детстве она мечтала стать актрисой. Нет, даже не мечтала — она твердо знала, что другого пути в этой жизни для нее не существует. Она просто бредила театром. С девяти лет она занималась в школьном драмкружке, а с одиннадцати стала постоянной и незаменимой Снегурочкой на всех новогодних елках.

Когда она выходила на сцену, куда-то исчезала вся ее неловкость, застенчивость, она забывала про свой слишком уж высокий рост, к которому так подходила ее длинная фамилия. Она просто забывала о той колючей девочке, которая жила в ней в обычной жизни, у которой были разные и какие-то совсем глупые неприятности и проблемы — с мамой, с одноклассниками, с учителями. Как только на нее направляли свет вечно ломающегося школьного юпитера, как только она чувствовала чье-то внимание из зрительного зала — даже если там сидел только один человек, — она переставала быть собой, в ней словно натягивалась какая-то тонкая, но очень прочная звенящая струна. За несколько лет она успела побывать Красной Шапочкой и Хозяйкой Медной горы, Гердой из «Снежной королевы» и Ассолью из «Алых парусов», Алисой из Зазеркалья и Мухой-цокотухой, не считая, разумеется, разнообразных детских утренников с их постоянными персонажами — зайцами, белками, лисами и гусеницами.

Впрочем, не меньше самих спектаклей ей нравилось и просто проводить долгие часы на репетициях или даже помогать с реквизитом. Вдыхать пыльный запах тяжелых кулис и свежеоструганных досок для новых декораций. Когда ей было плохо и грустно, она пряталась между стеной и задником, сидя там на сваленном реквизите. Нравилась и предпремьерная суета, с радостными разговорами, с непременным страхом, что все сорвется, что она или партнер забудет текст роли, потому что где-то в глубине души она точно знала, что на самом-то деле все пройдет хорошо. Эх, сейчас бы ей хоть немного той детской непоколебимой уверенности...

Ей повезло, что у них в школе был театральный кружок. Еще больше повезло с его руководителем — его звали, как Лермонтова, Михаил Юрьевич. Правда, очень скоро ему пришлось уйти из школы из-за разногласий со школьной администрацией, и тогда он стал вести театральную студию в городском Доме пионеров, позвал туда и Юлю.

Юля, как, впрочем, почти все девочки в студии, была даже немного влюблена в Михаила Юрьевича, его мнение для нее было авторитетнее всех остальных, вместе взятых. И она ни секунды не сомневалась, что ей надо ехать в Москву, поступать там в театральное, тем более что и Михаил Юрьевич был уверен, что у нее несомненно есть талант.

Самым трудным был последний год в школе — ее мать настаивала на том, чтобы Юля непременно получила какую-нибудь престижную профессию, например поступила на иняз в местном университете. И слышать не хотела о театральной карьере для своей дочери. Студия тоже уже распалась: Михаила Юрьевича позвали руководить театром в Краснотурьинск — небольшой город в Свердловской области. Несмотря ни на что, Юля приняла решение: сказала маме, что едет поступать в МГУ, а сама между тем пыталась пройти творческий конкурс в Щукинском театральном училище. Себе она в тот момент казалась героиней Ирины Муравьевой из фильма «Карнавал».

Но вопреки сюжету фильма, она все же прошла с первого раза, хоть и набрала минимальное количество баллов, необходимых для поступления. В Щуке было весело учиться, Юле нравились занятия и постоянные репетиции, нравилось даже то, что у нее почти совсем не оставалось времени на какие-то другие дела. Да и дел в общем-то особых не было. Как и положено, она влюбилась в молодого человека курсом старше, они встречались, а через два года расстались. Маме Юля написала о своем поступлении в театральное только спустя несколько месяцев. Мама погоревала, а потом смирилась с непутевым выбором дочери.

Годы учебы пролетели незаметно. Юля отнюдь не

была лучшей на курсе, время от времени даже вставал вопрос об ее отчислении, но она удержалась благодаря своей старательности. Так что никаких интересных предложений из театров у нее не было.

Но Юля твердо решила остаться в Москве. Возвращаться в родной город совсем не хотелось — она помнила ту тоску, которая появлялась, стоило ей приехать к маме на каникулы. Однако и с театром, похоже, было кончено, новогодние переодевания в Снегурочку, позволяющие немного заработать, не в счет. Пора было что-то решать со своей жизнью и с работой, что для Юли было почти одно и то же.

Судьба сложилась так, что Юля попала в одно из многочисленных московских агентств по недвижимости. Некоторое время она жила у знакомых, потом снимала комнату. Но это было все, что она смогла себе позволить благодаря новому образу жизни. С личной жизнью дела обстояли неважно. Пару раз она затевала романы, но они быстро кончались, едва успев начаться. Видно, всех отпугивали Юлины долговязость и неуживчивость.

Работа не клеилась. Сделку удавалось заключить не чаще раза в месяц, а то и реже. Большую часть суммы за услуги в оформлении обмена или продажи квартиры получала, естественно, Юлина фирма. Самой же Юле оставалось только на еду и уплату за жилье. Наконец, поднабравшись опыта, она решила, что уже в состоянии оформлять сделки, не посвящая в это свое агентство. Такое случалось, конечно не слишком часто, но все же значительно помогало в денежном отношении.

В этот раз был именно такой случай — Юля помогала одному знакомому продать его однокомнатную квартирку. Но эта сделка проходила хуже некуда. Каких трудов стоило найти покупателя! И когда такой наконец нашелся, квартира ему оказалась нужна максимально срочно. Тут уж Юле пришлось побегать. Сегодня, например, нужно было успеть в два места одновременно — в опекунский совет и к начальнику паспортного стола. Юля и так уже опаздывала, а тут еще эта машина, сбившая ее...

Но все-таки чем-то она меня зацепила. Несмотря на свой высоченный рост и неразговорчивость.

— Давайте знакомиться, — предложил я. — Юрий... или Юра — как вам больше нравится.

Моя спутница, несколько поколебавшись, ответила:

— Юлия... Юля.

— Забавно, — заметил я. — Два «Ю». Как ваша нога? Надеюсь, я не слишком вас ушиб?

— Нет, уже почти не болит, спасибо. — Она все еще держалась настороженно. — Вообще-то я, конечно, сама виновата... День у меня сегодня какой-то неудачный.

Она осеклась.

— Ну зачем вы так, — ответил я. — День еще только начинается. Всякое может случиться.

— Вот-вот, — заметила она с нескрываемым пессимизмом. — Именно, что всякое.

— Давайте так, — предложил я. — Оставьте мне

ваш телефон, я позвоню вечером и узнаю, как у вас день прошел. Вдруг все еще наладится.

— Нет у меня телефона, — сухо ответила Юля. Соврала, я думаю. — Вон там на углу остановите, пожалуйста. Спасибо, что подвезли...

Она хлопнула дверцей и пошла, чуть прихрамывая, вниз по улице на своих красивых и длинных ногах.

Небо между тем заволокло тучами, собирался дождь, и солнце уже почти не показывалось. По радио передавали какие-то хмурые новости о новом повышении активности чеченских боевиков в Грозном, очередном теракте на юге России, очередном футбольном матче, в котором вновь продул «Спартак», и об ухудшении погоды на ближайшие две недели. Мысленный столбик ртути, измеряющий настроение, немного уменьшился, но, впрочем, не настолько, чтобы это следовало принимать во внимание. Я вспомнил (а вернее, вновь почувствовал всем телом) о новой машине и решил не обращать внимания на те проблемы, которые меня в общем-то не касаются.

Я лихо подкатил к своей юрконсультации, жалея лишь о том, что никого из коллег не видно поблизости и некому похвастаться. Но есть справедливость на земле — на крыльце показался Серега Бежин, которому оставалось только присвистнуть, глядя на то, как я вылезаю из своего приобретения.

— Последнее слово техники? — поздоровавшись,

похлопал он блестевшую на солнце машину по капоту.

— Предпоследнее, — ответствовал я. — Но тоже достаточно громкое.

— А припарковались вы фактически бесшумно, — пошутил Серега.

Серега у нас стажер. Молодой еще совсем, зеленый. Хороший парень, да и на редкость сообразительный. Хотя, мне так кажется, место ему совсем не в адвокатской конторе, а скорее уж на Петровке. Ему бы под руководством Грязнова уголовные дела распутывать: слишком он активный да прыткий. Я, конечно, не говорю, что сам сюда пришел штаны просиживать, мне иногда тоже побегать приходится, особенно когда дело соответствующее попадется. Да только мне кажется, что по молодости, пока энергии хоть отбавляй, в адвокатской конторе слишком уж скучно сидеть, в бумажках разбираться да клиентам главы из юридических справочников наизусть зачитывать.

Вообще же Серега сильно напоминал мне Володю Шарапова из незабвенного телешедевра «Место встречи изменить нельзя». То же сочетание неопытности, дерзости и юношеского максимализма. Юный борец за справедливость. Хотя все мы по молодости на Шарапова походили, даже и те, чья молодость прошла еще до появления этого сериала. Жаль только, что, когда мы становимся старше, вся эта тяга к восстановлению справедливости и прочие «души прекрасные порывы» у одних покрываются жесткой коркой цинизма, а у других и вовсе исчезают бесследно.

В коридоре я встретил нашего начальника — Генриха Розанова. Он у нас ничего, даже деловой, с чувством юмора.

— Чего это ты сияешь как целковый?

Надо сказать, что с некоторых пор мы с ним перешли на «ты» — все-таки не один уже пуд соли вместе съели.

— Машину приобрел, — похвастался я.

— Поздравляю! Обмывать-то собираешься?

— Как же, как же! Непременно! Готов и прямо сейчас, да ведь только я теперь за рулем, — слукавил я.

— Ну и хитрец! Ничего, все равно придется... Наши ребята тебе этого так не спустят... Что за машина-то? «Девятка» какая-нибудь?

— Обижаешь! Смотри, вон стоит. — Я ткнул пальцем в окно.

За окном посреди незамысловатой будничной суеты сверкала свежевымытыми боками «БМВ».

Розанов присвистнул. А я в который уже раз за сегодня полюбовался на свою красавицу. И в который раз ощутил гордость и даже некое недоумение, что именно я являюсь обладателем этого сокровища. Но ничего, привыкну.

— Шикуешь, — сказал Розанов. — Это авто уж точно придется обмывать, без всяких сомнений. На такой машине по нашим дорогам ездить — большой грех. А тем более с твоими привычками...

Надо сказать, он был прав. Иногда вокруг меня творилось такое, что дай-то бог самому живым выбраться, не то что машину не повредить.

— Ничего, — махнул рукой я. — Чему быть, того не миновать.

Я прошел к себе в кабинет и стал разбирать бумаги, относящиеся к только что закрытому делу. Но очень скоро от этого сверхполезного занятия меня оторвал телефонный звонок. Это оказался опять Розанов.

— Зайди ко мне на минутку, как будет время, — попросил он.

Ну что ж, если труба, то есть начальство, зовет — надо идти. Я вышел из кабинета, в коридоре, рядом с окном, стояла хрупкая невысокая женщина в светло-зеленом костюме и плакала. У меня вдруг возникло то странное ощущение, которое называется «дежа вю» — вроде бы и что-то знакомое, а что — не помню. И тут у меня возникло смутное ощущение — я был прав сегодня, когда говорил сбитой мною Юлии, что за этот день еще всякое может случиться. Почему я так подумал — непонятно. Интуиция — штука разуму неподвластная.

Женщина обернулась, видимо почувствовав мой взгляд.

— Здравствуйте, — обратилась она ко мне, промокнув мокрые глаза платком. — Вы Гордеев?

— К вашим услугам, — несколько церемонно ответил я.

— Мне очень нужна помощь. Я пришла сюда, потому что... надо защитить одного человека.

41

5

Небольшой грузовой темно-фиолетовый автобус без пассажирских окон — автозак, специальный бронированный транспорт для перевозки заключенных, — тяжело прокатился по трамвайным рельсам на Лесной, свернул на широкую Новослободскую, проехал вдоль многоэтажного кирпичного здания мимо плотного строя припаркованных разнокалиберных и разномастных легковушек и, повернув резко налево, остановился у больших железных ворот. Милиционер, сопровождающий водителя, отложив автомат, с кем-то переговорил по рации, ворота автоматически разъехались, и автозак въехал внутрь дома — в пугающую черноту.

Две молодые женщины в милицейской форме строго и придирчиво проверили все необходимые документы у водителя и сопровождающего и только после записи в журнал и звонка по внутреннему телефону пропустили автозак к следующим железным воротам.

Там все действия повторились. Но на этот раз постовыми были не милиционерши, а крепкие солдаты и сержанты под командованием толстого прапорщика. Они не только дотошно проверили документы, обмусолили каждую бумаженцию, но и просмотрели специальными зеркалами на длинных ручках всю машину сверху донизу, оглядели днище и даже моторный отсек. Милиционеры сдали оружие — их пистолеты и автомат уложили в специальные ящики, а взамен выдали контрольные карточки. Вся процедура заняла минут десять.

Проехав третьи ворота, автозак оказался на солнечном внутреннем дворе Бутырского следственного изолятора. У дверей «приемного отделения» автобус остановился, боковая дверь отъехала вдоль борта — и оттуда выскочил на землю третий милиционер с автоматом наперевес.

— Выходи! — крикнул он внутрь автозака. — Не останавливаться! Руки за спину!

Щурясь от яркого солнца, появился измученный Аслан. Спуститься из автобуса, держа руки за спиной, ему было трудно.

Первое, что бросилось Аслану в глаза, — мощные круглые башни старинной Бутырской крепости. Массивные кирпичные стены, крошечные окошки с толстыми черными решетками. И высокая белая стена, окружающая двор, на которой по периметру красовалась повторяющаяся угрожающая надпись: «Ближе 1 метра не приближаться! Открываем огонь без предупреждения!»

Больше ничего разглядеть не успел. Сразу провели в «контору», оформили, проверили, зарегистрировали, провели что положено, выдали что положено и вывели дальше в широкий мрачный коридор. Железные двери камер по обе стороны. Прошли в самый конец, отворили ключом решетчатую перегородку, прошли в замкнутый отсек, закрыли за собой перегородку, открыли следующую...

И так раз за разом, открывая и закрывая решетки

спереди и сзади, проходили коридорами, поднимались по лестницам, блуждали по лабиринту переходов. Всюду мрачная сырость, звонкий кафель под ногами. Штукатурка, когда-то в допотопные времена бездарно выкрашенная зеленой масляной краской, отваливается целыми пластами, крошится и слетает кривыми стружками.

Наконец Аслана поставили лицом к стене, звякнули ключи, заскрипели вековые дверные петли, пахнуло спертым воздухом, донесся гул голосов и стих...

— Приехали, — сказал конвойный и подтолкнул Аслана в камеру. — Обживайся!

Будущие сокамерники встретили его без особого интереса и волнения. Взглянули будто мимоходом, приблизительно оценили, сплюнули и снова вернулись к своим прерванным делам.

Аслан, не двигаясь от порога, внимательно осмотрелся. По всей вероятности, тут ему предстояло провести значительную часть ближайшего будущего. И от того, как он сделает первые шаги, во многом зависела его судьба...

Справа от двери за невысокой загородкой располагается умывальник и унитаз. Ясно.

Прямо по курсу — узкий проход между многоярусными нарами. И небольшой стол в конце этого прохода. За ним на торцевой стене еще несколько этажей нар и над ними небольшое мутно-белое зарешеченное окно. Самые козырные места. Авторитеты там... тусуются.

Все нары были плотно заняты, на каждом спальном месте кто-то храпел, кто-то просто свернулся, как собака, калачиком. На нижних нарах сидели небольшими группками, компаниями. Говорили о чем-то, кто-то ел, кто-то читал, кто-то молча и тупо раскачивался из стороны в сторону... Народу было много. И от дыхания десятков людей в камере было невыносимо душно.

Скоро организм привыкнет. И перестанет замечать. Лишь бы туберкулез не подхватить...

Мимо Аслана, чуть отодвинув его плечом, прошмыгнул к унитазу невзрачный человек в драном спортивном трико, на ходу стаскивая штаны. Сел на унитаз, шумно и быстро опростался. Встал, не подтираясь, не спуская воду, натянул штаны и тут же затерялся где-то в темноте под нарами.

— Баклан! — крикнул зычный голос. — Ты опять? Что, я за тебя буду воду спускать?

— Тут свежачок залетел, — пропищал кто-то с верхних нар. — Пусть на коллектив поработает! Спустит, — в разных углах хохотнули, — пару раз. А мы ему потом поможем... Веничком протолкнем. Поглубже!

— Обломитесь, — тихо, но внятно сказал Аслан, проходя вперед.

— Братаны! Да это крутой! — засмеялся писклявый наверху. — На бздюм его! На бздюм!

— Погоди. — Владельцем зычного голоса оказался широкоплечий детина почти двухметрового

45

роста. — Ты, брателла, каких кровей будешь? — обратился он к Аслану.

— Я? — Аслан хотел выиграть время и успеть определиться, как тут могут отнестись к тому, что он не просто «лицо кавказской национальности», но и чеченец?

— Он не ассур, — определил писклявый. — И не армянин!

— Я чечен! — твердо заявил Аслан. Тут ничего не утаишь.

— Ну, — разочарованно протянул писклявый, — тогда иди дальше! Канай, кент!

Аслан сделал еще несколько шагов вперед.

— Еще дальше, — приказал зычный голос.

Когда глаза немного привыкли к полутьме, а горло к духоте, Аслан разглядел прямо перед собой нескольких человек, сидящих рядком на нижних нарах и уставившихся на него в упор:

— Ты действительно чеченец? — спросил один из них на родном языке.

— Наши родовые земли в аиле Старая Сунжа, — так же ответил им Аслан.

— Почему ты тут?

— На то воля Аллаха! — смиренно поклонился Аслан.

— Мы тебя конкретно спрашиваем. Все равно сегодня же все будет известно. Тебя как зовут?

— Аслан Магомадов.

— Знаю я Магомадова! — поднялся один из этой компании и вышел на свет.

Это был высокий и худой мужчина лет пятидесяти. Совершенно седой. С лицом уставшего и разочарованного библейского пророка. Он с брезгливостью оглядел Аслана, поморщил нос, будто обнюхивая, и безапелляционно заявил:

— Но это не он! Не похож... — подумал и добавил: — Или похож?..

— Я не единственный Магомадов на свете. — Аслан, сдерживаясь, опустил глаза.

— Тот служил у Бараева. Я его сам видел!

Они земляки, чеченцы... Вот только какие? Скорее всего, московские уголовники. Аслан промолчал, ожидая продолжения разговора, каких-то слов, по которым можно было бы точнее сориентироваться, куда они клонят, чего допытываются?

Но и собеседники замолчали, рассчитывая услышать комментарии с его стороны.

— Ты служил у Бараева? — напрямик спросил седой.

— Нет, — Аслан будто бы соврал, но сказал правду, — я только выполнял его отдельные поручения.

— Какие?

— Это его тайна. Я не могу чужую тайну открыть.

— А в «конторе» перед следаками ты так же сохраняешь чужие тайны?

— Аллах свидетель! — склонил голову Аслан.

— Что вы там шепчетесь по-собачьи? — прервал их зычный голос. — Говорите понятно! Что это за говно к нам прибило?

— Ты что за говно? — седой спросил по-русски.

— Я учитель. Из Грозного. — Аслан тоже перешел на русский язык.

— Тебя Бараев прислал? — из темноты спросил кто-то из чеченцев.

— Нет. Его отряд был уничтожен. Спаслись только несколько человек. Бараев ушел в горы. А я вернулся к людям.

— Что было потом?

— Чернокозово...

— Кончай базар! — подошел двухметровый амбал. — Тебя Асланом зовут?

Тот согласно кивнул.

— Вы его к себе берете? — спросил здоровяк чеченцев.

— Он же наш.

— Вот и ладушки. — Амбал похлопал Аслана по спине. — Раз побывал в Чернокозове, значит, ты, видать, мужик тертый. Тебя учить не надо.

Аслан молча принял слово «мужик». На местном жаргоне это означало, что он не вор, не уголовник, что попал сюда не по криминальным делам и будет добросовестно выполнять все тюремные законы, все приказания администрации.

— Садись, мужик, — чеченцы подвинулись на нарах.

И снова Аслан не стал спорить. Этот статус его вполне устраивал. Более или менее. Что ни говори, а первый шаг был сделан.

— Ты давно ел? — спросил его кто-то из темноты.

— Два дня назад.

— В отделении сидел?

Аслан молча кивнул.

Ему протянули кусок хлеба, кружку с водой:

— Жуй. Медленно глотай, понемногу. Потом еще дадим. На верхней шконке сейчас спит Мурат. Через два часа он спустится, ты ляжешь на его место.

— А я? — спросил седой.

— Брат мой, ложись рядом, — сказал голос из темноты. — Что я тебе еще могу предложить? Там, в солнечном мире, я мог бы дать тебе даже больше, чем ты мечтаешь... А тут... Только горе свое и муки за грехи... Если ты захочешь разделить со мной.

— Отдай мне боль твою, — седой сложил ладони перед лицом, — брат и учитель.

Аслан тщательно прожевал кусок хлеба, размягчая его водой до состояния жидкой кашицы. На собственном печальном опыте он знал, что будет, если глотать, как хочется, не сдерживаясь, большими кусками — много и сразу! Живот будет крутить и нестерпимо резать!

— Мы неделю сидели в окопах без крошки еды, — сказал голос из темноты. — В окружении. Немцы нас даже не обстреливали. Они знали, что мы сами передохнем. Кто-то не выдержал, застрелился. Кто-то раньше сам собою умер. Когда нас отбили, освободили, вывели к своим, то оказалось, что выжили только двадцать три человека. Из ста... Так вот нас разоружили и окружили колючей проволокой, чтоб никто не мог к нам приблизиться, покормить. Первый раз дали по нескольку глотков воды. Потом, через полчаса, кусочек хлеба, размоченный в воде... Еще через час по столовой ложке жидкой каши. А одному солдатику повезло. На раздаче стоял его земляк, то ли черемис, то ли хант. Какой-то редкой национальности. Ну он ему по-свойски... Побольше каши дал. Потом еще и добавил.

— Заворот кишок? — спросил седой.

— Часа два мучился, — подтвердил голос из темноты. — Орал, крутился по земле. Его пытались промыть, вызвать рвоту или как там еще? Ничего не смогли сделать.

— Да, — вздохнул седой, — за долгую жизнь много испытаний прошли вы, много чужой и своей крови пролить пришлось.

— Простите, — Аслан вежливо спросил учителя, — вы воевали в Отечественную?

— А как же! — С гордостью ответил за него седой. — Воевал! Был сыном полка. И вот видишь, куда занесло под конец жизни...

— Когда я вернулся с фронта, — начал рассказ голос в темноте, — даже не стал в пустой дом заходить. Чтоб сердце злом не наполнить. Сразу сбежал в горы. Пастухам помогал, скот пас. Даже жена у меня была! Я в горах по-прежнему жил. А она — внизу. Иногда приходила. И родные ее ко мне приходили, уговаривали вернуться. Не стал. Зачем беду искать? Мы и так хорошо жили. Только детей редко видел. Они с людьми в ауле жили. В школу ходили. Дочка без меня замуж вышла, сын женился. А тут и внук вырос. Школу закончил. Не выдержал я этого!

Спустился к людям! Поверил... Весной девяносто первого года.

— И что дальше?

— Стали из меня легенду антисоветскую делать, всюду пихать в президиум! Всем я стал нужен!

— Разве это плохо?

— Да... Теперь они в горы ушли. А я, старый дурак, смерти жду в камере.

— Вы еще сто лет проживете, — проговорил седой. — Будет еще праздник жизни!

— Буди Мурата, — приказал старик из темноты. — Пусть мальчишка поспит. Через час разбудите его и меня. Мы поедим немножко. И еще часок поспим.

Так и началась бутырская тюремная жизнь Аслана Магомадова.

К вечеру того же дня он немного оклемался. Поел, поспал.

— Ты чему учил детей в школе? — допытывался старик.

— Английскому языку.

— Я же говорил! — обрадовался седой. — Я же вспомнил, что он был у Бараева переводчиком! Там я его и видел.

Когда Аслан немного обжился и разобрался, кто есть кто, оказалось, что в многолюдной камере больше всего совершенно случайно попавших сюда людей. По явному недоразумению. Один бедолага стоял недалеко от места, где было совершено тяжкое преступление. Его менты впопыхах схватили, улики подбросили... Адвокат доказал невиновность, но упрямые менты не хотят признавать собственных ошибок.

Другой беспечно подобрал с земли кем-то оброненную меховую шапку, а она оказалась только что украденной. Но ментам разве что докажешь? Тем более что потерпевшая не видела и не запомнила, кто с нее шапку сорвал!

Третий хотел немножко пошутить с петардами, и от его неловких действий загорелся ларек с товарами. Сгорело все, даже бухгалтерские книги.

Люди кантовались в камере по нескольку месяцев, привыкали к тюремным порядкам, обустраивались, налаживали собственную, совершенно иную, чем на свободе, жизнь. И совершенно неважно, кем ты считал себя на воле. В этом мире ты будешь только тем, кем сможешь быть.

6

«...Мы полюбили друг друга с первого взгляда. Раньше мне казалось, что мужчина, который станет моим мужем, должен непременно соответствовать всем моим представлениям об идеале: быть высоким, красивым, богатым, умным, непременно москвичом и как минимум лет на десять меня старше.

Аслан словно был призван разрушить все эти мои представления и, вопреки всему, стать моим. Первым. Любимым. Моим солдатиком...

Он был невысокого роста, небогат, не то чтобы красив, скорее, очень обаятелен и мил. Почти одного возраста со мной — разница была лишь в несколько месяцев, и, что совершенно не вписывалось ни в какие мои представления — ни мои, ни тем более моих родителей, — он был чеченец...

— Ты просто сошла с ума! — говорила, точнее, кричала мама, которая поначалу не возражала против нашей дружбы, но словно с цепи сорвалась, когда узнала, что я собираюсь выйти за него замуж, после того как он отслужит в нашей части и демобилизуется.

— Я против, — коротко сказал отец.

А мне было все равно, что говорят мои родители. Я была уверена, что нашла человека, которого ждала всю юность и от которого готова родить ребенка. Это были самые счастливые дни моей жизни. Я просыпалась и знала, что будет дальше: сейчас я открою глаза — и реальность другого пространства, занятого новым человеком в моей жизни, ослепит меня и я с радостью соглашусь с ее существованием. Чувство новизны от давно знакомых предметов, привычного расположения вещей, всего, казавшегося мне раньше обыденным, не покидало меня.

Я стала другой. В меня вошла любовь. Я жила этим чувством. То, что я тогда испытывала, называется простым коротким словом: счастье.

Потом он нашел квартиру, в которой проходили наши встречи — кто-то из приятелей-сверхсрочников, кажется, давал ключи... Мои родители ничего не знали об этом. Для них я придумала легенду о театральном кружке, который открылся в моем институте. В этом «кружке» я и пропадала все свое свободное время, — конечно, когда Аслан был свободен и его приятель отсутствовал.

Меня по сей день удивляет, как это все вдруг у нас с Асланом получилось — очень уж быстро и слаженно, будто давно кем-то свыше обговорено и отрепетировано. И ведь случилось, словно в тумане, будто и не со мной, а с кем-то другим, кто привык жить так, как жила я: с мечтой, с вдохновением, а теперь еще с диким внутренним напряжением, сметающим все на пути...»

Елена заплакала. Я молча подал ей стакан газировки, решив, что лучший способ понять собеседника в данной ситуации (тем более что собеседник — женщина!) — это набраться терпения и внимательно все выслушать.

— Может, все-таки кофе? — на всякий случай предложил я.

Елена отрицательно покачала головой.

— Простите меня, я...

— Я все понимаю, вы не волнуйтесь, — успокоил ее я, давая понять, что времени для нее у меня предостаточно.

Елена в самом деле успокоилась.

...«Мы встречались с ним раз в неделю в этой квартире, все остальное время я жила в ожидании этих встреч, почти автоматически выполняя домашние обязанности, посещая институт, а когда дел не было, просто бродила по городу. Когда его не было рядом со мной, время тянулось вяло и медленно. Я становилась рассеянной, невпопад отвечала на вопросы, которыми забрасывала меня мама. Без него было пусто...

Потом мы встречались — и мир оживал для меня.

Я была неопытная и не сразу поняла, что произошло...

Аслан к тому времени получил известие из Грозного, что у него тяжело болен отец, и собирался уезжать... И я готова была ждать его целую вечность, но, когда я поняла, что жду ребенка, очень испугалась. Во-первых, не было рядом его... Во-вторых, я представляла себе, какова будет реакция родителей: они не знали, что я продолжаю встречаться с «этим чеченцем»... Наконец я решилась.

— Я жду ребенка, — сообщила своим родителям, собравшись духом.

Помню, что какой-то резкой, до боли в сердце щемящей судорогой закрывались глаза. Сознание просило слов о том, что оставило след где-то там, в глубине тянущейся вечности... Реальность скомкалась. Память выхватывала из прошлого — без имени, без возраста, без лица — один только профиль... Он появлялся в моих воспоминаниях ярким, цветным изображением, способным затмить все остальное вокруг меня, черно-белое...

Мама плакала и кричала, у нее был шок:

— У меня?! Внук-чеченец?! Как ты могла?! Доченька, пойми, тебе не нужен этот ребенок!

А отец сказал:

— Вообще, еще не известно, куда этот чеченец твой денется, когда узнает о ребенке...

Он словно в воду смотрел...

Аслан действительно исчез. У него заболел отец, он срочно уехал в Грозный — и пропал.

А для меня даже не было ни вопроса, ни тени сомнения: я знала, что буду рожать. Потому что любила его...»

— Он так и не узнал, что у него ребенок? — перебил я Елену.

— Узнал, — грустно ответила она, — но было слишком поздно, я ждала его почти год, а потом...

— Встретили другого? — продолжил за нее я.

— Да. Я боялась одиночества... Боялась никогда не выйти замуж. Сейчас я понимаю, что все это глупо, но тогда... Мною руководили какие-то другие мысли. Могу сказать, что мама сыграла в этой истории едва ли не главную роль.

— И что же было дальше, с тем, другим?

— Я вышла за него замуж...

...«С тех пор и начались все мои беды. Точнее, даже не беды, а растущие тоска и одиночество. Внешне все выглядело вполне пристойно. Алексей неплохо зарабатывал, заботился о Сереже, даже собирался усыновить его. И хотя кое-кто смеялся над ним, когда он говорил, что Сережа — его сын, Алексей хотел считать его своим сыном...

Но Сережа был очень похож на своего отца. И каждый день он напоминал мне об Аслане...

Я засыпала и просыпалась рядом с Алексеем, зарывалась в тишину, погружалась в свои воспоминания. По коже бежали мурашки, все как-то сжималось, словно замерзало, неудобство овладевало мной, парализовало меня, мне казалось, что если мы начнем с Алексеем говорить, то получится совершеннейшая нелепица. И мы молчали. Нарушал молчание чаще всего Алексей, он собирался с силами и коротко говорил:

— Я приготовлю что-нибудь.

А я старалась не смотреть на него, потому что в моих глазах он увидел бы равнодушие. Алексей чувствовал, догадывался о том, в чем я старалась не признаваться сама себе: что я скучаю по Аслану».

— Он больше не звонил, не приезжал, не делал попыток встретиться с вами? — спросил я.

— Звонил. Приезжал, — коротко ответила Елена.

— А вы?

— Я ведь была замужем и всеми силами, несмотря

ни на что, пыталась сохранить семью. Кроме того, я помнила, что родители были категорически против брака с Асланом, да и Алексей, собственно, не сделал мне ничего плохого. Особенно когда Сережа был маленьким, он всячески поддерживал меня, и потом, ребенку нужен отец, который постоянно рядом, который воспитывает его, а...

— Аслан был далеко и появлялся не вовремя? — подсказал я.

— Нет, появлялся он вовремя, когда я начинала скучать по нему, он словно чувствовал те периоды моей жизни, когда мне его начинало не хватать, и...

— Вы собирались ради него бросить мужа?

— Не-ет... — Елена замялась.

— Простите за бестактный вопрос, я просто пытаюсь понять ситуацию, отношения, которые между вами сложились, чтобы так или иначе в первую очередь не причинить вреда вам.

— Спасибо, — тихо сказала Елена и добавила еще тише: — Я, наверное, произвожу впечатление женщины, которая не знает, чего хочет, да?

— Я вам не судья — это во-первых. А во-вторых, если честно, на меня вы производите впечатление красивой женщины, что автоматически заставляет меня не замечать ваших ошибок... и возвращаюсь к тому, что, во-первых... — Гордеев сбился.

Елена печально улыбнулась:

— Я путано вам все это рассказываю. Вы, наверное, думаете, к чему все это? Правда?

— Ну что вы, я давно уже понял, что человек,

которого надо спасать, — ваш... Аслан, а тот, от которого его надо спасать, — это, судя по всему, ваш муж...

— Нет, что вы! — Елена растерялась. — Алексей не сделал ему ничего плохого! С чего вы взяли?

Но в голосе Елены не чувствовалось уверенности. Она словно испугалась моего вопроса.

— Я просто высказал предположение. И буду только рад ошибиться. Просто нужно быть совершенно бесчувственным, чтобы не ощущать вашего отношения. Это я об Алексее... Неужели он не чувствовал?.. — Я задумался, подбирая слова.

— Того, что я его не люблю? — прямо спросила Елена.

— Да.

— Чувствовал, конечно. И догадывался, кто тому виной. Но он не хотел разрушать семью... И он любит моего сына.

— Одним словом, оснований подозревать мужа у вас нет?

— Я рассказываю вам все это потому, что чувствую себя виноватой, — попробовала объяснить Елена. — Мне кажется, что есть какая-то связь между тем, что произошло с Асланом, и нашими с ним отношениями.

— Какая?

— Я не знаю.

— Тогда давайте вернемся к началу. Только не ваших отношений с Асланом, а того, что заставило вас прийти ко мне.

...В квартире Алексея Марченко царил идеальный порядок. Все было прибрано, начищено и сияло, как никогда. Закатное солнце разбрасывало по паркету, по поверхностям шкафов сотни неожиданно ярких отблесков. На кухне все было приготовлено к позднему ужину: в супнице — уха, на сковородке — котлеты. Дом ждал хозяина. Скоро должен был прийти Алексей.

Елена, с накрученными волосами, в халате, убирала кое-что из вещей, лежащих не на своем месте, поглядывала на часы: минут через десять придет бабушка с внуком, в последнее время она стала забирать его из садика. Потом — муж, и все сядут за стол.

Она снимала с волос бигуди, одновременно смахивая незамеченную пыль с полки, открыла шкаф, выбирая, что надеть: сегодня очередная годовщина... Ровно пять лет с того дня, как они с Алексеем расписались.

Неожиданно раздался звонок.

«Мама? — подумала Елена. — Рановато они сегодня».

На ходу запахивая халат, пошла открывать дверь. По привычке заглянула в дверной глазок и отшатнулась: там, на лестничной площадке, стоял... Аслан.

— Привет... — растерянно сказала она, открывая дверь и чувствуя непонятное раздражение. Впрочем, чего тут не понять? Все так некстати. Не хватало теперь еще, чтобы и так не находящий себе места от ревности муж застал здесь Аслана.

Если честно, она его и узнала-то не сразу. Да, это

был далеко не тот восточный красавец, с которым она познакомилась в свое время. Помятое лицо, землистого цвета кожа, сутулые плечи... Пыльная одежда...

И взгляд... Самое главное — этот взгляд. Потухший, какой-то обреченный. Безнадежный взгляд.

— Привет, — повторила она и отвела глаза.

Аслан все понял, попытался улыбнуться. Это получилось плохо.

«И надо же, именно сегодня!» — Елена помедлила в дверях, словно сомневаясь, приглашать ли Аслана в квартиру: может, лучше договориться о встрече как-нибудь потом? Но встретившись с ним глазами, тихо сказала:

— Проходи.

— Здравствуй, Лена. — Он попытался ее поцеловать.

Она отстранилась.

— Где сын? — Он покосился на дверь в комнату.

— В садике, вот-вот должны прийти с бабушкой...

— Муж?

— На работе, — ответила она сухо.

— Вижу, я некстати, — сказал Аслан, — ты извини.

Она опустила глаза:

— Я должна переодеться, извини.

— Да, конечно. — Аслан вышел из комнаты, зашел на кухню.

Ей стало неловко и за ужин на плите, и за этот порядок, и за всю видимость своего жизненного благополучия.

«Пришел, наверное, потому, что больше некуда, а не потому, что видеть хотел, — обиженно подумала Елена и тут же в мыслях оборвала сама себя: — Ну а если бы и хотел, что тогда? Готова ли я бросить сейчас все, точнее, мужа ради него, Аслана?»

Елена не знала ответа на этот вопрос. Чем дальше, тем сложнее ей было на него ответить. Ей казалось, если бы Аслан позвал, настоял, потребовал, она бы, возможно, решилась... А он вел себя непонятно, как-то отстраненно, равнодушно. Елена его не понимала. И поэтому страдала, мучилась, ждала и не ждала одновременно, не знала: радоваться ли ему или не пускать к себе, ей казалось, что-то в ее жизни упущено, безнадежно утрачено, и вернуть все это нет уже никакой возможности.

Зазвонил телефон.

— Да? — Елена взяла трубку.

— Ты одна? — почему-то спросил Алексей.

— Привет, — обрадовалась она, — как твои дела? Все в порядке на работе?

— Все в порядке.

— Гаврилов уволился?

— Уволился.

— Слава богу, теперь тебе станет легче дышать.

— Это точно.

Не позволяя ему задать вопрос снова, Елена радостно сообщила:

— А мама приготовила твою любимую уху. Специально для тебя. Ты помнишь, какой сегодня день?

— Помню. — В голосе Алексея чувствовалось напряжение.

Елена поняла, что он снова спросит:

— Так ты одна?

— Да... То есть нет, — замялась она.

— Так «да» или «нет»?

— Нет, — сказала она и увидела Аслана, который стоял в дверях и показывал ей, что нужно сказать: «Да». Но было поздно.

— Он? — спросил Алексей.

— Кто? Ты скоро будешь? — спросила она.

Трубка ответила прерывистыми гудками.

Елена растерянно посмотрела на Аслан...

— Я пойду. — Он направился к двери.

Но даже не успел открыть ее. Снова раздался непрошеный звонок.

— Что делать? — испуганно прошептала Елена и посмотрела на Аслана, а потом тревожно спросила: — Кто там?

— Открывай, — раздалось с лестничной площадки.

— Кто? — повторила вопрос Елена.

— ОМОН! — После чего раздался глухой удар, заставивший дверь содрогнуться.

Она щелкнула замком. Десяток омоновцев ворвались в коридор...

— Где он? — крикнул плечистый мужик в шлеме и с автоматом в руках.

— Кто? — Елена сделала вид, что ничего не понимает. Омоновцы, не тратя времени, разбежались по квартире... Но, к удивлению Елены, никого не нашли.

...Аслан лежал, затаившись между шпалерой невысокого подстриженного кустарника и почти вплотную припаркованного к этой зелени «мерседеса», и боялся шевельнуться. У него затекла нога. Но двинуться он не мог.

Из соседнего подъезда вышла бабушка с пушистой глупой болонкой, чуб которой был завязан красным бантиком.

— Тюня, Тюня, ко мне! — противным голосом позвала бабушка собачку, но та, не привыкшая к повиновению, отправилась гулять сама по себе.

— Тюня, фу! Я тебя только что помыла!

«Вот еще на мою голову». — Аслан затаил дыхание... Он понимал, что если болонка обнаружит его, то тогда действительно конец...

Тюня обнюхивала все кругом и всюду оставляла свои отметины.

— Я кому сказала! — не унималась бабушка, возмущенная Тюниным поведением.

Тюня не обращала на нее никакого внимания. Она понюхала дерево, кустарник, потом — колесо «мерседеса», подняла заднюю лапу и...

Залаяла во всю силу своей собачьей глупости.

«Мерседес» в ответ издал пронзительный звук, призывающий своего хозяина. Омоновцы, выбежавшие из подъезда, сразу бросились к машине.

Все это время Елена не находила себе места, она бросалась то к одному окну, то к другому, понимая, что Аслан где-то рядом и что каждую секунду его могут найти.

За годы жизни с Алексеем она только и делала, что всеми силами старалась полюбить его. Все кругом в один голос, включая маму, твердили, что лучшего мужа ей не найти.

«Кроме Аслана, — с грустью думала Елена, но наталкивалась при каждом редком его звонке на необъяснимую сдержанность любимого человека и уверяла сама себя: — Но он меня больше не любит, я ему не нужна».

Страх остаться одной, боязнь безденежья да уговоры мамы — вот что заставило ее в конце концов принять предложение Алексея и выйти за него замуж. А потом... Он уходил на работу, она растила сына, проблемы, из которых состояла ее жизнь, постепенно вытесняли из ее души боль и тоску по Аслану, вроде бы все как-то утряслось, образовалось... Как любила говорить ее мама: «Стерпится-слюбится».

Стерпелось. Можно сказать, почти что слюбилось.

Мысленно она уже вычеркнула Аслана из своей жизни, но этот его сегодняшний визит возродил, оживил все ее годами спрятанные от самой себя тайные желания. Оказывается, она и боится его, и рада ему... Ждет.

«Я сама виновата во всем, — думала Елена, стоя у окна, — и в том, что не дождалась, и в том, что вышла замуж, поддавшись на уговоры мамы, и в том, что назвала сына не так, как хотела, в честь его отца — Асланом...»

Она видела из окна, как сновали омоновцы по двору, заглядывая во все закоулки, обследуя все подвалы, видела она и то, как вышла бабушка с собачкой, как собачка облаяла «мерседес»...

Елена вскрикнула, она уже поняла, что будет дальше.

Аслана вытащили на проезжую часть, ловко скрутили, бросили на асфальт и врезали по почкам. Земля поплыла... Аслан вскрикнул, и удар повторился. Теперь они градом сыпались на него.

«Только бы этого не видела она», — мелькнула в голове Аслана мысль, и он поднял глаза на окна ее квартиры.

Елена стояла у окна...

Один из бивших его, тот, что врезал первым, заметил его взгляд, тоже увидел Елену и, спохватившись, приказал остальным:

— Хватит. В машину его...

Заломив ему руки за спину, двое поволокли Аслана за угол, и последнее, что увидел Аслан, был «газик», в который его с силой втолкнули, ударив головой о железный борт.

Аслан потерял сознание.

Он пришел в себя только в какой-то незнакомой ему квартире. Его попытались поставить на ноги, но он падал: ноги его совсем не держали, в голове стоял сплошной туман. Тогда его поставили на колени, придерживая с боков.

— За что? — силился спросить Аслан, но не мог, из его рта раздавалось лишь шипение, текла кровь...

Его били до тех пор, пока его глаза не превратились в две узенькие щелочки. Зубов во рту почти не осталось... Боли он уже не чувствовал. Он падал, его поднимали, обливали холодной водой, приводя в чувство, и снова били.

Наконец сказали:

— Можешь сам решить, жить тебе дальше или нет. Ты должен признаться, что являешься боевиком, что приехал сюда из Грозного совершать террористические акты, что собирался свою бывшую жену завербовать в отряд снайперов, а сына воспитать воином Аллаха...

Они включили камеру, очевидно рассчитывая, что после таких побоев человек не сможет сказать им «нет». Но Аслан, собрав все свои силы, прямо в камеру произнес:

— Я не боевик. Я не хочу вербовать жену. А сына не собираюсь делать воином Аллаха...

И упал от очередного удара.

— Мы заставим тебя это сказать!

Его душили, потом отпускали, давая отдышаться, и снова включили камеру. И он сказал:

— Можете застрелить меня, но я все равно этого не скажу.

Его били долго — до самого вечера. Методично и скрупулезно, по очереди, отдыхая от тяжелого физического труда. Все это время молчаливый человек с камерой сидел на стуле и ждал. Несколько раз он включал камеру, но Аслан снова отказывался говорить...

...За окнами уже темнело. Люди, которые вытрясали из Аслана душу, переговаривались между собой:

— Сколько еще? Неужели так и не признается?

Аслан молчал. У него не было сил даже говорить им, что ничего не скажет. Потом он сквозь затекшие веки видел, как они принесли бутылку с водой, насыпали туда что-то из маленького пакетика, который затем сунули Аслану в карман.

«Наркотики», — догадался Аслан.

Аслану широко открыли рот, вставили что-то в рот, чтобы не мог его закрыть, и опустили глубоко-глубоко горлышко бутылки, чтобы он не мог выплюнуть. Аслана рвало, они снова заливали в него жидкость. Потом на время прекратили процедуру, опять велели во всем «сознаваться». И в десятый, сотый раз ему диктовали текст для камеры:

— Я приехал завербовать жену в снайперы и забрать сына, чтобы воспитать его воином Аллаха...

А он только отрицательно мотал головой.

Наконец привели понятых, которых ничуть не удивил истерзанный вид задержанного. На глазах у них из кармана Аслана вытащили гранату РГД-5, взрыватель к ней, надорванный пакетик с героином, газовый пистолет, восемьсот долларов.

— Имей в виду, — сказали ему, — доллары фальшивые — это для тебя еще одна статья.

Составили протокол, когда уже совсем стемнело.

Аслана приволокли в какое-то казенное помещение и там продолжали избивать, только теперь это были другие люди.

Эти, новые, били с какой-то непонятной Аслану звериной радостью, словно душу отводили...

Били его и приговаривали:

— Это тебе за Минутку, теперь за Витька, — за всех наших братьев, которые там погибли, за наш район, это — за Заводской, а это — за Старопромысловский...

Он провалился в черную пустоту...

Очнулся от новых побоев.

— Что теперь с ним делать? — переговаривались они.

— Может, перевезти в ИВС?

— Куда? — не расслышал от ударов голоса своего «коллеги» один из палачей.

— Баран, — ответил первый, — в изолятор временного содержания.

— Далеко?

— Рядом, в Химках, — бодро ответил третий, успевший отдохнуть от изнурительного избиения чеченского «врага».

— Давай вставай! — Это уже было обращено к Аслану.

Но Аслан не мог держаться на ногах. Его челюсть была выбита. Он не мог вздохнуть — так резко болели грудь, спина, почки, бока.

Дежурные в ИВС отказались принимать его в таком виде.

Тогда у них возникла новая идея:

— Отвезем его на Восьмого Марта...

— Он же все слышит! — Второй заметил, что Аслан шевельнулся.

— Сейчас забудет, — ответил первый.

После чего его снова «погрузили» в тьму беспамятства. Аслан пришел в себя все в том же «газике». Он уже не понимал, утро сейчас или вечер, в глазах было темно, он думал только об одном: «Быстрей бы убили...»

Но, судя по всему, это в намерения палачей не входило. Везли его долго, часа два, по крайней мере, так казалось Аслану. Наконец «газик» остановился у больших железных ворот. Это оказалась больница.

Его бросили в коридоре, а сами палачи пошли в кабинет, из которого врач так и не вышел, чтобы взглянуть на больного.

— Господи, — склонилась над Асланом проходящая мимо санитарка-старушка, — кто же это тебя так?

Аслан не смог ответить. Открылась дверь кабинета, палачи вышли со справкой, очевидно, той, которая была им нужна.

— Может, помочь чем, сынок? — Старушка пыталась вытереть кровь на лице лежащего на полу Аслана.

— Иди, мамаша, по своим делам! — грубо скомандовал один из палачей и оттолкнул старушку. — Нечего наркоманов жалеть!

Старушка с жалостью посмотрела вслед утаскиваемому палачами Аслану, покачала головой:

— Господи, когда же все это кончится!..

— Гляди не болтай у меня, — оглянулся один из палачей, — а то для тебя прямо сейчас все и кончится...

Второй засмеялся. Очевидно, это была шутка.

— Куда теперь? — спросил первый, когда они вышли во двор больницы.

— Петрович сказал, челюсть надо ему вправить, — другой показал в неведомом Аслану направлении — туда.

«Заботятся, гады», — мелькнуло в сознании Аслана.

Тащили его недолго. Новое помещение находилось неподалеку от больницы. Аслан увидел только белый халат, белую маску на лице костоправа, который собирался вправить ему челюсть, и потерял сознание от острой боли, пронизавшей все его тело...

Пришел в себя он на бетонном полу. Боли он уже не чувствовал. И не думал о том, что с ним вообще будет дальше. Но почему-то беспокоил вопрос: «Неужели это Елена сообщила им, что я был у нее? Ведь они взяли меня буквально через десять минут после того, как я вошел в ее квартиру. И это не проверка паспортного режима. И не облава на террористов. Омоновцы действовали целенаправленно...»

Аслан гнал от себя подобные мысли, но его сознание снова и снова возвращалось к этому: «У нее своя семья, другая жизнь, я для нее — препятствие, возможно, даже напоминание о сделанной ошибке... Может, это и к лучшему, что у сына другой отец и что в его документах не будет написано: «Чеченец»...

Хотя он, как она однажды сказала, моя копия. Бедный мальчик, только бы ему не пришлось пережить всех страданий, которые выпали на мою долю только потому, что я чеченец...»

Он вспомнил о том, с какой гордостью отец говорил ему о его происхождении. Древний княжеский род Магомадовых был известен не только в Грозном. Аслан всегда гордился своими предками. Даже тогда, когда в армии впервые в жизни услышал от «дедов» презрительное, обращенное к нему:

— Чечня!

Аслан ответил с гордостью:

— Да, я чеченец и горжусь этим.

«Деды» растерялись, они ожидали чего угодно: ответных оскорблений, драки, обид, но только не такого спокойного, гордого ответа.

С этого момента все вокруг словно забыли о его происхождении, и ни разу до конца службы никто не осмелился напомнить ему об этом.

Аслан рассказал своей матери о том, что в Москве у него есть сын, рассказал и об отношениях с родителями Елены. Мама Аслана рассудила, как всегда, мудро:

— Без родительского благословения, сынок, счастья не будет... Но если ты любишь и если она тоже тебя любит, то быть вам вместе вопреки всем обстоятельствам, козням всех врагов, которые только укрепят ваши чувства...

— Я очень скучаю по сыну, — говорил матери

Аслан, — хочу его видеть, но боюсь мешать ее жизни, да и Сереже сейчас лучше не знать о своем отце...

— Если это твоя кровь, — так же спокойно и степенно отвечала мать, — то он тоже скучает и рано или поздно потянется к родному отцу, но не торопи события...

И Аслан ждал.

Голова раскалывалась, думать больше не было сил. Аслан провалился в глубокие расщелины памяти, ему почудился знакомый запах старых вещей, почти забытые голоса...

Аслан встал и пошел, открыл дверь в другую комнату и... очутился в темной комнатке с низким потолком — в крестьянской избе в три маленьких окошка, расположенных низко над полом, через них сильно бил свет луны с улицы. Комната слева была во тьме, но угадывался стол со стульями, и вроде там кто-то сидел. Из окна виделись сугробы снега, аккуратно отметенные к концам протоптанной дорожки, — так было принято у них чистить улицы. Что-то очень знакомое...

Аслан узнал эту избушку с островерхой крышей, как монашеский куколь укрывшейся между трех кирпичных двухэтажек — эдакая присевшая бабушка. В этой избушке жила его бабушка до конца своих дней, как ни звали ее сыновья переселиться в новый, только что выстроенный кирпичный дом — та ни в какую.

И тут услышал Аслан голос бабушки, она позвала его ласково:

— Асланушка, иди ко мне... Сядь со мною...

— Бабушка...

Аслан прижался к ее лицу щекой. Она погладила его по голове своей сильной шершавой рукой:

— Узнал меня, внучек?

— Да, бабушка, но ты же умерла?

— Умерла, умерла, но вот решила с тобой повидаться. Здесь можно...

— Да ведь твою избушку снесли двадцать лет назад!

— Ничего, что нету, мне разрешили побыть здесь недолго.

— Так это что, теперь комната свиданий, что ли?

— Свиданий, внучек... Как ты, родной?

Аслану захотелось поцеловать ее, но что-то не пускало, она почему-то отстранилась в глубь комнаты, лицо ее уплыло куда-то, но рука так же сильно продолжала гладить Аслана по голове.

— Плохо, бабушка, помираю, видно...

Бабушка начала всхлипывать, плакать, утирая глаза краем ладони, Аслан вспомнил: она всегда так делала. Аслан взял ее руку в свою, а руки уже не видно, и лицо ее растаяло на глазах, остался только последний шепот:

— Иди туда, там тебя любят...

— Куда — туда, бабушка?

Все, и нет ее. Растаяла бабушка Аслана вместе со своей ветхой избушкой.

«На тот свет зовет, что ли?» — думал Аслан, приходя в себя, со стоном поворачиваясь на другой бок.

7

Уже с первой ее фразы в голосе слышалась такая беззащитность и в то же время такая надежда на то, будто я именно тот человек, который способен ей помочь, что сомнений у меня не оставалось: я возьмусь за это дело. Просто не смогу ей отказать. И вовсе не потому, что я такой уж слабохарактерный.

Однако сантименты сантиментами, а служба службой. Святым духом сыт не будешь.

— Хорошо, — сказал я, когда Елена немножко успокоилась после своего рассказа, впрочем, она взяла себя в руки довольно быстро. — Я согласен вести это дело. Но проблема в том, что бесплатно я не работаю. — Я предпочитаю говорить о деньгах безо всяких там намеков, чтобы всем сразу было все ясно. Иначе потом окажется, что кто-то что-то не так понял... — У вас есть деньги?

— Да-да, конечно. — Она стала поспешно рыться в сумочке. — Я не знаю, сколько вы попросите, но это не самое важное. Деньги у меня есть.

Я назвал сумму, обычную для таких дел. Конечно, всегда есть некий соблазн завысить цену, услышав, что клиент может заплатить больше, но и тут необходимо знать меру.

75

— Разумеется, это в том случае, если все пройдет без всяких осложнений и закончится благополучно. Так что деньги лишь по окончании дела, — добавил я, видя, что она все так же продолжает рыться в сумочке. — Хотя, конечно, мне будет нужен некоторый аванс. Но совсем необязательно давать его сию секунду...

— Да нет, я же точно брала с собой кошелек. Помню, как собиралась к вам, отсчитала деньги, положила кошелек в сумочку. Еще книжку какую-то выложила... О господи, неужели, еще и кошелек украли. — И слезы вновь покатились из ее глаз, она разрыдалась. — Ну почему, почему все так сразу? Одно за другим, одно за другим, — всхлипывала Елена, утирая глаза платком.

Вот против чего я так до сих пор не нашел стопроцентно работающего средства, — так это против женских слез.

Особенно когда ты почти не знаешь самой женщины.

Когда и сам понимаешь, что какие-то причины для этих слез несомненно есть.

И когда видишь, что женщина перед тобой не истеричка какая-нибудь, а весьма сдержанная особа, которая вряд ли себе часто позволяет подобное на людях.

Это был как раз такой, особенный случай.

Впрочем, один способ успокоить женские рыдания я все же знаю. Способ этот заключается в одном коротком глаголе — «отвлечь». Я налил из графина, без которого просто невозможно обойтись на рабочем месте в такую жару, воды в стакан и протянул Елене. И словно невзначай спросил:

— А кем работает ваш муж?

— Он крупный чин в МВД... — ответила женщина после пары больших глотков. Впрочем, и после воды ей пришлось поделить название этой должности на три неравных части, чтобы успеть пару раз всхлипнуть. — Извините, что я так...

— А точнее?

— Генерал... Он курирует в министерстве места заключения...

Ой неплохо! Перед таким чиновником все начальники тюрем в струнку вытягиваются.

— А вы не предполагаете, что он тоже может быть замешан в этом деле? — продолжал спрашивать я. Это был вопрос наугад, взятый с потолка, имевший целью, как я уже говорил, единственно отвлекающий маневр. И он сработал!

— Вы знаете... — Елена не то задумалась, не то замешкалась. — Вы знаете, мне тоже приходила в голову эта мысль. Иначе кому все это было бы нужно. И вся эта милиция опять же. И откуда они знали, что он у меня окажется?.. Они, конечно, могли просто следить за ним, но мало ли ходит по Москве кавказцев. А арестовали почему-то Аслана.

Да, Гордеев, славно сработано — все-таки иногда полезно доверять первой же мысли, которая возникает у тебя в голове. Какая-никакая, а все же ниточка! Не факт, что правильная и ведущая в нужном направлении, но ведь и отрицательный результат — тоже результат, как считают люди поумнее нашего.

Пока исходных данных настолько мало, что версий может быть бесконечное количество — от каких-нибудь мстящих чеченцев до масонской ложи или, например, неземной цивилизации, которой бедный Аслан Магомадов помешал в исполнении ее высших планов, а потому среди них найти хотя бы одну правдоподобную и небредовую нить — первый, необходимый и важный шаг.

— Значит, вы допускаете, что этот арест был совершен по указке вашего мужа из-за ревности?

— Я, конечно, не вполне уверена в этом. Но это могло произойти.

Мог, мог. Конечно, мог... Для чиновника такого уровня устроить арест неугодного бывшего любовника жены — раз плюнуть... Конечно, это пока только мои предположения, но уж больно они похожи на правду.

— Хорошо, а ваш муж знал о том, что к вам собирается Аслан?

— Вообще-то я ничего такого ему не говорила — зачем?

— Ну а кто такой Аслан, он хотя бы знает?

— Да, кое-что он знает. Я рассказывала о нем, когда мы только познакомились, говорила, что собираюсь за него замуж. Но я не ожидала от него такого. Не думала, что он на это способен...

— А вы, — спросил я осторожно, — как к нему относитесь? Извините, конечно, что я лезу в ваши личные дела, но это мне тоже важно знать для расследования.

— Да-да, конечно, я понимаю, — сказала она,

проведя ладонью по лбу. — Нет, я его не люблю. Хотя я уважала его до сих пор. Это был фиктивный брак — ему нужна была жена, с которой можно было бы выйти в общество, этакий непременный атрибут, я бы сказала. Я... наверное, я совершила ошибку. Но я так устала ждать Аслана, и у меня уже не осталось надежды на то, что он когда-нибудь вернется. А жизнь как-то нужно было устраивать... А теперь приходится об этом горько сожалеть.

«Гораздо горше сейчас приходится сожалеть Аслану», — подумал я, но, разумеется, ничего не сказал. По-своему Елену я тоже понимал.

— Что ж, — сказал я вместо этого, — все мы совершаем ошибки, о которых впоследствии приходится горько сожалеть. Никто от этого не застрахован. Ладно, пока у меня к вам больше нет вопросов. Надо, видимо, ехать в прокуратуру, со следователем беседовать. Вы знаете, кто расследует это дело?

— Сейчас, — она снова полезла в сумочку и извлекла оттуда аккуратную записную книжку. — Вот нашла. Ковалев, Александр Васильевич, Дорогомиловская прокуратура. Бережковская набережная, 14. И телефон есть. Нужен?

— Да нет, все равно туда ехать придется. А впрочем, давайте, чтобы потом в справочнике не рыться.

Она продиктовала телефон. Я записал.

— Свои координаты мне заодно тоже оставьте, пожалуйста.

— Да, конечно, я совсем забыла, извините мою рассеянность.

Я кивнул слегка. Она продиктовала свой адрес и телефон.

— Хорошо, я позвоню вам, Елена Николаевна.

— Можно просто Елена, — произнесла она. — До свидания.

— И последний вопрос, — вдруг вспомнил я, когда она уже была у двери моего кабинета. Елена обернулась. — А почему вы пришли именно ко мне?

— Сама не знаю... Хотелось не слишком постороннего человека, моя подруга вас посоветовала. Она с вашей помощью развод оформляла когда-то. И дала о вас самые лестные отзывы. На вас можно положиться.

— Надеюсь, я оправдаю ваши ожидания, — сказал я несколько смущенно и попрощался.

Вот и будь недовольным, ворчи после этого на «бесплатные» дела — те, что сваливаются на нашу юрконсультацию по назначению суда, а потом с помощью Розанова расходятся по адвокатам, работающим здесь. Клиентура все-таки вещь полезная. И мне очень повезло, что у меня есть талант производить на женщин приятное впечатление...

Однако же хватит думать о пустяках, пора и делом заняться. Но вместо этого я уставился в одну точку и замер.

В голове было, что называется, шаром покати — пусто. Казалось, я даже не способен был ни о чем думать. Но я не прогонял это ощущение — по своему опыту знаю, что раз на меня такое накатывает, это неспроста. Для меня это своего рода непроизвольная медитация. Мозг что-то себе соображает и не успевает формулировать словами. Анализирует информацию, раскладывает по полочкам. Видимо, из этого-то процесса и возникает то, что я склонен называть интуицией — ответы на вопросы впоследствии могут прийти будто бы сами собой, на самом деле являясь результатом такого вот мыслительного процесса. Единственная проблема вот в чем: я понятия не имею, какую именно информацию анализирует в данный момент мое неугомонное серое вещество — может, это история, рассказанная только что Еленой, а может, например, и какой-нибудь ничего не значащий случай, как, например, сбитая сегодня моей машиной Юлия. Или вовсе случайно услышанный разговор в той же булочной. Поэтому я и не даю себе расслабиться подобным образом очень уж надолго — жаль времени на то, что может и не пригодиться. Хотя, не спорю, вполне возможно, что разговор в булочной тоже может вдруг оказаться полезным для дела. Неисповедимы пути господни... Все это может пригодиться и не прямо сейчас, а лет так через десять, допустим.

Однако же действительно хватит сиднем сидеть. И, словно услышав мои мысли, раздался телефонный звонок.

— Гордеев, — машинально ответил я, хотя звонок был местный, не городской.

— Тебя там случайно бандиты не убили? — раздался в трубке вкрадчивый голос Розанова. — Или ты от жары приклеился к кожаному креслу?..

Как я мог забыть?! Я же должен был быть у Розанова уже час, нет, даже два часа назад.

— Извини, — ответил я. — Тут возникло одно неотложное дело. Ко мне посетитель приходил.

— Ну тогда ладно. Но ты все же зайди, если не очень торопишься.

— О'кей, — ответил я и положил трубку. Потом снова поднял ее и позвонил в прокуратуру, надеясь договориться о встрече с этим самым Ковалевым. Но линия была занята. Ну что ж, пойду к Розанову.

Розанов мне, правда, ничего особенно важного не сказал. Поинтересовался, что за посетитель ко мне приходил. Подмигнул, узнав, что посетитель относится к прекрасной половине человечества. Пожелал удачи в ведении дела. Я недоумевал:

— А зачем я был нужен-то?

— А-а! — махнул рукой Розанов. — Еще тебе дело хотел предложить. Но, смотрю, у тебя и без него проблем хватит. Так что иди. Считай, что тебе повезло. Кто там у нас еще в отпуск не ушел... Евсеенко? Вот пусть и займется. — Последние фразы уже были предназначены скорее не мне, а самому себе, поэтому я почел за лучшее раскланяться. В фигуральном, конечно, смысле.

Услышав слова об отпуске, я на мгновение почувствовал запах моря — даже и неважно, какого именно, Черного, Средиземного, Мертвого, Красного или даже Белого, — и чуть ли не услышал крики чаек и шум людских голосов на пляже, но только вздохнул и решил утешиться мыслью, что по крайней мере мое новое средство передвижения не позволяет на себя жаловаться.

Сегодня у меня неприемный день, так что пусть

вас не удивляет, что я до известной степени был свободен в своих передвижениях или бездеятельном на первый взгляд просиживании на одном месте.

Я опять набрал номер Дорогомиловской прокуратуры. К счастью, Ковалев Александр Васильевич оказался на рабочем месте. Мы договорились о встрече, я сел в машину, не забыв включить вентиляцию, и поехал на Бережковскую набережную, дом 14, встречаться со следователем.

8

Мало-помалу в камере Аслана стали принимать за своего. Услужливый Баклан шепотом доложил, что на самом деле злосчастный ларек не очень-то и сгорел, а только успел обгореть. Пожарники его слишком быстро потушили. «Сгорел» хозяин ларька, когда следствие не обнаружило следов пропавшего товара. Ни жестяных коробок, ни стеклянных флакончиков! А там было французской косметики на такие фантастические бабки! И не сосчитаешь! Хозяин ларька частично получил страховку за ларек, за само строение. А товар не был застрахован. Так что... Тот лох, который отдал ему товар на реализацию... Словом, хозяину ларька самое милое дело теперь отсидеться. Хоть бы и в Бутырке.

Так же и с шапками. Тот мужик ведь не только шапку «подобрал». Но еще и сумку с кошельком и сотовым телефоном, перчатки с рук, сапоги с ног «подобрал»... Зимой. Бедная девушка босиком по снегу за милицией бежала. А этот, когда вещи у нее «подбирал», впопыхах сломал несчастной несколько ребер.

— Здоровый пердак, — ябедничал Баклан, — а на девчонку кулаки поднял.

— Да, я понимаю. — Аслан сторонился его, не желая даже слушать о чужих секретах, ввязываться во все эти уголовные разборки.

Ему было совершенно достаточно и того, что земляки чеченцы, промышлявшие в Москве «незаконным бизнесом», а проще говоря — воровством и рэкетом, помимо воли своими разговорами впутывали его в собственные темные и скользкие дела.

Но от их заступничества, от помощи и подкормки Аслан не отказывался. Во-первых, потому что не хотел открытой конфронтации, а во-вторых, потому что просто не выжил бы без этой подмоги. Но дистанцию держал — вы «воры», а я «мужик».

Другие заключенные тоже пробовали наладить отношения с Асланом, видимо надеясь таким образом приблизиться к обособленной чеченской группировке. Но он не пошел на контакт. Болтливый и смешной Баклан все время лез к нему со своими «секретными» сведениями и откровенными сплетнями. И тоже безрезультатно.

Ближе всего Аслан сошелся со стариком. «Сын полка», может быть и заслуженно, считал себя народным, почтенным мудрецом, поучал всех и каждого прописными, банальными истинами. Чеченцы из уважения к его возрасту и званию покорно кивали, слушая старика. Все остальные сокамерники молча терпели его байки.

А он попал сюда за благородный поступок.

Кто-то из полевых командиров, рассказывая иностранцам перед телекамерами об удивительной судьбе старого ветерана, щедро приписал ему сорок лет антисоветского подполья. Журналюги фотографировали легендарного старика у него дома. И опубликовали в журналах. На весь мир ославили!

Дело в том, что за месяц до этого старик спас от расстрела троих русских солдатиков. Пожалел голодных, измученных мальчишек. Они попали в плен, потому что двое из них были ранены, истекали кровью. А третий, тощенький и слабенький, отстреливался до последнего, но так и не смог защитить товарищей. Чтобы не возиться с ними, не лечить, полевой командир распорядился сопляков пристрелить и закопать. Старик выпросил их себе якобы для ухода за коровами. Старуха и дочка с невесткой жалостливо ухаживали за ранеными, немного откормили их. Ну, естественно, эти ребята, поднявшись на ноги, помогали как могли в хозяйстве. А как иначе, если ты живешь в этом доме? Пронырливые иностранные корреспонденты нагло, без приглашения ворвались в дом — как раз тогда, когда солдатики чистили хлев. Обычная крестьянская работа. Женщины обед готовили. Старик косу точил. Пацаны хлев чистили.

Во всех репортажах старика обзывали рабовладельцем. Помещали фотографии с подписями типа: «Бывший фронтовик заботится о своих белых рабах!»

Еще и прислали ему домой несколько таких лощеных журналов!

Собрал он своих солдатиков и, на собственный

страх и риск, повез их в Россию, по домам. Хотел матерям вернуть. Но их арестовали в Ростове-на-Дону. Ребята стояли за него горой, написали собственноручные признания и показания, как и что было на самом деле. Это не помогло. Их, как дезертиров, отправили обратно — в свои воинские части. Для расследования происшествия. А старика, конечно, не стали судить на месте. Не было даже повода для задержания. Но почему-то переправили в Москву. На доследование.

— Наверное, хотят мне какое-нибудь преступление приписать, — вздыхал старик, лежа на нарах. — Это у них запросто. Тут посидишь, такого наслушаешься...

— Учитель, — сказал ему Аслан, — вы герой настоящий. Вы от Гитлера спасли не только Россию, но и весь мир. Пусть теперь и пишут. Это уже неважно. Вы уже совершили свой подвиг.

— Надоело мне все это, — закашлялся смущенный старик. — Все вы мне льстивые слова говорите. Ты бы лучше про себя рассказал.

— Да мне и похвастать-то нечем.

— Пока тебя на допросы не таскают, время есть. Расскажи, сынок, — попросил старик. — И сам жизнь свою обдумаешь, и нам полезно послушать.

— Не томи, — подталкивал его и седой, — рассказывай. Со всеми подробностями.

— Родился в Грозном, — начал вспоминать Аслан, — в самом прекрасном месте! В самом сердце города!

Он огляделся и увидел, что практически вся камера приготовилась слушать.

— Давай рассказывай. Все именно так и было! — подбадривал Баклан.

— У тебя кто родители? — Здоровенный амбал протиснулся в первые ряды слушателей.

— Папа, — задумался Аслан, — был ученым. Он физиолог. Много книжек написал про то, как устроен человеческий организм.

— Открыл чего-нибудь? — поинтересовался Баклан. — Разрабатывал лекарства?

— Нет.

— Зря ты так! — обиделся за папу Баклан. — Обязательно нужно сказать, что папа что-то важное изобрел! Академии наук все равно, а нам было бы очень приятно!

— Замолчи, — шикнул на него седой. — Он правду говорит, а тебе только всякие враки слушать!

— Они познакомились с мамой в университете. Вместе учились. Ну и...

— Понятное дело! Молодежь! Наверное, в общежитии жили? — комментировал неугомонный Баклан. — Там без этого невозможно! Обязательно нужно кого-нибудь поиметь.

— Заткнись! — рявкнул на него амбал. — А то я тебя сейчас... поимею!

— У нас тоже без этого никак нельзя, — хохотнул наверху писклявый голосок.

Аслан помолчал немного и продолжил рассказ:

— Поженились, свадьбу сыграли. Меня родили. Работали. Я вырос. И пошел в школу.

— Ну! — не унимался Баклан. — Ты давай с подробностями. Чтобы интересно было.

Амбал замахнулся было на Баклана, но сдержал удар:

— Прав Баклашка! Как ясный пень! Ты давай поподробнее. Чтоб не скучно было.

— Это же долго, — замялся Аслан. — Да и неинтересно. Все обычно. Как у всех.

— Ты давай рассказывай, — подначивал Баклан, — а уж мы сами решим, что у тебя получилось здорово, а что надо заново рассказать. Правда, братаны?

— Не тяни резину! — кричали с разных нар. — Начинай! Крути кино!

— Помню, как в самом раннем детстве мы с родителями ездили на Каспийское море. Стояла тогда пыльная и ветреная погода. По волнам бегали барашки. А в песке прямо под ногами попадались такие красивые круглые раковинки. Ребристые. Солью пахли. А у мамы платье крепдешиновое. Развевалось на ветру.

— А под платьем! — захихикал писклявый голосок. — Папаня небось задрал мамане платьишко да и... Ты уж все рассказывай.

Никто не оборвал охальника. Аслан помолчал немного и спокойно продолжил:

— Отец у меня был здоровым и крепким. Так что маму мою... он не обижал. Не волнуйся за нее! Уверен, что мало ей никогда не было. Я вам свою жизнь рассказываю. А дрочить ты будешь на фотографию из газеты «Спид-инфо», понял?

— Еще что-нибудь вякнешь, — обернулся к писклявому амбал, — я тебя сам надрочу. От лысины до жопы. Сечешь, падла?

— Молчу, молчу. Больше ни за что! Гад буду.

— Пусть все помолчат! — крикнул кто-то сверху. — Давайте так. Час парень рассказывает, мы молчим. Потом задавайте вопросы, комментируйте как хотите.

— А он успеет за час?

— Завтра продолжит. Или ты завтра откидываешься?

— Тоже мне сказал! — засмеялся от дурного предположения Баклан.

И снова все обернулись к Аслану: мол, мы за тебя все решили, так что давай исполняй!

— Первый раз в первый класс, — задумался Аслан и сделал внушительную паузу.

Все хором вздохнули, и каждый вспомнил свой исторический момент.

— Желтые листья, синее небо, фиолетовые астры в букете, учительницы добрые и красивые.

— Можно я про платья спрошу? — снова не утерпел писклявый. — Только одно уточнение. А то он пропустит важную подробность...

— Молчать! — гаркнул амбал. — Настроение портишь.

— Ну ладно, я потом...

Аслан, уже не обращая внимания на споры и пререкания, засмотрелся в мутное окошко и полностью погрузился в воспоминания...

— Первый раз я влюбился в первом классе, — мечтательно произнес Аслан.

— Молодец! — похвалил его Баклан шепотом. — Правильно заводишь!

— Это была девушка из десятого класса! Нас, первачков, десятиклассники за ручку провели в класс. Меня вела самая красивая девушка в школе! Все смотрели только на нас! Потом целый год я на каждой перемене обязательно бегал к дверям десятого класса смотреть на нее. У нее был парень, с которым она дружила. Он меня не ревновал. А один раз они взяли меня с собой на новогодний вечер. В нашей школе. У нас же, у малышей, был только утренник, а у них настоящий новогодний бал. Мы вместе пришли в школу... Только меня не пустили. И они повели меня обратно, домой. До сих помню, как весело мы шли по бульвару. На самом деле мне от школы до дома только трамвайные пути на улице Красных Фронтовиков перейти. Но мы-то шли самыми долгими окольными путями! Сидели в беседке. Ее парень все время что-то смешное рассказывал. Я просто по земле катался от смеха! Домой меня привели всего грязного! Я мечтал вырасти поскорее. Чтобы снова встретиться с ней. И вырос...

— А она постарела! — обрадовался такому финалу Баклан.

— Не очень, — смутился Аслан. — Но... У нее своя семья, куча детишек, наверное.

— Так ты ее больше не видел? — поразился седой.

— Говорят, что она с мужем и с родителями уехала в Турцию.

— Да поможет ей Бог! — заключил рассказ старик.

С этого дня Аслан стал регулярно рассказывать о своей счастливой довоенной жизни. О друзьях-товарищах, о мальчишеских проделках, о семейных поездках к старикам в деревню. О похоронах дедушки и бабушки. О старой учительнице музыки, которая так и не сумела выучить маленького Асланчика игре на пианино. Камера слушала с интересом. Все было уже переговорено, рассказано... Поэтому новый человек воспринимался как кладезь информации.

— Асланчик упрямый, как ослик, — горестно приговаривала она. — Легче собаку научить разговаривать, чем заставить его выучить гаммы. Не зря говорят, что в музыканты нужно выбирать только еврейских детей. Они исполнительные и послушные! Не то что вы, чеченцы!

Аслан рассказывал, словно перелистывал давно потерянный старый альбом с фотографиями.

9

Ковалев оказался молодым человеком высокого роста, с семитской внешностью, лет этак на семь старше меня и не очень походил на следователя. Хотя кто знает, как должен выглядеть следователь? Не всем же быть похожими, к примеру, на моего друга Александра Борисовича Турецкого. Ковалев обладал типичной внешностью «ботаника», чему немало способствовали его очки. Именно не профессора там, не академика, не просто умного человека, а «ботаника», что у любого нормального человека вызывает легкое и необъяснимое отвращение. Вот и этот — вроде и придраться не к чему: и выглядит прилично, и сам из себя не убогий, не хромой, а все равно я почувствовал некоторое внутреннее напряжение.

— Здравствуйте, — улыбаясь, протянул мне руку Ковалев.

Пришлось пожать. Впрочем, может, я зря так? Внешность — она обманчива. Посмотрим.

— Здравствуйте, — произнес в ответ я, ничем не выдав свое к нему первоначальное отношение. — Я по делу Магомадова.

— Конечно, я помню, вы звонили. Я так понял по нашей с вами телефонной беседе, что вы всерьез полагаете защищать Магомадова?

Я искренне удивился:

— Да, вы правильно поняли. Я же его адвокат.

Он покивал:

— Конечно, конечно. Только неужели вы думаете, что сумеете доказать его... — Ковалев помялся, — невиновность?

— Это моя работа, — пожал я плечами.

— Однако, несмотря на вашу и ваших коллег работу, по закону... м-м... «преступник должен сидеть в тюрьме».

— Суда еще не было, — сухо возразил я. — А потому Магомадов не преступник.

Я не понимал, почему Ковалев играет со мной в кошки-мышки, к чему все эти прописные истины. Нам обоим вроде не по двадцать лет.

«Ну-ну, — подумалось мне. — Попробуй догони».

— Ну, суд как раз не проблема, — усмехнулся Ковалев.

— И доказательств у вас опять же нет.

— И доказательства будут, — с легкостью возразил Ковалев. — Вы же отлично понимаете... м-м... что доказать в наше время можно все что угодно. Что небо черное, а земля белая, и наоборот. Все зависит только от желания.

— Чьего желания?

— Желания того, кто имеет власть.

— Марченко, например, — брякнул я наугад, чтобы окончательно проверить свою пока единственную версию. И не промахнулся.

— Марченко, например, — повторил Ковалев, но уже с утвердительной и несколько издевательской интонацией.

Ничего, хорошо смеется тот, кто смеется последним.

— То есть вы даже и не скрываете, что дело сфальсифицировано? — Я даже не очень удивился его наглости. Такие мне уже попадались. К сожалению, чаще, чем хотелось. Уверенные в собственной силе индюки. Правда, из-за этого-то индюки и попадают обычно в суп. Не все, к сожалению...

— Ну вы же неглупый человек, — ответил Ковалев, хотя вряд ли он на самом деле так считал. — Рано или поздно сами бы догадались.

— Тем не менее я бы хотел ознакомиться с материалами дела.

— Пожалуйста, — пожал плечами Ковалев, вытаскивая из ящика письменного стола папку.

Я открыл ее и углубился в чтение.

С самого детства Саша Ковалев испытывал ко всем окружающим его людям какую-то необъяснимую легкую брезгливость. Сам же патологически стремился к абсолютной чистоте и аккуратности — причем не только в собственном внешнем виде. Все, что он делал, также должно было отличаться абсолютной законченностью, завершенностью. Может, с точки зрения общепринятой морали не все его поступки были правильны и кристально чисты, но они вели прямой дорогой к его цели. Цель эта формулировалась поначалу довольно просто — выбиться в люди. Выбраться из подмосковного Серпухова, где никогда и ничего не произойдет, выбраться из своей нищей семьи, где спивающаяся мать и двое младших сестер-двойняшек, а про отца никто и никогда не вспоминал. Ну а советская школа в те времена легко открывала дорогу тем, кто был согласен на любые средства в достижении цели. А Саша Ковалев был согласен.

Он старательно учился и, разумеется, был отличником. Принимал активное участие в пионерской, а потом и комсомольской жизни, ездил на районные олимпиады и на некоторых даже побеждал. Но, несмотря на всю его старательность и отличную учебу, его не слишком жаловали учителя, не говоря уж об одноклассниках. Те поначалу даже подкарауливали

94

его в темных углах, чтобы как следует избить. Но после этого Ковалев не менее жестоко мстил им, благо он был и сам не слаб. И к тому же злопамятен. Так что через какое-то время избиения прекратились и одноклассники просто старались держаться от него подальше. Ковалев, правда, не слишком страдал от этого бойкота.

В десятом классе он похоронил мать — с некоторым облегчением даже: ее пьянство и, скажем так, не самый достойный образ жизни портили Александру Ковалеву репутацию в комитете комсомола. Сестер он пристроил в швейное училище, так как никаких особых надежд они не подавали.

На мехмат в МГУ он поступил с первого раза — и золотая медаль помогла, и рекомендации от райкома комсомола. Но, проучившись один курс, вдруг понял, что ничего особенного из него не выйдет: одной старательности и аккуратности без каких-либо сногсшибательных способностей не хватит, чтобы стать кем-то в математике. Он отслужил в армии — по счастью, попал в ГДР. В Германии он почувствовал запах денег — но только почувствовал: по-настоящему прикоснуться к более или менее крупным суммам ему не довелось. Вернувшись в Москву, Ковалев перевелся с мехмата на юрфак и благополучно его закончил. Он, однако, так и не успел добиться хоть какой-то ощутимой власти — началась перестройка, и кому-то из его бывших одногруппников, державших на него зуб, вспомнились его комсомольские заслуги.

Да и самому Ковалеву расхотелось стремиться

куда-то, ловить журавлей в небе. Он понял, что при умелом ведении игры, будучи и обыкновенным следователем, он сможет заработать достаточно. Так что хоть уважения со стороны коллег он не добился, но расположение начальства завоевать сумел.

— Значит, Аслан Магомадов отрицает свое участие в операциях бандформирований?

— Естественно, — усмехнулся Ковалев, — это его единственный шанс — отрицать все подряд.

— А если это правда?

Ковалев покачал головой:

— Нет, это неправда. Магомадов был активным участником банды Бараева.

— У вас есть доказательства?

— Я представлю доказательства этого, не волнуйтесь.

— Значит, вы считаете, что дело моего подзащитного практически заранее проиграно? — Я решил косить под дурачка.

— Абсолютно, — с непоколебимой уверенностью кивнул Ковалев. — За одно только участие Магомадова в банде полевого командира Бараева ему не поздоровится.

— А если все-таки Магомадов будет оправдан? — зачем-то продолжал настаивать я, хотя давно было пора заканчивать эту бессодержательную беседу, больше похожую на бессмысленное переливание из пустого в порожнее.

— Это слишком невыгодно всем остальным, тому

же Марченко. Никто не захочет вместо Магомадова оказаться на скамье подсудимых. Так что забудьте и думать об этом, — сухо и высокомерно ответил Ковалев, давая понять, что этот разговор надоел не только мне, но и ему тоже.

Что ж, думал я по дороге домой, в принципе наш разговор бесполезным назвать никак нельзя. Я еще раз взвесил в уме все, что мне удалось узнать.

Во-первых, я подтвердил свою версию, что во всем этом замешан Марченко, муж Елены. Вот до чего может довести ревность высокопоставленных мужей! Будем надеяться, я не перейду дорогу подобному ревнивцу, хотя, конечно, вероятность, наверное, велика.

Вторая важная вещь, которую удалось узнать, — они могут сфабриковать доказательства того, что Магомадов служил у полевого командира Бараева. Значит, они как-то связаны с этим человеком.

Честно говоря, я не слишком много о нем слышал — не хватает времени следить за событиями в Чечне. Мне было известно, что Мамед Бараев — довольно известный бывший полевой командир. Значит, надо узнать о нем побольше.

Я проехал еще пару кварталов, и глаза мои наткнулись на киоск «Крошки-картошки» — один из тех, что появились в Москве года два назад. Я их, правда, открыл для себя совсем недавно, но с тех пор пристрастился.

Припарковавшись возле тротуара, выстоял небольшую очередь (не только у меня это блюдо, оказывается, пользуется популярностью), заказал себе две, нет, кивнул я продавщицам, лучше три штуки, с грибами, с сыром и с сосисками, чуть поболтал с девушками, ожидая, пока картошка будет готова, и с удовольствием принялся за еду.

Небо вокруг незаметно приобрело сине-фиолетовый оттенок. В московском небе опять сгущались тучи.

10

Сокамерники стали заметно лучше относиться к Аслану. И поговорят приветливо, и угостят с каждой передачи.

Больше всего Аслана печалило то, что Елена не приносила передач. Дело даже не в продуктах, которые составляли тут для всех основную часть ежедневного рациона. Аслан рассуждал так: если она не носит передачи и не ходит на свидания, значит, не хочет с ним иметь никаких дел. Значит, забыла. Значит, зря он ехал в Москву...

Собственно говоря, не только Аслану — и старику никогда не приносили передач. Таких в камере было около трети. То есть человек двадцать. Те, кто входил в какую-то группу, занимал там какое-то важное место, те получали от щедрот, а прочие...

Рассказы Аслана как-то смягчили тюремные нравы. Продуктами стали делиться все. Естественно, никто из криминалитета не превратился в розовых мотыльков, но агрессивности и напряженности заметно поубавилось.

Каждый вечер, как на мексиканский сериал, все собирались слушать Аслана. До этого главным рассказчиком в камере был изобретательный и остроумный Баклан. За что его и подкармливали. Сперва он довольно-таки ревниво отнесся к возрастающей популярности Аслана, но потом роли их как-то удобно распределились, и все успокоилось. Баклан развлекал всех днем, а Аслану выделялся час вечером.

— Учился я в пединституте на инязе, — в очередной вечер рассказывал Аслан. — Хотел поступать, естественно, в самый престижный институт — в МИМО, но, как говорится, мимо прошел... Пролетел! Как фанера над Парижем. Случайно пошел в пединститут имени Ленина на консультацию по языку — и обомлел от удивления! Одни девчонки! Да еще какие!

— Сейчас начнется, — хихикал от предвкушения подробностей писклявый. — Ничего не пропускай! Не отвлекайся!

— Самые красивые девочки со всей страны! А парней всего несколько человек. Во всех пединститутах парни на вес золота! Сразу приняли! И стал я там круглым отличником!

— Ясный пень, — пожал плечами амбал, — с твоей золотой медалью!

— Задавали нам чертову пропасть всяких заданий! И письменно, и устно! Продохнуть некогда! Обязательную для чтения литературу мы мерили рулеткой! Стопку в библиотеке выкладывали и мерили. Ну, например, по английской литературе — два метра! Представляете себе стопочку? А по диалектологии — полтора метра! По русской литературе — три с половиной! Каждый год! Ни минуты свободного времени не должно оставаться! А мы? Вечером обязательно на танцы! Или собираемся у кого-нибудь из москвичей дома, когда родителей нет. Винца возьмем, музыка, девчата! А какая у нас была общественная жизнь! Всякие там экскурсии по музеям, поездки в разные исторические города. По Золотому кольцу! Так интересно! Столько спортивных секций! Соревнования каждое воскресенье! Я занимался фехтованием, стрельбой из лука, греблей, плаванием... И еще спортивным ориентированием!

— Это я знаю, — вставил Баклан, — надо бегать в лесу с компасом.

— Точно, — кивнул Аслан. — Правда вот, на дельтаплан меня не взяли... А еще был у нас в институте КВН! Ну вы, наверное, по телевизору видели? Так вот мы все время всех побеждали! И несколько раз подбирались к финальным отборочным играм, чтоб в эфир попасть. Но... Интриги, козни завистников, взятки на продажном телевидении... Вот мы и не прославились. Увы.

— Ты про девок хотел поподробнее рассказать, — напомнил писклявый. — Вступление окончено! Приступай к главной теме!

— Да... Каждую осень мы всем курсом ездили в подмосковный колхоз на картошку. Жили в деревне в большом таком сарае, переоборудованном под общую спальню. Нам, пацанам, только уголок занавеской отгородили, там мы и прозябали вчетвером. А вокруг — бабье царство!

— Во дает! — амбал от восхищения выпучил глаза. — Молодец!

— Какая была жизнь! — причмокивал от восхищения писклявый.

— Девки нас совершенно за живых людей не считали. Нахально переодевались прямо при нас, будто мы и не мужчины, — рассказывал Аслан.

— А вы? — заволновался седой.

— Ты не поверишь, — разочарованно махнул рукой рассказчик, — мы с ними... совсем и не мужчины. Ну как с сестрами чувствуешь себя. Никак не интересно. Вот они только что прямо перед тобой лифчиками менялись, сиськами трясли, колготки примеряли... Ну и что? А ты к ней подходишь — и что? Давай в кусты полезем? Засмеют. Они все такие нахальные, когда кучей соберутся. Когда одна — сердце останавливается! А когда их сотня — ноль эмоций!

— Это точно! — взвился писклявый. — Клянусь, это правда! Так и есть! Когда они соберутся кучей, то могут любого мужика задолбать!

— Ясный пень! Похожий случай был у нас во Владимирском централе, — перебил его амбал, — один жулик пробрался на бабскую сторону! Так они его провели в барак, затолкали под нары! И трахали по очереди каждую ночь! Пока он, горемыка, не умер!

— Они его хоть кормили? — всхлипнул писклявый.

101

— Они его трахали насмерть! По десять раз за ночь!

— Изверги, — улыбаясь, мечтательно прищурился седой. — Я представляю себе, на что способна женщина, отсидевшая без мужика годика полтора!

— А ты на что похож, когда отсидишь годиков пять?

— Мужик — дело совсем другое! Тут настрой важен! И ежедневный тренинг! Нужно тонус поддерживать в рабочем состоянии! А то будет простатит.

— Грамотеи, — скривился седой. — Тупые и бестолковые, как обезьяны!

— Да, — встрял в разговор Аслан. — Чтоб сдержать это бабское царство, нам всегда присылали курс из университета. С физмата. Одни парни! Человек сорок. Крепкие такие, симпатичные физики с гитарами. Наши девки просто из трусов сами выпрыгивали. Когда их видели. А у них три девчонки. Так себе, замухрышки в толстых очках. И в глазах ничего, кроме формул. Не то что наши красавицы... Так вот нам своих не надо! А из-за чужих уродин дрались!

— В чужих руках и собственный хер толще кажется, — изрек житейскую мудрость старик из темноты. — Давно подмечено.

— Завтра будет продолжение этой темы, — объявил писклявый.

Но на следующий вечер добрались до службы в армии.

— После института я должен был сразу же вернуться домой, меня распределили в Грозный, — рассказывал Аслан. — Ну, понятное дело, национальный кадр. И отец, конечно, помог. Но я домой не попал! Меня в институте в тот же день после получения диплома вызвали в отдел кадров и вручили повестку в военкомат. Я думал, что это нужно, чтобы сняться с воинского учета, чтоб домой ехать... А меня упекли в армию.

— У них план горел, — сразу определил амбал. — Я точно знаю. Всегда гребут кого только ни попадя. Им бы только поголовье насчитать.

— Летом, в июле! Вот, — Аслан причесал ладонью растрепавшиеся волосы, — и оказался я в глухом лесу в ближнем Подмосковье. Зеленая деревянная казарма, разделенная на две части. Слева дивизион, справа станция слежения и наведения. Войска противовоздушной обороны страны. Так и назывались. Служба была нетяжелая, но противная. Потому что у нас была самая настоящая дедовщина. В первый же день мы увидели, как старослужащие солдаты посылают матом молодого лейтенанта, а тот только хмыкает и ответить ничего не может.

— Ясный пень! — комментировал амбал, будто на диване перед телевизором. — У нас на флоте совсем другой расклад. Каждый спец должен подготовить из салаги себе замену. И на дембель только тогда уходит, когда салага классность подтвердит. Ну вот и получается, что старикам приходится каждому своего салагу тащить, чтоб тот не скурвился на зачете.

— Какой еще дембель... — подхватил Баклан. —

Демобилизовать могут только по болезни или из-за увечья.

— Умница! Приедешь домой, возьмешь с полки пирожок, — отмахнулся от него седой. — А теперь заткни свой хлебальник! Дай послушать человека!

— Ну каждый сам понимает, что такое армейская служба. — Аслан задумался. — В первый год чуть не сдох... А после армии, через год или два... Вспоминается только самое смешное. И приятное. Как мы с друзьями сбежали на полигон. Купили в деревне самогона, выжрали в лесу... А потом нас искал весь полк. Нашли. Дали по пять суток губы!

— По пять суток? — не поверил Баклан.

— Полковник распорядился, — уточнил Аслан. — А вот был еще случай. У нас совершенно секретная часть. Так называемый кадрированный полк. Так вот на территории самых тайных, самых секретных подразделений деревенские бабки повадились грибы собирать. А там мало что секретные пусковые ракетные установки, так еще и радиоактивным окислителем баки заправляют. Грибов там развелось! Больше, чем травы! Да все крупные такие! Но эти грибы... в темноте светятся!

— Правда? — вытаращил глаза седой.

— Ну почти что светятся, — сбавил немного Аслан. — Счетчик Гейгера аж трясется от писка! Наш полкан каждое утро начинает с раздолбона всем нарядам: «Никаких старух на территории части! Стреляйте на месте! Тому, кто мертвую старуху в штаб притащит, сразу же билет домой! На десять суток, не считая дороги!»

— Ну тут, поди, и перестреляли всех старух, к чертовой матери? — догадался амбал.

— Никак нет. — Аслан продолжил рассказ. — Старушки эти не просто так попадали на грибные места. А за определенную мзду. Они солдатам приносили все, что запрещено. Самогон, например. Или вот, к примеру, отправляешься ты на дембель. Или в запас, как тут правильно подсказывает товарищ Баклан. Тебе обязательно нужен дембельский альбом. Как без него? А в этом альбоме, ясное дело, нужны фотографии. Где ты изображен в бравом виде с боевыми товарищами на фоне секретного объекта. А как ты такую фотографию сделаешь без фотоаппарата?

— У нас тоже в части были запрещены и радиоприемники, и фотоаппараты, — сообщил Баклан. — Вплоть до трибунала.

— Давай дальше, Аслан, рассказывай.

— Ну... То ли бедная старушка что-то не то сказала, то ли еще чем солдатика обидела... Но один наш черпак под стволом притаранил старуху в штаб. Вместе с грибной корзинкой. Ну тут, кончено, слетелись все офицеры, стали бедняжку стыдить, что она по секретным объектам шастает, объяснили ей популярно, что грибы радиоактивные, даже счетчик Гейгера ей продемонстрировали для наглядности. И тут, вынимая из корзинки грибы для показательного замера... получилось так, что вывалился у бабушки фотоаппарат! Так и... обалдели мужики! Друг на дружку смотрят, разинув пасти. Все понимают, что старуха фотик солдатам несла для дембельских альбомов, а сделать уже никто ничего не может. Ведь настучат командованию! Каждый на всех! Вот и пришлось им вызывать военных дознавателей. А пока заперли горемычную старушенцию... в секретной части вместе с картами. С перепугу. Перестарались.

— Где? — спросил амбал.

— В штабе есть такая совершенно неприступная комнатка. С решетками, с железной дверью. Где хранятся самые секретные документы, карты расположения всех самых важных объектов... Называется такая комнатка — секретная часть, — пояснил Аслан. — Не в чулане же со швабрами преступницу запирать. Это не солидно.

— А вместе с картами?

— То-то и оно. Фотоаппарат ей бы еще простили. А то, что она в самом сердце всех военных тайн сидела почти целые сутки... Короче, больше эту старушку никто не видел. Отвезли ее, как говорили, в Главную военную прокуратуру.

— Пошла старуха по этапу.

— Покушала светящихся грибочков старая карга! Теперь будет рубать урановую руду в заполярном карьере!

— Да нет, если такие важные карты были, то будет в одиночке пожизненно сидеть, — рассудил Баклан. — Ей же недолго мучиться. Год-полтора... Помогут добрые военные врачи. Подсадят на наркотики. Скрасят пребывание и сократят срок. Одновременно.

— А солдат?

— Полковник сдержал слово. Отпустил его на десять суток домой. Только и он к нам больше не вернулся. Перевели его от греха подальше. То ли в Североморск, то ли на остров Врангеля. За особые заслуги, — закончил рассказ Аслан. — Многие мои однополчане хотели ему задницу прострелить. Жалко бабульку-то.

Больше рассказывать об армии не хотелось.

Потому что с каждым случаем он становился все ближе и ближе к главному событию не только своей срочной службы, но, может быть, и всей своей жизни. Личной... А она и так одна — с любой стороны только и есть, что личная.

Ведь там, будучи серым и незаметным солдатом, одним из сотен в общем строю, Аслан и встретил свою любовь. И она, вот что особенно удивительно, заметила его...

Армия, службу в которой он всегда считал тяжким проклятием, неожиданно стала для него источником счастья всей жизни.

Чтобы не расчувствоваться до слез, Аслан запретил себе вспоминать Лену. И то, как они впервые встретились в солдатской чайной. И как потом гуляли за мастерскими авточасти, скрываясь от патруля. Как Аслан помогал ей готовиться к экзамену по английскому языку. Часто бывал у них дома. Ее родители до поры до времени относились к нему с доверием. А он... Это получилось само собой. Да и не могло быть без этого.

— Мы же честно хотели расписаться, — шептал, засыпая в свою очередь на нарах, Аслан. — Это же они вдруг стали против...

107

...Не хотел будущий тесть офицерскую честь заместителя командира по тылу пошатнуть, чтоб его единственная дочь с простым солдатом расписывалась. Да еще чеченцем...

Дождались весеннего увольнения.

Помчался Аслан к родителям. И застал больного отца, совершенно беспомощную мать. Отец не писал сыну о ее болезни в армию, чтоб не волновать напрасно, как он объяснил. От внезапно обрушившейся неизлечимой болезни мать превратилась в совершенно неузнаваемого человека — этакая сморщенная старушка, лишь отдаленно похожая на ту красивую, полную женщину, которую Аслан привык видеть. Отец тоже тяжело болел, но пока держался.

Маму выписали из больницы. Она знала, что умирает.

— Я понимаю, сынок, как тебе больно и страшно видеть меня, — говорила она сквозь слезы. — Но ты не переживай. Женщины, которая родила тебя, больше нет. Раньше ты мог бы гордиться и любоваться своей матерью! А теперь от нее ничего не осталось. Только одно больное сердце, которое все еще по-прежнему любит тебя. Как и в первый день, когда ты только что появился... Я так боюсь умирать! Не боли боюсь, не смерти. Мне страшно оставлять вас одних. Отец очень страдает. Мы же всегда были рядом! Только один раз он попытался поехать в Дербент один, без меня и без тебя. Доехал до Махачкалы и тут же примчался обратно! Кричал, ревновал, ругался, чтобы скрыть свою привязанность к тебе, ко мне. Помнишь, мы потом вместе поехали к морю?

— А ты была в крепдешиновом платье.

— Мальчик мой, ты помнишь такие детали?

— Очень красивое платье — красные и оранжевые цветы на желтом фоне. А на ощупь материал такой приятно шершавый...

— Помогайте друг другу. Не ссорьтесь. Отец очень любит тебя, но не показывает своих чувств. Он считает, что отец должен быть строгим и суровым. Как жаль, что не приехала твоя Лена. Мне так хочется перед смертью увидеть ее...

И в эту ночь Аслан висел на телефоне, стараясь дозвониться в часть, поговорить с Леной, упросить ее приехать, чтобы повидаться с умирающей матерью. Но связи не было. Какой-то обрыв на линии...

На следующее утро отец нашел мать мертвой...

Это оборвало и его жизнь.

Пока она болела, он еще хлопотал вместо нее на кухне, готовил ей какие-то протертые кашки, варил кисель из калины, готовил самодельный творожок...

А когда заботы отпали — и он раскис, опустил руки.

После похорон отец почернел и осунулся, потерял интерес к жизни. И превратился в неряшливого старика. Мог часами сидеть неподвижно на кухне, не сводя глаз с одной точки.

— О чем ты думаешь? — Аслан пытался его расшевелить.

— Ни о чем, сын. Мне больше не о чем думать. Мое время кончилось. Теперь ты думай о своей жизни. Я не буду жить без нее...

— Ну это как Аллах повелит.

— Мне он уже повелел. И я слушаюсь.

— А лебединая песнь? — Аслан хотел шуткой отвлечь отца от мрачных настроений.

— Уже спел, — поклонился отец. — Скоро меня не будет. Привози свою Елену Прекрасную. И живите в родительском гнезде долго и счастливо.

— За ней надо бы съездить.

— Ты уже документы сдал в школу?

— Да, приняли. Учителем младших классов.

— Вот и хорошо. Будешь скоро и моих внуков там учить. Хорошая была школа. Старые традиции. Настоящая гимназия.

— Очень хорошая школа. А почему вы в свое время меня туда не устроили?

— Не получилось, сын. Извини.

— Да нет...

— Поезжай скорее за своей Еленой. Привози ее, а то мы тут с тобой без женского руководства быстро плесенью покроемся.

Вернуться к Елене, бросив отца одного в таком состоянии? Это было просто невозможно!

Но почти каждый день и ночь Аслан часами накручивал телефон, стараясь дозвониться в воинскую часть, вызвать Лену. Лишь изредка это получалось. Лена плакала в трубку. Ничего толком не могла объяснить. Приезжать отказывалась. Ни одна, ни с родителями.

А однажды, в середине августа, с утра по всем каналам телевидения и по радио вдруг стали передавать одно «Лебединое озеро». Потом оборвалась вся телефонная связь. На пару дней все словно замерло...

А потом взорвалось, завертелось!

В Москве уже все, наверное, закончилось, а в Грозном детский поэт Яндарбиев организовал Вайнахскую Демократическую партию, направленную против уже раздавленного ГКЧП.

6 сентября они организовали мощный митинг, который потом захватил Верховный Совет Чечни.

По городу метались растерявшиеся менты:

— Дайте нам только приказ! Мы их моментально рассадим по камерам!

— А из Москвы приказывают никого не трогать, — шептались люди.

— Что происходит? — ужасался отец. — Что вы делаете с республикой? Яндарбиев никогда не был порядочным человеком! Он аферист и спекулянт. Причем спекулировал на самом святом, на детях! Кормил их своими дурацкими стишками... И сейчас он ничего, кроме банд, не может организовать. Как бы его партия ни называлась, это только банда головорезов!

И эти переживания ускорили кончину отца. Он так и не увидел доказательств своей правоты. Приезд авиационного генерала Дудаева он еще застал, а к 9 ноября, когда одним бездумным махом Руцкой ввел чрезвычайное положение и поставил войска в городе, отец уже был... в недосягаемых краях.

10 ноября вокруг Дудаева против русской армии и Руцкого сплотились на митинге почти сто тысяч человек.

В ответ из России прилетели и сели в Ханкале шесть бортов со спецназом МВД.

Трое суток ожидали военного вторжения...

По ночам жгли костры вдоль дорог.

На подступах к городу, опасаясь танков, перегородили все шоссе своими личными легковушками — бок о бок стояли поперек дороги дорогие иномарки и простые «Москвичи» с «Жигулями».

А однажды ночью произошло нечто совершенно невероятное.

На перекрестке возле Дома политпросвещения с двух пятнадцатитонных «КамАЗов» совершенно свободно и спокойно раздавали всем желающим новенькие, еще в смазке автоматы АКМ. Гранаты, патроны. В любом количестве... Бери — не хочу.

— Говорят, Гамсахурдия нам прислал в подкрепление, — говорили в городе.

Старухи от страха только лица руками закрывали.

А вскоре и началось по-настоящему...

— Аслан, время! Все уже ждут. Давай, парень, расскажи сегодня о бабах. По заявкам радиослушателей. У тебя было много женщин?

— Достаточно... — зевая, ответил Аслан.

Перед ним, раскрыв в ожидании забавы рты, сидят взрослые люди, не раз побывавшие в самых кровавых разборках, у каждого, наверное, такой жизненный опыт, что на сотню самых крутых рассказов хватит, а вот сидят ждут каких-то простодушных баек, хотят услышать глупое вранье про грудастых баб, про случайные амуры, любовь до гроба и про грубый секс.

— Когда у нас все безобразие началось, отец как раз только умер, — начал очередной рассказ Аслан. — А я тогда только устроился в самую престижную, самую крутую школу! Учителем английского языка. К зиме ближе дело было. Многие дети уже потеряли семьи. Ваххабиты зверствовали в городе, убивая любого нечеченца... Мы с детьми все жили прямо в школе. Естественно, голодали. Было холодно. Чеченских детей было мало, их разобрали по домам, по соседям. В моей группе осталось всего человек десять. И только одна девочка чеченка. А так... Два еврея, украинец, татарин, два ингуша. И трое русских. Я так подумал, что мы тут скоро дуба дадим. Нас либо подстрелят случайно, либо подорвут, либо разбомбят. А скорее всего, мы сами от голода и холода подохнем. Они же маленькие, быстро замерзают... И все время хотят есть.

— Особенно на холоде, — уточнил всезнающий Баклан. — Писают через каждые пять минут. И просят жрать!

— Так вот, — продолжил Аслан, не обращая внимания на Баклана, — собрал я детишек, одел их потеплее... И однажды утром, в самое тихое время суток, вывел их на улицу... Пошли мы на север. В Старую Сунжу. Я надеялся, что там мне удастся их накормить у знакомых стариков. А оттуда можно вывезти в Петропавловскую станицу.

— Это точно, — вставил старик, — там есть КПП на Терском перевале, а за хребтом совсем другая жизнь. Толстой-юрт, Довкур-ойл. Да весь северный край поможет.

— Конечно, поможет, — кивнул седой. — Как не помочь?

— Нашел я одну верную старуху, оставил ей детей. Дом у нее был большой, крепкий. И какие-то запасы были. Что-то она им сразу же приготовила. Они согрелись у очага, повеселели. Я так радовался, что это хорошо прошло, и решил тут же вернуться за другой группой. Там у нас почти в каждом классе жили сироты.

— Сбежал? — прищурился амбал. — Бросил детей?

— Пошел за другой партией, — объяснил ему Баклан.

— А у нас в школе уже орудуют ваххабиты! Куда-то подевали всех детей! Меня схватили, пытали, хотели узнать, куда я спрятал русских детей? Мучили меня, ногами топтали, а потом судили...

— Шариатским судом?

— Да... Другого уже не было. Присудили к телесному наказанию. Вывели во двор школы, растянули на лавочке и отхлестали казацкой плеткой.

— Голого или в одежде? — спросил писклявый.

— Ну и все... Я немного отлежался и побрел обратно в Старую Сунжу. Добрался только к вечеру. Смотрю — и не узнаю родного места! Я же только что тут был! Только вот днем привел детей! — От волнения у Аслана задрожал голос, на глаза навернулись слезы. — Сплошные воронки! Нет больше Старой Сунжи! Разбомбили федералы подчистую! Зачем? Кто им помешал в Старой Сунже?

— И что, никого в живых не осталось?

Аслан отрицательно покачал головой.

— Много убитых было... Но своих детей я так и не нашёл... Думаю, они все погибли. Все до одного.

— Ваххабиты знали это? — спросил Баклан. — Они за это тебя и выпороли?

— Да ничего никто не знал! — накинулся на Баклана амбал. — Ты что, хочешь сказать, что ваххабиты командуют бомбардировочной авиацией? Ельцин — верховный главнокомандующий! Вот без его приказа и не полетели бы...

— Тихо! — цыкнул старик. — Не на митинге. Что было, то и должно было бы случиться. Всякое бывает на войне. Ты, Аслан, не кори себя за это. Не в силах человека найти смысл происходящему. Только Аллах ведает, что нужно человеку. Хоть старому, хоть малому. Он же забрал твоих родителей до начала войны? Значит, не хотел, чтобы они мучились, чтобы они видели все это.

— Старики-то, ясный пень, отплясались, — развел руками амбал, — но мальцов-то за что? Не по понятиям! Беспредел какой-то...

— А потом ты что сделал? — спросил Аслана седой.

— Почти до весны прятался по развалинам. И от боевиков, и от федералов.

Помолчали.

Не стал он говорить любопытным сокамерникам о другом трагическом событии той злосчастной зимы.

Тогда окончательно сломило Аслана сообщение о том, что Елена... благополучно вышла замуж! За молодого офицера. И расписали их тихо и быстро в штабе, в кабинете командира. Потому что Елена была уже на седьмом месяце.

Аслан сумел дозвониться через солдатскую станцию. За небольшие деньги они пробежали всю страну по позывным:

— Аметист! Дай Таблетку! Таблетка, соедини с Бастионом! Бастион, ты можешь выйти на Салаку? Салака! Не спи, салага, тебя из Чечни тормошат. Какой позывной у вашей части, 07546? Вот его и дай... Дружище, это тебя с самой войны достали! Честное слово! Гадом буду! Набери номер квартиры зама по тылу... Да... Говори! — И солдат протянул Аслану собственные наушники с микрофоном.

Так он и узнал. Коротко и ясно.

Бедная Елена! Затравили ее родители! Заставили...

А как же этот офицер, как он мог? Как он только мог жениться на беременной не от него женщине... Для чеченца это было совершенно непонятно.

В январе Елена родила сына. И теперь сын Аслана Магомадова будет носить чужую фамилию — Марченко.

— Аслан, — седой вернул его к собравшимся, — а как ты попал в отряд Бараева?

— Я не знал никакого Бараева. Просто искал хоть какую-то работу. Один знакомый предложил за довольно приличные деньги синхронно переводить на встрече с какими-то иностранцами. Ну... я и согласился. Меня привезли куда-то не очень далеко от Грозного. Небольшой поселок, почти целые дома.

Накормили, спать уложили. А утром представили командиру. Это и был Бараев. К нему должны были приехать журналисты или наблюдатели, а может быть, и инспекторы из ОБСЕ. Он и сам толком ничего не знал. Несколько дней я жил у них в отряде. Ждали иностранцев. Потом они приехали. «Врачи без границ». Ну я переводил их пустопорожние разговоры. Бараев хотел перед иностранцами выглядеть получше, но грубил и хамил. Врачи хотели найти своего пропавшего америкоса...

— Или хотели получить от Бараева побольше всяких жареных фактов, — хитро подмигнул Баклан.

— Вот и все, — глубоко вздохнул Аслан. — Закончились мои истории.

— Как это? — удивились слушатели. — Мы слушаем про Бараева, а ты здесь. Как ты у нас-то очутился?

— Все просто. Были тяжелые бои. С участием авиации. Отряд Бараева разбили. Он перестал существовать как боевая единица. Сам Бараев с несколькими оставшимися в живых боевиками скрывался где-то, а я прошел в Грозный. Там меня арестовали, направили в Чернокозово. В лагере разобрались, что я только переводчиком был у Бараева, меня и отпустили. Приехал в Москву... Вот и все.

— Конец фильма! — объявил амбал, поднимаясь и потягиваясь. — Хорошо бы еще кого-нибудь посадили, кто романы тискать может. А то сидеть скучно!

— Надо Аслана попросить, чтоб нам книжки рассказывал, — сообразил Баклан. — Он же сам говорил, что читал какими-то там целыми метрами!

— Клево! Так и сделаем, — подмигнул ему амбал.

Этой ночью, когда пришла его очередь спать, Аслан, сколько ни мучился, никак не смог заснуть. Так и проворочался все свои шесть часов.

Он помнил, помнил все до самой последней мелочи! Каждую секунду своего пребывания в отряде Бараева. Все эти показательные намазы... И что было перед ними и после...

Отряд наполовину состоял из тех, кто совершенно свободно говорил на двух-трех европейских языках. Тут были и негры, и арабы. Все они питались собственными консервами, все они были вооружены по самому последнему слову военной техники. Все стволы с лазерными прицелами. Такая электроника! И постоянная, непрерывная спутниковая связь с информационными центрами ЦРУ. У каждого полевой компьютер с круиз-контролем, непрерывный контроль состояния здоровья. Будто они выехали на сафари!

В сущности, для многих это и было сафари. В котором они охотились не на слонов и тигров, а уничтожали живых людей, простых чеченских крестьян, которые просто случайно подвернулись под руку. Без какой-либо необходимости. Будто вышли в тир пострелять. По бегущим мишеням. Но по тому, как тщательно они учитывали каждого убитого, Аслану показалось, что они имеют в этом какой-то волнующий, зловещий интерес.

Несколько раз Аслан издали видел, как они пытают русских солдат. Рассказывать об этом Аслан не решился бы даже в камере Бутырского изолятора.

Однажды он видел, как Бараев учил иностранцев одним махом отрезать головы. Не у всех сразу получалось. Первые жертвы мучились, и жалостливый Бараев выстрелами из «калаша» исправлял ошибки нерадивых учеников.

Так же они изучали пыточную анатомию. На живых людях.

И снова Бараев вел занятия — по снятию кожи с человека, по вырыванию сердца.

— Главное, чтобы подопытный не терял сознания, — наставлял он своих иностранных студентов. — Если человек без сознания, то все ваши усилия не достигнут цели. В Золотой Орде так учили убивать лошадей на прокорм. Это старинный опыт, древняя традиция. Смотрите внимательно. Не перекрывайте обзор пленным. Такая акция может проводиться для устрашения. Когда нужно сломить волю пленных. Одного приносим в жертву для воспитания и вразумления других. Выбирайте, кого будем... жертвовать?

Ученики, как в магазине, рассматривали связанных, перепуганных почти до обморока молодых русских ребят в солдатской форме.

— Это карош? — Негр ткнул пальцем в белобрысого тощего парня с трясущимися синими губами.

Тот сразу встал на нетвердые ноги.

— Мне все равно, — прошептал он. — Только поскорее. Прощайте, товарищи! — кивнул он своим, сжавшимся на земле от страха. — Матери ничего не говорите! Пусть лучше думает, что меня подстрелили в бою!

Бараев наотмашь ударил его прикладом автомата по губам — противно хрустнуло, и белобрысый сквозь разбитые губы сплюнул на землю ком крови с белыми обломками зубов.

— Такая контрагитация, которую только что пытался провести этот лейтенантик, — пояснил Бараев, — может испортить любое дознание. Говорить должен только тот, кто проводит следственные мероприятия. А пленные только отвечают на поставленные вопросы. Вы меня понимаете? Я не слишком быстро говорю?

— Понимайт, — закивали ученики.

— Привяжите его, — приказал Бараев. — Руки к верхним кольцам, а ноги — к нижним.

Послушные негры крепко привязали белобрысого лейтенанта.

Бараев вытащил из ножен длинный острый нож:

— Разрез должен быть неглубоким, но достаточным, чтобы ваша рука могла проникнуть в брюшную полость. Всем смотреть! — заорал он пленным.

От этого просто гипнотического крика ноги Аслана будто приросли к земле. Все, не мигая, смотрели, как Бараев ровно разрезал на лейтенанте окровавленную куртку вместе с рубашкой, обнажил тело — белая кожа обтягивает ребра. Видно, как лейтенант напряженно дышит, как бешено бьется сердце... Он попробовал дернуться, вывернул руки и, зажмурившись, скривился от боли.

— Разрез лучше всего произвести справа налево! От себя! Не от печени, а на печень! Вы меня понимаете?

— Да, да, — кивают практиканты.

— За этим разрезом я моментально вскрываю диафрагму, потом рукой вырываю ему сердце! Всем понятно? Абдулла! Повтори!

— Сейчас, учитель, вы разрезаете тут. — Араб пальцем показал на животе пленного.

— На печень! Вот так! — поправил его Бараев.

— Потом... Резать эту... Чтоб рукой так... И вынуть херц!

— Хер будем изучать на следующем занятии, — засмеялся Бараев.

— Он хотел сказать сердц! — заступился за Абдуллу другой араб.

— Теперь смотрите и не моргайте! — объявил Бараев, засучивая правый рукав.

Блеснул нож в левой руке Бараева — кожа под ребрами лейтенанта раскрылась, будто на застежке-молнии, и кровь еще не успела пролиться, а нож уже снова вывернулся, что-то раскроив...

Правую руку, голую до локтя, Бараев засунул прямо в тело лейтенанта — тот аж вытянулся, как струна, раскрыв кровавую рану рта.

Лейтенант согнулся вслед за его движением...

Аслан да и некоторые ученики отвернулись... Кто-то даже, кажется, упал в обморок. Бараев неодобрительно покачал головой.

Лейтенант обмяк и повис...

Бараев бросил еще бьющийся кусок плоти перед оцепеневшими пленными солдатиками.

— Спрашивайте любого из них. Что хотите. Они будут говорить, — объявил Бараев.

Вырезанное сердце русского лейтенанта еще двигалось, еще кровоточило...

— Кто главный враг ваххабизма? — Негр наклонился к одному из солдат.

— Кто? — очнулся солдат и попятился. — Я скажу... Что надо сказать? Я не враг ваххабизма! — заорал он истошным голосом.

— Отставить! — Бараевский боевик поливал из кувшина на руки командира, а тот аккуратно мыл руки с мылом, как хирург перед операцией. — Нужно вопросы формулировать по заданной теме допроса. И только те, на которые пленный может ответить. Все понятно?

Когда через пару дней приехали представители международной организации «Врачи без границ», всех негров и арабов спрятали в соседнем селении. Бараев встретил делегацию в окружении только своих бородатых боевиков.

— Переводи! — скомандовал он Аслану.

— В феврале этого года, — глава делегации врачей начал свою речь на английском языке, — наш сотрудник Фил Бетроу был зверски избит у себя в доме и похищен. До сих пор о нем ничего не известно. Никто не берет эту акцию на себя, никто не требует денег...

Бараев бесстрастно выслушал перевод и обратился к Аслану:

— Скажи этим... безмозглым дятлам, что его, скорее всего, спрятали федералы, которым все их жидовские врачи до задницы! Они только и хотят, чтоб эти иностранцы поскорее свалили отсюда. Любому ребенку ясно, что их организация «говнюки без границ» только ширма для шпионов.

Аслан в переводе обошелся без резких выражений.

Глава делегации благодарно улыбнулся и сказал по-английски:

— Не стесняйтесь делать дословный перевод. Большая часть нашей делегации свободно говорит по-русски.

— Зачем же вам переводчик?

— Мы хотели бы, чтобы вы сами, без возможных искажений, перевели свою точку зрения, трактовали свое понимание этой проблемы для тех, кто не понимает русского языка.

— Переводи! — подтолкнул Аслана Бараев.

— Они утверждают, что существует острая проблема, связанная с данным случаем. И хотели бы узнать нашу точку зрения.

— Не темни, ты только переводчик. — Бараев расправил плечи и отвернулся от Аслана. — Я тоже не лох подзаборный. Я знаю английский достаточно, для того чтобы понять, о чем идет речь.

— Может, вы без меня поговорите? — скромно предложил Аслан. — А когда будут трудности, тогда я и подойду?

— Стой тут, — приказал Бараев.

— Для постоянной работы в таком сложном и опасном месте, как Чечня, — сказал по-русски представитель международных врачей, — мы привлекаем

123

только самых опытных сотрудников. Фил Бетроу — один из руководителей нашего здешнего проекта. Это человек, который спасал людей в Судане, в Либерии, в Мексике, в Аргентине, в Боливии и Бразилии. Тысячи людей благодарны ему! Он написал и издал на собственные средства такие основополагающие труды, как...

— Мне начхать на него и на его сраные труды, — сплюнул Бараев. — Скажите прямо, он тоже еврей?

— Фил Бетроу — гражданин Соединенных Штатов!

— И жид. Гражданин мира. И Израиля. Так?

— Я не могу продолжать разговор в таком тоне, — поклонился врач. — Прикажите отвести нас к нашим машинам.

— Не расслышал, — Бараев подставил ухо, — вас отнести?

— Ваш народ с благодарностью относится к той бескорыстной помощи, которую мы оказываем простым людям, — вступила в разговор женщина из-за спины руководителя.

— А почему вы решили, что именно здесь нужно искать вашего безграничного врача? Почему вы не спросите в Москве? На Лубянке! Вот там они и прятали в свое время Рауля Валленберга. Там, поди, и вашего прячут.

— Фил Бетроу был похищен на территории, которую контролируют боевики, — сказала женщина. — Есть свидетели, которые видели, что его увели именно бородатые люди!

— Мы хотели бы заявить, что готовы на любые

условия, которые выдвинут те, у кого содержится Фил Бетроу... Чтобы получить его живым и здоровым. — Руководитель поклонился и приготовился уходить.

Оживилась и вся делегация.

— Ваша гуманитарная помощь развращает наших людей, приучает жить на халяву, — сердито сказал Бараев. — Вы делаете зависимым наш народ. Зависимым от жалких подачек! И хотите, чтобы мы были благодарны вам за это?

— Вы ошибаетесь, — снова поклонился руководитель, — вы принимаете нас за других. Мы врачи! Мы не поставляем гуманитарную помощь. Мы лечим раненых и больных. А Фил Бетроу поднял из руин городскую больницу в городе Грозном. Там сейчас даже роды принимают. Он спас жизнь многим чеченским детям.

— Передайте ему от всех нас низкий поклон и горячую благодарность, — поклонился Бараев. — Если отыщете этого вашего...

Врачи молча удалились под конвоем бородатых боевиков. Где-то за рощей взревели моторы...

После отъезда делегации врачей и Аслан засобирался домой. Но Бараев его не отпустил:

— Нам еще понадобятся услуги переводчика.

Настаивать и скандалить Аслан не решился.

Потянулись однообразные дни полуплена-полусотрудничества с боевиками. Аслан старался больше сидеть в комнате. Чтобы даже случайно не увидеть все эти пыточные лекции. Только слышал издалека крики. И видел, как уходят в ночь хмурые боевики за новыми пленными, как возвращаются утром с добычей, как Бараев расплачивается с боевиками за каждого приведенного пленного.

11

Я проснулся среди ночи от июньской грозы. Обычно я сплю крепко, пушками не разбудишь, но эта гроза была что-то особенное — я сразу подумал о памятном московском урагане 1998 года. Мою машину тогда здорово помяло упавшим деревом. Вот и этой ночью творилось что-то похожее. Я с трудом закрыл хлопающие окна, которые с вечера обычно оставляю открытыми, чтобы не было так душно. Машины во дворе на все лады оглушительно орали сигнализацией.

Я оделся и спустился на улицу — очень обидно будет, если после сегодняшней ночи от новой машины останутся лишь рожки да ножки. Несмотря на зонтик, я в одну секунду промок до нитки, а в следующую уже до самых костей: косые струи дождя хлестали с такой силой и остервенением, словно собирались смыть весь город, не оставив от него ни развалин, ни камней, ни воспоминаний. Вместе со мной на улицу выскочил сосед с верхнего этажа — мужик лет шестидесяти. Он жался к стене, всматриваясь в абсолютную тьму вокруг себя. Впрочем, не думаю, что выглядел лучше.

— О господи, с нами крестная сила, — перекрестился он. Посмотрел на меня, погрозил почему-то пальцем и добавил завывающим голосом, кажется, из Библии: — «И разверзлись хляби небесные!..»

Как раз в этот момент ударила молния, машины заверещали еще усерднее, так что получилось очень эффектно, даже, пожалуй, слишком.

Но благодаря блеску молнии я успел увидеть свою машину, которая не визжала и лампочками не мигала; с ней, к счастью, ничего не случилось. Она напоминала мне породистого жеребца, который спокойно стоит в стойле, в то время как остальные лошади вокруг ржут и беснуются. Я вспомнил, что еще не успел ни установить сигнализацию, ни застраховать автомобиль. Ну и ладно, вряд ли кто в такую ночь осмелится что-то с ним сделать.

На улицу уже высыпали беспокойные автолюбители вроде меня и многие высовывались из окон. Мой сосед махнул рукой и пошел домой — спать. Я, постояв немного под ливнем, последовал его примеру.

Но спать уже расхотелось. Я зашел на кухню, сварил кофе, закурил сигарету, уселся перед компьютером и залез в Интернет — искать информацию о Мамеде Бараеве. Честно сказать, я не так давно пользуюсь Всемирной информационной паутиной, чтобы ощущать себя опытным пользователем, так что на различные поиски у меня ушло довольно долгое время. Но, в общем, я был доволен и собой, и полученной информацией. В половине пятого утра, уставший, я с чистой совестью и сознанием выполненного долга лег спать.

Выспаться мне не удалось. В половине восьмого конечно же зазвонил телефон.

Еле продрав глаза, я потянулся за трубкой, задев рукой будильник, который полетел на пол и сразу затрезвонил еще сильнее, чем телефон. Я проснулся окончательно, спустил ноги на пол, выключил будильник и, наконец, взял трубку.

— Алло! — Голос со сна у меня был довольно хриплый, я прокашлялся и повторил: — Слушаю!

В трубке раздался голос Турецкого:

— Что, разбудил? Ну извини, перезвоню чуть позже. Забыл про время.

— Что ты, Александр Борисович, — запротестовал я. — Все равно я уже проснулся. Кроме того, мне необходимо с тобой посоветоваться!

— Я так и понял. Алена передала, что ты вчера звонил.

Я действительно хотел задать Александру Борисовичу несколько вопросов по своему делу.

— Алена?

— Ну да, моя новая секретарша, — не без хвастовства в голосе произнес Турецкий.

— Ясно, — протянул я. — Как тебе ночка-то сегодняшняя?

— Это ты в каком смысле? — насторожился Александр Борисович.

— В прямом, — недоуменно объяснил я. — Гроза, говорю, как?

— Ах, гроза? Разве было что-то особенное? Не, я ничего не заметил. Заработался...

— Ничего себе не заметил, ураганище такой.

— Да, а мне показалось, что только дождик чуть-чуть покапал.

Да, это похоже на Турецкого. Однако слишком много забот, чтоб о погоде беседовать.

— Александр Борисович, поговорить бы надо. Ты как сегодня, свободен?

— Э-эх, а что, долгий разговор?

— Ну не знаю, — замялся я. Отрывать его от дел было, конечно, нехорошо, но другого выхода у меня не оставалось. Хотя в принципе, может, и стоит попробовать все сделать самостоятельно. Но что-то подсказывало мне, что дело здесь слишком серьезное. Вполне возможно, что и к Грязнову, начальнику МУРа, обратиться придется. Еще хорошо, что у меня имеются такие друзья.

Турецкий сам прервал мои размышления.

— Ладно, — произнес он. — Все с тобой ясно. Подъезжай тогда сегодня ко мне примерно к половине шестого. На работу, естественно. Дорогу-то еще не забыл?

— Издеваешься? — мрачно ответил я. Значит, до половины шестого сдвинуть дело с мертвой точки не удастся.

Похоже, Турецкий понял мою проблему:

— Хотя нет, часикам к трем я должен освободиться. Минут так на сорок.

— Отлично! — обрадовался я. — Значит, к трем.

Мы попрощались, и я пошел готовить себе завтрак. Впрочем, завтрак — это слишком громко сказано для кусочка хлеба, намазанного маслом, и кружки дымящегося, изумительно пахнущего, настоящего кофе, который мне привезли из-за границы. Просто не могу ничего в себя впихнуть утром — видимо, привык еще со школы, когда приходилось выбирать — разогревать себе завтрак или поспать лишние двадцать минут. Как вы догадываетесь, я жертвовал едой. Несмотря на это, выспаться мне тогда ни разу так и не удавалось. Равно как не удавалось это и потом.

Я достал сигареты. Пачка оказалась пустой. Видимо, все выкурил, пока сидел ночью за компьютером. Надо сказать, Интернет особенно способствует курению. Что делать — я могу обойтись утром без завтрака, но не без сигареты. Тоже школьная привычка. Шутка, конечно.

Я спустился на улицу. Последствия были не такие ужасные, как после урагана трехлетней давности. Особенно это было заметно по моей машине — с ней ничего не случилось, напротив, она стояла свеженькая, со всех сторон вымытая дождем. И никаких поваленных деревьев или столбов. «Все мельчает, — подумалось мне, но я сразу себя одернул. — Стареешь, Гордеев, скоро ты начнешь говорить, что и женщины раньше были не те...»

Я купил в киоске пачку «Житана» и отправился на работу: ее пока еще никто не отменял.

У Турецкого я был без десяти три. Новая секретарша (однако здорово Турецкий поднялся в глазах начальства, раз ему выделили персональую секретаршу) не пустила меня в кабинет, заставив торчать в приемной. Но я был совсем не против, тем более что она угостила меня кофе — поистине божественный напиток, особенно когда его принимаешь из рук такой красавицы.

— Вас, кажется, зовут Алена. — Я начал было пускать в ход все свое обаяние.

— И не старайся, Гордеев, — раздался насмешливый голос Турецкого. — Извини, что не опоздал.

Мы вошли в кабинет.

— Почему бы это мне не стараться? — спросил я, имея в виду его предпоследнюю фразу.

— Потому что нехорошо переманивать секретарш у старших товарищей, — ухмыльнулся он. — Особенно если хочешь, чтобы они и впредь внимательно тебя выслушивали. — Он посерьезнел. — Рассказывай, что там у тебя.

С моего лица тоже сошла улыбка. Я рассказал ему о вчерашнем визите Елены и о своем последующем разговоре с Ковалевым.

— Ковалев, говоришь, — задумался Турецкий. — Знаю я его. Как-то доводилось встречаться.

— Правда?

— Представь себе. Довольно мерзкий тип. Чем-то раздражает, а чем — непонятно.

— Вот-вот, — покивал я. — У меня о нем такое же впечатление.

— Я знал, конечно, что он ведет двойную игру, но не думал, что он вот так без стеснения рассказывает об этом адвокатам своих обвиняемых, — продолжал Турецкий. — Видно, не показался ты ему, Юра. Не внушил опасений.

— Я его не пугать приходил.

— Не обижайся. Это как раз хорошо. Зато мы теперь знаем о них немного больше, чем они о тебе.

— Они? — переспросил я.

— Ну есть у меня такое подозрение, что Ковалев с Марченко давно уже в сговоре.

— Да, не очень все это упрощает дело, — вздохнул я.

— А тебе кто-то обещал, что будет легко? — усмехнулся Турецкий. — У меня сейчас тоже такое веселье — третьи сутки не сплю. Так что история с твоей Еленой Прекрасной после этого может показаться сказкой для детей младшего школьного возраста.

— Так и что же мне делать дальше с этой сказочкой?

— А сам-то ты что думаешь?

— Сейчас поеду к Магомадову в Бутырку. Но, я так понимаю, это вряд ли чего даст. А против Ковалева придется бороться его же методами. — Заметив недоуменное выражение лица Турецкого, я пояснил: — Они собираются предоставить доказательства того, что Магомадов служил у Мамеда Бараева... Значит, надо достать доказательства того, что на самом деле этого не было. Что называется, доказательство от обратного.

— Если этого не было... — задумчиво и мрачно протянул Турецкий.

— Ты не веришь в это? — спросил я.

— Да нет, наверняка все именно так, как ты думаешь. Но нельзя исключать и возможности ошибки. — Турецкий стал не менее мрачным, чем тучи над Москвой вчера к вечеру. — Ладно, посмотрим. И как же ты собираешься добывать доказательства?

— Пока не знаю...

— Ничего не поделаешь... — сказал Турецкий. — Видно, придется тебе в Чечню ехать. Документы искать.

— Что?! — совсем уж растерянно спросил я. — Уф-ф, ну и шуточки у тебя. — Я вытер пот со лба.

— А почему ты решил, что я шучу?

Я не нашелся что ответить.

— Ну сам посуди. Где еще добыть доказательства невиновности твоего подзащитного, как не в Чечне.

Александр Борисович был, как всегда, прав...

— А может быть, как-нибудь из Москвы... — промямлил я.

— Вот чего я не люблю в людях, Юра, — строго сказал Турецкий, — так это наплевательского отношения к своим обязанностям. Сам подумай — как, например, ты получишь документы из Чернокозовского изолятора, если связи с Чечней практически нет? — Турецкий вызвал Алену: — Сделай-ка нам еще кофе, пожалуйста. — И снова ко мне: — Ну и когда ты едешь?

— В Чечню? Не знаю. Для начала стоит все же поговорить с Магомадовым.

— И в Грозном ты, понятно, не был?

— Ни разу, — кивнул я.

— Был у меня там один знакомый. Только вот

вряд ли я тебе прямо сейчас его координаты смогу дать. Звякни вечерком, хорошо?

— Нет проблем.

И сразу зазвонил телефон. Турецкий подозрительно посмотрел на меня.

— Это еще не я звоню, — усмехнулся я.

— Я вижу. — Турецкий взял трубку. — Турецкий слушает. Так... Хорошо... Выезжаю.

Он быстро встал из-за стола:

— Извини, кофе отменяется. Важные дела.

— Ты на машине? А то могу подвезти.

— Что, купил новую наконец? Не, у меня своя. Да и везти пришлось бы не на соседнюю улицу.

Мы вышли из кабинета, и я — вежливо, как только я и умею, — попрощался с Аленой.

Увидев на стоянке мою «БМВ», Турецкий только поднял вверх большой палец и добавил, почти как Розанов:

— Шикуешь, адвокат! — сел за руль своих «Жигулей» — и был таков.

Я посмотрел на часы. Было без двадцати четыре. Хитрец же этот Турецкий все-таки. Как обещал сорок минут, так и получилось. И как ему это удается?

День опять выдался ужасно жарким, хоть и не таким душным, как вчера. По радио успокаивали, что вчерашняя гроза не нанесла городу никаких особых повреждений, если не считать несколько упавших де-

134

ревьев. Да и на мой взгляд, ничего вокруг о вчерашней ночи не напоминало. Москва походила на огромную пустыню, выжженную солнцем, где не было ни капли влаги уже целый месяц и где нездоровое, воспаленное воображение умирающего путника нарисовало перед его уже закрывающимися глазами очертания домов, улиц, мостов и машин. Прохожих почти не было, а те несчастные, которым довелось выйти из домов, стены которых хоть немного спасали от жары, сидели в кафе или искали хоть небольшой кусочек тени. Воздух неподвижно застыл, ни ветерка.

Вскоре я убедился, что и стены не слишком охраняют от тяжелого зноя. Это были те самые стены Бутырки, от которых по литературным традициям просто обязано было «веять холодом», как и от любых других тюремных стен. Здесь было еще более душно.

Меня провели в комнату, специально отведенную для допросов. Здесь я был такое несчетное количество раз, что с любопытством озираться вокруг было бессмысленно. Да ничего особенного здесь никогда и не водилось — стол, пара стульев, решетки на окнах, вот и все.

Вскоре привели Магомадова. Вот на него действительно было любопытно посмотреть. Он производил впечатление действительно сильного человека — как физически, так и внутренне, морально. Он выглядел истощенным, под глазами темные круги от переутомления, впалые щеки, заросшие щетиной.

Двигался он как-то странно, несколько скованно, на лице и руках были заметны кровоподтеки и синяки. Следы физического воздействия, одним словом.

— Здравствуйте, — сказал я ему, когда нас оставили одних.

— Здравствуйте, — проговорил Магомадов.

— Вам, наверное, уже сказали, что я ваш адвокат?

— Да. — Он был не слишком расположен к общению.

— Ко мне приходила Елена Марченко. — При ее имени он не пошевелился. — Она попросила защищать вас.

— Понятно. — В его голосе был заметен небольшой кавказский акцент.

— Для этого мне нужно ваше максимальное содействие. — На эту фразу Магомадов не ответил, только сделал едва заметное движение головой: мол, пожалуйста, если это чем-то поможет.

— Расскажите, пожалуйста, все, что вы знаете. Мне бы хотелось еще раз услышать эту историю. Именно от вас.

Некоторое время Магомадов молчал. Было такое ощущение, что ему просто физически очень сложно разговаривать.

— Я приехал... из Грозного в Москву... навестить Елену. И сына. Я позвонил ей, она назначила встречу. Я пришел, зашел в квартиру. Мы даже не успели поздороваться... по-человечески. — Это слово далось ему с особенным трудом. — Потом в квартиру ворвались омоновцы. Я убежал... Они меня поймали и начали бить, ничего не объясняя.

— То есть дверь была открыта, почему они беспрепятственно попали в квартиру?

— Нет, дверь была закрыта. Позвонили в дверь, Елена открыла.

— Она не спросила, кто там?

— Не помню... кажется, нет. Какая разница?

— Разница в том, знала Елена о том, что придут омоновцы, и сама их впустила или же нет, — терпеливо объяснил я, ожидая хоть какой-то эмоции от Магомадова. Если он взорвется, мне все-таки немного проще будет с ним разговаривать.

Но эмоций я не дождался. Очень спокойно Магомадов возразил:

— Если бы ей было нужно, чтобы меня посадили, ей незачем было бы обращаться к вам.

— Но, возможно, ее запугали.

— Это все равно ничего не меняет. Открыла она дверь, потому что ее запугали или потому что она не знала, кто там. В любом случае она впустила их не по своей воле.

Несмотря на его скрытность и немногословность, я все-таки верил ему. А может быть, как раз благодаря этой скрытности и немногословности. Было в нем то, что в романах у того же Дюма-старшего называлось внутренним благородством.

— Дело в том, что если ее и запугали, то, во-первых, она мне ничего об этом почему-то не сказала, а во-вторых, в таком случае у нее можно было бы узнать, кто именно ее запугал.

— Это и так ясно, — устало сказал Магомадов. — Вероятнее всего, это ее муж. Видимо, он как-то связан с Бараевым. А Бараев сейчас большой человек в Москве. Поэтому ему несложно выдвинуть против меня любые обвинения.

— А в действительности что вы делали для Бараева?

— Бараев взял меня в плен. Мне пришлось, так как я знаю английский, переводить... быть его переводчиком во время интервью с иностранными журналистами...

— Ну хорошо, а как вы думаете, где можно достать доказательства вашей невиновности.

Магомадов изобразил нечто похожее на слабую усмешку, видимо не веря в мою способность оправдать его.

— Меня допрашивали в Чернокозове. Там могли остаться протоколы допросов. И какие-то документы, возможно, остались в шариатском суде. Но чтобы их найти, надо, конечно, ехать в Чечню.

— Именно это я и собираюсь сделать как можно быстрее, — сказал я холодно, поднимаясь со стула.

Он действительно этого не ожидал. Он встал и протянул мне руку:

— Спасибо.

На этом наш разговор был закончен. Когда Магомадова выводили из камеры, я понял причину его странной походки — он прихрамывал, хотя очень старался это скрыть. Да, бидать натерпелся мужик.

«Эх, — подумал я о предстоящей поездке, — а моего-то героизма ведь даже потомки наверняка не оценят».

Над Москвой уже начинали сгущаться сумерки. Я с мобильного позвонил Елене. Аккумуляторы уже изрядно подсели. Впрочем, в Чечне мне мобильник в любом случае вряд ли понадобится. Что-то я сомневаюсь, чтобы там поддерживался руоминг.

Елена взяла трубку почти сразу.

— Здравствуйте, это Гордеев.

— Гордеев? — Такое впечатление, что она слышит мою фамилию впервые. — Ах да, здравствуйте, Юрий Петрович. Вы что-нибудь уже узнали?

— Немного, — ответил я уклончиво. — Давайте обсудим это при встрече, у меня садятся аккумуляторы. Я собираюсь ехать в Чечню разыскивать доказательства. Естественно, мне нужны деньги.

— Да, конечно. Давайте встретимся у памятника Грибоедову через сорок минут.

— Грибоедову?

— Ну да, на Чистых прудах.

— Хорошо, жду.

Если честно, я никогда не задумывался, кто же это стоит на Чистых прудах. Подойдя к памятнику, я убедился, что это действительно Грибоедов. Стыдно, конечно, но что поделать. Вот если бы меня спросили, где МУР находится или, например, юрконсультация № 10, я бы сразу ответил. Даже разбуженный среди ночи.

У меня было еще минут десять до назначенного времени, и я решил их провести с пользой, чтобы не было потом мучительно больно за потраченные зря секунды. Иными словами — немного подкрепиться. Киосков «Крошки-картошки» поблизости не наблюдалось, поэтому я удовлетворился хот-догом, хотя, если честно, не очень-то их люблю.

Елены все не было. Я набрал номер Турецкого. Абонент, как всегда, находился вне зоны досягаемости. Эх, Александр Борисович, а ведь обещали помочь...

— Не очень давно ждете? — спросила извиняющимся голосом Елена. — Мне прямо перед выходом позвонил муж...

— Ничего страшного, — ответил я. — Вы опоздали-то всего на пять минут.

— Не люблю опаздывать, — с улыбкой призналась Елена. — Даже на пять минут.

— Не очень типично для женщины, — заметил я.

— Что вам удалось узнать?

— Ничего особенного... Пока. Но думаю, что поездка в Чечню все решит.

— Я вам так благодарна! Вот... здесь деньги. — Она протянула конверт.

— Скажите... Магомадов рассказал мне...

— Вы видели Аслана? — перебила меня Елена. — Как он?!

— Вроде ничего, — успокоил ее я. — Так вот, Магомадов сказал мне, что не помнит...

Тут меня прервал звонок мобильного, я извинился и отошел на пару шагов, чтобы поговорить. Это был Турецкий.

— Александр Борисович, откуда вы звоните? Я вам перезвоню из автомата, у меня аккумуляторы вот-вот сядут...

— Перезвонить не успеешь, у меня всего одна минута, и я опять буду очень занят. Следователя зовут Перелейко, Николай Перелейко. Работает он в прокуратуре...

И тут мой телефон сдох. Видимо, на слово «прокуратура» у него уже успела выработаться аллергия. И вот стою я возле памятника Грибоедову с дохлым телефоном в руке и понимаю, что Елена Марченко за это короткое время успела куда-то деться. Скрыться с места происшествия, как обычно пишут в милицейских сводках.

— Юрий Петрович, — послышалось с другой стороны. Я оглянулся. Елена Марченко уже сидела на скамеечке у памятника. Я подошел. — Извините, тут проезжала машина мужа. Я решила, что лучше будет, если он меня не увидит.

— Знаете, мне кажется, у вас начинается мания преследования, — не очень-то вежливо сказал я.

— Возможно, — со вздохом согласилась Елена. — Вы, кажется, хотели задать какой-то вопрос? — напомнила она.

— Да, спасибо, что напомнили. Когда Магомадов

уже был у вас, позвонили во второй раз, вы открыли, и ворвались омоновцы. Так вот, почему вы открыли дверь?

— Я не помню... — задумалась она. — Я ничего не ожидала. А кажется, там просто сказали: «Откройте, ОМОН!» Я же не предполагала, что может начаться. А так как мой муж работает в милиции, я впустила ОМОН без раздумий...

— Понятно, — ответил я. — Ну что ж, спасибо. Больше у меня вопросов нет. Я постараюсь выехать в Грозный как можно скорее.

Мы распрощались.

— Вас подвезти? — обернулся я, сделав только пару шагов в сторону машины. Но Елена Марченко уже исчезла в своей, кажется, обычной манере. Пропала, как и не было.

Да-а, странноватая выходит сказка про Елену Прекрасную.

12

Елена сидела дома и пыталась чем-нибудь себя занять, чтобы отвлечься от страшных мыслей, не дававших ей покоя: «Неужели все это подстроил Алексей. Что, если он и вправду тот человек, из-за которого взяли Аслана?»

Поговорить открыто с мужем она не решилась, оставалось лишь надеяться на то, что как-то само собой выяснится.

Нина Матвеевна отправилась с внуком в магазин за покупками, Елена убрала квартиру, погладила белье, сложила аккуратно Сережины игрушки. Настроение было подавленное, Алексей не звонил, она со страхом ждала его прихода... Со страхом, потому что решила, наконец, задать ему вопрос:

— Алексей, скажи честно, это ты сделал?

Время тянулось медленно. Елена прошла по квартире, вытерла с полок пыль, взяла старый фотоальбом, открыла его...

Фотография Сережи в коляске. Они с Алексеем. Крым: все втроем — Алексей, она и Сережа — на пляже. Вот она восемнадцатилетняя, как раз в пору, когда познакомилась с Асланом. И ни одной фотографии Аслана. Алексей потребовал, чтобы Елена уничтожила все его фотографии. Она выполнила его приказание: уничтожила почти все фотографии Аслана, кроме одной, которую хранила в одном из ящиков шкафа, под постельным бельем. Снова фотография Алексея с Сережей на руках. Она с Алексеем...

В душе Елена за многое была благодарна Алексею: он вытащил ее из тяжелого периода депрессии, помог материально, с его появлением ее дом ожил, Алексей сам сделал ремонт в ее квартире, все свободное время по вечерам занимался Сережей.

— Я так рада за тебя, доченька, — говорила Елене Нина Матвеевна, — Алексей — замечательный человек.

В ответ Елена пожимала плечами. Она стала привыкать к тому, что можно жить с хорошим человеком и просто быть ему благодарной, жить без любви, на каких-то дружеских договорных обязательствах. И конечно, самое главное, что успокаивало Елену и заставляло верить в благополучие ее семейной жизни, — это был Сережа. Ему нравилось, что у него такой высокий папа, что у папы есть пистолет и что папа дает ему, Сереже, иногда кобуру. Сережа выносил ее во двор, показывал ребятам, которые сгорали от зависти, — одним словом, в Сережиных глазах Алексей был самым что ни на есть настоящим папой.

Елена отвлеклась от своих мыслей, услышав шаги на лестничной площадке. Звонкий смех Сережи дал ей понять, что это они. В двери повернулся ключ, Сережа бросился к матери:

— Смотри, что бабушка купила!

В руках у Сережи был тяжелый, железный, почти как настоящий пистолет. Елена догадалась, что это игрушка. Равнодушно повертев его в руках, Елена подождала, когда Сережа убежал в детскую, с упреком сказала матери:

— Мне не нравится, что у него такие игрушки.

— Какие? — искренне удивилась Нина Матвеевна. — Он же мальчик, а у всех мальчиков...

— Можно играть в машинки, — перебила ее Елена.

— Понятно, — поджала губы Нина Матвеевна, — опять переживаешь за своего чеченца...

— Мама, а можно я пойду погуляю? — Сережа подбежал к матери, умоляюще посмотрел на нее.

— Сначала обедать, — строго сказала бабушка.

— Пойди, сынок, погуляй, — назло ей ответила Елена и открыла сыну дверь.

— Кто так делает, ты понимаешь, что в глазах внука роняешь мой авторитет? — возмутилась Нина Матвеевна.

— Мне наплевать на твой авторитет.

— Что?! — От возмущения мать Елены не знала, что и сказать. — Посмотри, как ты вообще живешь?!

— Я же не лезу в твою жизнь, — вспылила Елена, — вот и ты в мою...

— Да, — вздохнула Нина Матвеевна, — ты сама только и можешь, что ошибки совершать, а кто потом все это расхлебывает?

— Уж не ты ли? — ехидно спросила Елена.

— Конечно, я! — Нина Матвеевна не сомневалась в этом. — А тебе по твоим-то годам пора понять, как тяжело матери...

Елена вздохнула. Властный характер Нины Матвеевны был известен не только ей, но и отцу. Привыкший к тому, что всегда все проблемы за него решала жена, он смирился с тем, что его считали мягкотелым и робким, но вздохнул с радостью, когда ему представилась возможность почувствовать себя хозяином положения. Одним словом, он встретил молодую, робкую, слабую женщину и с готовностью стал для нее сильным, решительным и главным.

Отец ушел пять лет назад. Сказав на прощанье жене:

— Дочь я вырастил, а с тобой я больше жить не могу.

Нина Матвеевна тяжело пережила уход мужа, а потом с новыми силами стала выплескивать всю свою решительность и активность на Елену и на внука. Елена по характеру была такой же, как ее отец: производила впечатление мягкой, не уверенной в себе, нуждающейся в опеке и защите... Но, так же как и отец, она была скрытным человеком, не всегда и не сразу отвечала на обидные замечания матери.

— Я бы на твоем месте, — продолжила Нина Матвеевна неоконченный, по ее мнению, разговор...

Но Елена не дала ей договорить:

— У каждого свое место!

— Как ты разговариваешь с матерью?!

— Все, мама, все!

Нина Матвеевна знала цену этому «все». Теперь дочь может уйти, хлопнув дверью, уйти, не сказав куда, к подруге или к тетке, которая всегда привечала ее в таких случаях. К счастью, в дверь позвонили. Нина Матвеевна посмотрела в глазок и обрадованно зашептала:

— Алексей. — Она уже открывала ему дверь, улыбалась приветливо, словно не было неприятного разговора с Еленой. — А почему сам не открываешь? Ключи, что ли, потерял?

— Устал.

Алексей опустился на стул около входной двери. От него пахло спиртным. Нина Матвеевна никогда не видела зятя в таком состоянии, но и виду не подала, продолжая улыбаться как ни в чем не бывало.

— Где жена?

Первый раз в жизни он назвал ее не по имени, а просто «жена».

— На кухне, там, Алешенька, — лебезила перед зятем Нина Матвеевна.

— Почему не встречает мужа? А, почему? — взревел он.

Елена вышла из кухни, сложив руки на груди, спокойно остановилась, опершись о дверной косяк.

— Ну?

— Баранки гну, — зло ответил муж.

Нина Матвеевна от удивления открыла рот.

Елена так же равнодушно пожала плечами, но не сдвинулась с места.

— Алеша, что случилось, — Нина Матвеевна решила, что пора вмешаться, — на работе что-нибудь?

Она так искренне постаралась проявить внимание к проблемам зятя, что на ее глазах даже слезы выступили. Алексей удивился, покачал головой, остыл немного, сказал через паузу:

— Случилось.

— Что же, Алешенька? Чином понизили?

Алексей усмехнулся:

— Понизили. Можно сказать, опустили. Только не на работе. А дома.

— Ничего не понимаю, — Нина Матвеевна на самом деле не знала, что и думать, — как тебя дома могли чином понизить?

— А вот так вот, теща дорогая, — тихо сказал Алексей, — я здесь больше не муж, не отец...

— Да что ты вообще болтаешь, — махнула рукой Нина Матвеевна, — ну выпил, с кем не бывает, зачем же теперь в родном доме врагов искать?

— Выходит, в доме-то и следовало их искать, а я как дурак...

— Алексей, — теща вышла из себя, — да объясни ты наконец хоть что-нибудь...

— Что тут объяснять? — усмехнулся Алексей. — Мой сын, точнее, ее сын, которого я пожалел, назвал своим, там, на улице, сказал мне, что я не его папа, что папа у него другой, оказывается...

Нина Матвеевна все поняла, решила спасать ситуацию:

— Что за чушь, Алешенька, поверь мне, я при этом была, этот чеченец явился, Елена вообще ничего не знала, и Сереже он сам сказал, ну это же ерунда. — Она замялась и запуталась. — Я объясню внуку, что это ерунда. Лен, ну скажи ему!

Елена равнодушно прошла мимо Алексея, направляясь в другую комнату.

— Стой! — Алексей схватил ее за руку.

— Пусти, больно! — Елена выдернула руку, посмотрела на сдавленное место. — Теперь синяк будет.

— А знаешь, какие у него синяки, — заулыбался Алексей, с радостью наблюдая, как меняется выражение ее лица, — видела бы ты...

— Значит, это все же твоих рук дело, — даже не спросила, а тихо сказала Елена, — я все сомневалась, думала...

— Индюк тоже думал, — съязвил Алексей и сам рассмеялся своей шутке, — да остались от него одни перья...

И тут произошло то, что стало полной неожиданностью для всех, и для самой Елены тоже: она впервые в жизни подняла руку на человека, на мужчину, на мужа — со всего размаху Елена дала Алексею пощечину.

В бешенстве Алексей вскочил со стула, поймал Елену, не успевшую улизнуть от него, схватил за горло, прижал к стене...

Нина Матвеевна закрыла себе рот рукой, сдерживая готовый сорваться крик.

Несколько секунд он молча держал ее, смотрел в ее глаза, в которых не было даже страха, а были только спокойствие и холодная ненависть...

Отшатнувшись, Алексей выпустил ее, открыл дверь, громыхая ботинками, пошел, побежал вниз по лестнице.

— Доченька, — Нина Матвеевна бросилась к дочери, которая стояла у стены белая как мел, — с тобой все в порядке?

Дочь беззвучно что-то шептала, ни к кому не обращаясь и никого не замечая.

— Что? Что? — наклонилась к ней Нина Матвеевна и смогла наконец разобрать слова:

— Теперь он его убьет...

«Убить», — это была первая мысль, которая пришла в голову пьяному Алексею. Он вышел на улицу, прислонился спиной к холодной стене, глотнул свежего воздуха. И тут же другая мысль посетила его: «Успею, сначала — выпить». И он направился к пивному киоску.

Очередь стояла небольшая. Алексей, не спросив последнего, пристроился за стоящим поодаль от остальных помятым сорокалетним человеком, судя по глазам, любителем выпить.

Очередь двигалась быстро, хотя мужики пива брали помногу, Алексей стал прислушиваться к тому, о чем говорили в очереди.

— Послушай, ведь у тебя вся жизнь еще впереди! Я клянусь тебе. Послушай меня, я знаю, что еще не все потеряно, что в твои годы жизнь только начинается, ты, главное, верь в это, верь...

— Нет, ну это просто террор какой-то! С чего ты вообще взял, что у меня все плохо. Я тебе говорю: я всем доволен, чувствую себя превосходно!

— Дерьмо ты.

— Ну здравствуйте.

— Конечно, дерьмо, кто же еще. И плевал я на твою докторскую и твою заграницу.

— Как ты мне надоел, пап...

Алексей всмотрелся в лица говорящих, он даже обошел их, словно невзначай, будто бы прогуливаясь: отец и сын, судя по их внешнему виду, пили не первый день.

— Когда-нибудь все это кончится, — сказал тот, который был моложе.

— Обязательно, — согласился отец, — уеду я от вас, потому что сволочи вы...

— Вот-вот, каждый раз одно и то же!

— А что, нет? Прошу же всякий раз: неужели нельзя один месяц в году, когда я приезжаю, обойтись без этих ваших паршивых гостей? Так нет, они их специально приглашают!

— Да где ж специально-то? Позвонили: будут проездом. Гнать их, что ли? Да и не в этом дело... Почему ты всегда требуешь, чтобы ради тебя жизнь останавливалась? Мне стыдно даже за тебя: вместо того чтобы пообщаться с людьми, ты прячешься, злобствуешь...

— Потому что они мне противны: и женщины, и мужики... Такая мразь...

— Ты же их совсем не знаешь!

— Да что там знать?! Все люди — мразь!

«Да, не один я здесь такой, вот они все — братья по несчастью — где собираются...»

Алексей скосил глаза и увидел, что мужик, за которым он стоит, тоже слушает этот разговор. Они улыбнулись друг другу.

— Тяжелая штука жизнь, — вздохнул мужик, обращаясь к Алексею.

— Не говори, — согласился тот, на душе потеплело, хотелось поделиться с кем-то, пожаловаться кому-либо...

А разговор между отцом и сыном продолжался:

— Ничтожество ты, сын. Значит, рад им, да?

— Да, представь себе.

— Ну и радуйся, не хочу мешать.

— Я и радуюсь.

— Когда они приезжают?

— Завтра. Да всего на сутки, папа.

— Хоть на сколько. Завтра в гостиницу пойду. Нет номеров — на вокзале... Буду приходить к внуку во двор, а к вам не поднимусь, а вы тут целуйтесь, пляшите, да хоть передохните!

— Я этого не понимаю, пап, ты совершенно не можешь жить с людьми!

— Да ты же все время врешь! Ты же, как и я, ненавидишь людей, ты же моя кровь!

Алексей не смог сдержать улыбки, глядя на стоящего поодаль мужика, который старательно сдерживал себя от смеха, Алексей не выдержал и захохотал. Отец и сын повернулись к нему.

— Дерьмо ты, — сказал, обращаясь к Алексею, отец.

В другой ситуации Алексей врезал бы ему, но сейчас только рассмеялся. Отец махнул на него рукой, сказал сыну:

— Вот такое дерьмо все люди, сынок!

«У меня, оказывается, еще все в порядке, — думал Алексей, — куда хуже вырастить своего сына, а потом окажется, что он тебе чужой — не по крови, а по духу, по убеждениям, по образу жизни...»

Отец и сын, купив два трехлитровых баллона пива, отошли в сторону. Теперь очередь продвигалась быстро: вот купил и мужик, стоявший перед Алексеем, отошел, остановился неподалеку. Алексею показалось, что мужик поджидает его.

— Ты как, — обратился мужик к Алексею, — насчет вместе выпить?

— Давай, — согласился Алексей.

Держа каждый по пол-литровой банке с пивом в руках: кружки давно все закончились, они присели неподалеку на срубленное дерево.

— Вот люди живут, — сказал мужик, — человек человеку волк...

Алексей кивнул, ему почему-то нравился этот мужик, веяло от него какой-то надежностью, спокойствием...

Ему захотелось все рассказать этому случайному собеседнику.

Не задалась военная карьера у Алексея Марченко, как он ни старался!

А ведь еще со школьной скамьи сознательно выбрал офицерскую судьбу.

Рядом со школой была расположена воинская часть, с которой была крепко и нерушимо связана вся их жизнь. Военные регулярно помогали школе с ремонтом, привозили стройматериалы, приезжали солдаты на грузовиках, а командовал ими бравый офицер в сверкающих сапогах, в портупее! На праздниках в школе всегда командиры в парадных мундирах в первых рядах — на сцене, в президиуме. Чуть что в школе нужно — от элементарных гвоздей и оконного стекла до рабочей силы на полях и транспорта — они тут же к военным бежали. И каждый пацан сызмала мечтал стать офицером!

Марченко, как и все в их школе, старался поступить в военное училище.

С детства его учили многому: игре на фортепьяно, вольной борьбе, бальным танцам, вокалу, — одним словом, весь традиционный набор областного Дома пионеров Алексеем был освоен. В школе Алексей был круглым отличником. Лидер, красавец, умница, — девчонки начали обращать на него внимание класса с седьмого. Учителя прочили ему большое будущее, наперебой убеждая друг друга, что его предмет у Алексея идет лучше всего, следовательно, выбирать для себя профессию ему нужно именно связанную с этим предметом. Филологом, математиком, химиком, историком — кем только не видели Алексея и учителя и родители.

Но жизнь сделала свой выбор. Когда Алексею исполнилось пятнадцать, умер отец. Мама, а ей к тому времени уже стукнуло пятьдесят лет, из ухоженной, следящей за собой женщины вдруг стала слабой, беспомощной старушкой. Болезни одна за другой начали сваливаться на ее опущенные плечи. Стало резко не хватать денег. А к тому времени, как Алексей с медалью окончил школу, и ему и ей стало понятно, что учиться нет у Алексея никакой возможности.

— Прости меня, сынок, — сказала она, когда Алексей принес домой медаль.

И Алексей понял, что означает это «прости»: нужно идти работать.

Прошел слух, что молодых ребят набирают для службы в Отряд специального назначения... Обещали хорошие суточные, оклад плюс пособие, всевозможные льготы. Одним словом, Алексей согласился.

Внешне все выглядело благопристойно: учебные бои, пробные поездки, подготовка...

А потом их провели в зал с проекционным экраном...

Когда Алексей первый раз вошел в зал, ему показалось, что Никита Сергеевич, его непосредственный начальник, командир отряда, пошутил: какая может быть боевая подготовка в обычном зрительном зале? Но Алексей ошибался, это был не обычный зрительный зал, и преподаватели «подготовки» тоже были не вполне обычные люди.

В первый раз он столкнулся с ней случайно, в коридоре, удивился: откуда здесь эта длинноногая коротко стриженная девчонка? На вид ей можно было дать не больше пятнадцати: карие глаза, курносый нос, острые скулы...

Ее представил им тот же Никита Сергеевич:

— Знакомьтесь, ребята, ваш педагог, Марта Павловна.

— Можно просто Марта, — сказала она.

Алексей удивился, услышав в первый раз ее голос: это был прокуренный голос сорокалетней женщины, прожженной, привыкшей повелевать всем и вся. Вначале он восхищался ею. Ему нравилась ее уверенность, то, с какой невозмутимостью, даже почти нагло она ведет себя с ними.

— Я бы попросила вас пересесть, — сказала Марта все тем же странным голосом.

Никто не двинулся с места. Никита Сергеевич улыбнулся:

— Все, что говорит Марта Павловна, можете воспринимать как мой личный приказ. Понятно?

— Марта, — упрямо повторила она.

— Марта, — с улыбкой повторил за ней Сергеич.

Алексею понравилось то, как она ведет себя с Сергеичем. Он первый поднялся с места, за ним — все остальные. Минут пятнадцать она командовала, кому и куда следует сесть.

— Марта, — шепнул Никита Сергеевич ей в самое ухо, — по-моему, вам просто нравится командовать!

Марта сделала вид, что не расслышала его слов. С прежним энтузиазмом она продолжала рассаживать ребят по одному ей понятному принципу. Алексея она почему-то посадила прямо на первый ряд, у самого экрана, настолько близко, что ему приходилось запрокидывать назад голову в течение всего времени подготовки, чтобы увидеть то, что им потом показывали.

Наконец Марта сказала:

— Вот так.

И это значило, что все получилось именно так, как она хотела. Впоследствии Алексея раздражала эта фраза, которую Марта произносила каждый раз, когда получала то, что хотела, а получала она это всегда. Но в начале их знакомства Алексей был просто в восторге и от этой фразы, и от самой Марты. То, что Марта тоже обратила на Алексея внимание, не укрылось для посторонних взглядов.

— Шуры-муры с педагогом? — посмеивались над Алексеем ребята, а он лишь улыбался в ответ.

В душе Алексей уже знал, что «шуры-муры» с Мартой только начинаются, что Марте еще предстоит сыграть в его жизни далеко не последнюю роль.

Полным ходом шла подготовка: им вкалывали в вену какой-то препарат, потом показывали на экране сцены убийств и насилия с обилием крови и растерзанных человеческих тел.

Большинство сцен было связано с убийством женщин, детей и стариков. Лица тех, кого убивали, а также тех, кто убивал, рассмотреть было трудно, весь экран заслоняло в большинстве случаев кровавое месиво, снятое крупным планом.

Первый сеанс вызвал у Алексея шок. Пошатываясь, он вышел из зала, не заметил, как рядом оказалась Марта.

— Я так и думала, — сказала она.

— Что? — не расслышал вопроса Алексей.

— Я так и думала, что у тебя слабая нервная система, — объяснила Марта и повелительно добавила: — Сейчас ты пойдешь со мной.

— Хорошо, — с готовностью ответил Алексей.

Марта привела его в кабинет врача, туда, где всем им перед началом просмотра вкололи в вену какой-то препарат.

— Повторите, Виталий Георгиевич, — приказала Марта врачу.

— Не много? — тот покосился в сторону Алексея.

— Нормально, — ответила Марта.

— А что он потом будет делать? — захихикал врач.

— Разберемся, — ответила Марта.

— Ну смотри, — ответил врач.

После того как Алексею был сделан еще один укол, он почувствовал, что испытывает к Марте самые нежные чувства.

После третьего сеанса у Алексея уже не было ни страха, ни ужаса перед тем, на что он смотрел, только интерес и желание увидеть эти кадры еще раз. Ему даже показалось, что он испытывает странное возбуждение от того, что происходило на экране. Алексей не успевал следить за тем, как менялись его ощущения, желания, убеждения, жизнь превратилась в непрерывный поток: учения — подготовка — «экскурсии на места боевых действий» — получение денег — выходной, раз в две, а то и в три недели. В паузах, случайно возникающих в таком бешеном темпе работы, Алексей думал о Марте.

Наконец он осмелился назначить ей свидание.

Марта пришла на свидание в короткой юбке ярко-красного цвета и ярко-синей, обтягивающей фигуру кофточке. О том, что произойдет дальше, Алексей уже знал...

— И что же произошло? — спросил Алексея мужик, потягивая пиво.

К тому времени они уже успели взять по второй банке, на сердце у Алексея потеплело, события уходящего дня отодвинулись куда-то в сторону, накопившиеся нерешенные проблемы показались мелкими и ничтожными по сравнению с нахлынувшими сейчас на Алексея воспоминаниями...

— Ну? — спросил мужик.

— Что — ну? — передразнил его Алексей.

— Расскажи.

— Не понятно, что ли?

— Понятно-то понятно, но лишний раз послушать всегда приятно, — выдал мужик каламбур и рассмеялся.

Марта стала первой женщиной Алексея. Теперь каждый свой выходной он проводил с ней, Марта открывала ему новый мир, жесткий, если не сказать — жестокий мир неведомых Алексею человеческих отношений. Внешне демонстрируя холодность, Марта сама не замечала, как все больше и больше привязывается к Алексею, становится с ним все более и более откровенной...

В одну из таких встреч Алексей осмелился задать ей давно волнующий его вопрос:

— Марта, а ты знаешь, что нам колют, перед тем как показывать все эти кадры?

— Знаю, — ответила Марта.

Вопрос «что», готовый сорваться с уст Алексея, не успел прозвучать.

— Я могу быть в тебе уверена? — Марта смотрела ему в глаза.

Алексей не знал, что она имеет в виду: то ли их отношения, то ли название препарата, который колют...

— Железно, — не задумываясь, пообещал Алексей.

— Думаю, названия ты все равно не запомнишь...

— Да, конечно, — перебил ее Алексей, — главное — суть.

— Суть заключается в следующем: тебе вкалывают препарат, который вызывает сексуальное возбуждение, показывают кадры убийств...

— Зачем? — удивился Алексей.

— Не перебивай, — упрекнула Марта, — а потом, когда ты видишь это не первый раз, возбуждаясь при этом столько же раз, сколько ты смотришь на этот экран, в твоем подсознании формируется своего рода рефлекс. Убийство и кровь становятся для тебя стимулами, и теперь они для тебя так же необходимы, как еда, секс...

Алексей ужаснулся:

— А как же я потом?..

— Как ты потом будешь жить? — усмехнулась Марта.

— Да.

— Странный вопрос. Это становится для тебя естественным и необходимым. Что же в этом страшного?

Мужик на всякий случай отодвинулся от Алексея подальше.

Алексей заметил это:

— Боишься?

— А то, — ответил мужик, — кто тебя знает...

— Это точно, бывало, живешь с человеком годы и совсем не знаешь его. А человек, знаешь ли...

— Дерьмо, — вспомнил мужик стоявших перед ними в очереди отца и сына.

— Ну дерьмо не дерьмо, а загадка — точно, — сказал Алексей.

— Как же потом с этим жить? Как ты жил? — не унимался мужик.

— В этом отряде я проработал около трех с половиной лет. Потом умерла мама. Деньги мне были больше не нужны, и единственное, что удерживало меня там, была Марта...

— А кто она вообще? Откуда там взялась? И почему такое почтение от этого вашего, забыл...

— Никиты Сергеича?

— Вот-вот...

— Марта окончила факультет психологии Ростовского университета, защитила диплом на тему «Психология поведения человека в экстремальных ситуациях», поступила в аспирантуру, а мы были для нее практикой, материалом, на котором она отрабатывала свою усовершенствованную методику подготовки людей-убийц...

— Ужас какой! Как же ты с ней? — удивился мужик.

— При всем при этом она оставалась нежной, чувственной женщиной, потом, правда, я узнал, что роман у нее был не только со мной, но мне лично связь с Мартой дала очень много, на многое открыла глаза...

Солнце палило, просачиваясь сквозь хвойные лапы деревьев. Марта и Алексей лежали на траве и смотрели на небо, наслаждаясь спокойным свежим воздухом. Алексей вдохнул полной грудью, выдохнул, снова вдохнул.

— Что вздыхаешь? — спросила Марта.

— Дышу, — ответил Алексей.

— Нет, вздыхаешь, — сказала она, — что-то хочешь у меня спросить? Спрашивай.

— Психолог ты мой, — попробовал отшутиться Алексей.

— Психолог, да не твой, — серьезно произнесла

Марта, — тебе принадлежит только малая часть меня, а мне самой давно уже ничего не принадлежит.

— Ну малыш. — Он обнял ее, желая успокоить, защитить.

Марта высвободилась из его объятий.

— Я не малыш, — все так же серьезно произнесла она.

— Я не хочу, чтобы ты грустила, — играя, приказал ей Алексей.

— А я и не грущу. Я не умею грустить, так же как не умею испытывать чувства страха, ревности, тоски...

— Я что-то не понял, — приподнялся на локте Алексей, — это в каком смысле?

— В прямом, — ответила Марта, — я прошла курс НЛП.

— Чего-чего?

— Нейро-лингвистического программирования. Это когда с помощью определенной подготовки человек может научиться ничего не чувствовать, не испытывать ни сожаления, ни страха, ни боли — одним словом, эта такая программа, как бы тебе объяснить...

— Типа того что вкалывают чего-то, а потом показывают картинки?

— Нет, механизм другой, а эффект тот же: человек перестает испытывать чувства, которые могут помешать его делу.

— Значит, ни ревности, ни привязанности, ни сострадания?

— Да, — подтвердила Марта.

— А как же любовь?

— Любовь — это физическое влечение двух тел, — тоном всезнающего педагога объяснила Марта.

Алексей задумался. Ему казалось, что он любит Марту. Но теперь, сопоставив сказанное ею с подготовкой, с возбуждающими препаратами, он начал сомневаться в истинности своих чувств. Вдруг он понял, что не любит ее. Но теперь другая мысль беспокоила Алексея: «А смогу ли я любить кого-либо вообще?» Он спросил об этом Марту. Марта задумалась.

— Смотря что ты понимаешь под этим словом, — ответила она.

— Как что, верность, искренность, невозможность жизни без любимого человека.

— То есть просто зависимость? — жестко спросила Марта.

Алексей растерялся. Все, что произносила эта женщина, вызывало в нем внутренний протест, но слов, чтобы опровергнуть то, что она говорит, он не мог найти.

— А как же семья? — спросил он.

— Семья — это взаимный договор по распределению обязанностей, — ответила Марта.

— Нет, неправда, у меня так не будет! У меня будет другая семья! — воскликнул Алексей.

— Это все иллюзии, — охладила его пыл Марта, — он зарабатывает деньги, она следит за домом и ребенком, вот и вся тебе «ячейка общества». Вот тебе и вся любовь...

— Так это же на самом деле так и есть! — согласился с Мартой собеседник Алексея.

— Ты знаешь, я сейчас думаю, что и правда так... Хотя все пять лет совместной жизни с Еленой был уверен в том, что мы любим друг друга...

— Влип ты, я вижу, — пожалел Алексея мужик, — я вот со своей... Давно уже никаких иллюзий. Оттого, может, и пью... Как думаешь, а?

— Не знаю, — Алексей вздохнул, — я теперь ничего не знаю, кроме одного. Но это я знаю точно: не будет ему жизни. — Последние слова Алексей произнес почти шепотом, но мужик услышал.

— Кому? Любовнику, что ли?

— Откуда знаешь? — удивился Алексей.

— Да что тут знать, история вечная до такой степени, что скучная. — Мужик зевнул.

— А что бы ты сделал? — спросил Алексей.

— Если бы что? — уточнил мужик.

— Если бы пришел домой и обнаружил там его...

— Первый раз? — поинтересовался мужик.

— Да, — Алексей подыскивал подходящие слова, — обнаружил-то первый раз, и единственный. Но я знаю — он отец ее ребенка.

— О-о...— протянул мужик, — тогда все ясно.

— Что — ясно? — не понял Алексей.

— Значит, не первый раз, — подытожил мужик.

— Так что бы ты сделал? — повторил вопрос Алексей.

— Я бы ушел, — уверенно ответил тот и сплюнул, — просто молча ушел.

Алексей почувствовал, что почва уходит из-под ног. С одной стороны, он был достаточно пьян, чтобы действительно потерять почву под ногами, а с другой... Алексей начал сомневаться в истинности своих намерений. Но желание отомстить было сильнее других чувств.

«Была бы Марта рядом, — подумал он, — она бы мне объяснила, что и почему теперь нужно делать... Но убить — я его все равно убью».

— Ну давай, — мужик встал и начал прощаться, — тебе, конечно, виднее... Будь здоров, — и ушел.

Алексей смотрел ему вслед и думал: «Испугался моих слов, зря я сказал о том, что собираюсь его убить». Желание мести, крови, так тщательно и долго воспитываемое «подготовкой», не давало забывать о себе. Все попытки Алексея вернуться к нормальной жизни после службы в отряде, как и предполагала Марта, оказались лишь иллюзией...

— Марта, пойми, — говорил Алексей, прогуливаясь с Мартой по скверу, — я не хочу так жить, мне хочется обычной, спокойной человеческой жизни...

— Ты уже не способен просто жить, — перебила его Марта.

— Почему? — опешил он.

— Ты испорчен.

— То есть?

— Человек, убивший хотя бы одного человека, начинает жить по другим нравственным законам, чем все остальные люди, поэтому они и стараются изолировать такого человека. А скольких убил ты? Ты сам-то знаешь?

— Не считал, — решил сострить Алексей.

— А зря, — сказала Марта и попросила мороженого.

Алексей отправился за мороженым. Его всегда удивляла ее способность легко переключаться с одного на другое, не испытывать ни к кому никаких привязанностей, не быть ни от кого зависимой. Алексею очень хотелось, чтобы его женщина была привязана к нему и зависима от него. Он сказал об этом Марте.

— Это потому, — ответила она, — что ты сам очень несвободный и зависимый человек плюс твои комплексы, поэтому тебе и нужно существо, еще более зависимое, чем ты сам.

— Я бы хотел, чтобы ты была зависима от меня, — сказал Алексей.

— Только потому, что это тешит твое самолюбие, — ответила она, — на самом деле тебе нужно не это.

— А что?

— Не знаю, — ответила Марта, — иногда человек проживает всю жизнь и так и не узнаёт, что же ему было нужно. Свободный, независимый человек должен в любую минуту быть готовым ответить себе на три вопроса: «Кто я?», «Что я здесь делаю?» и «Куда иду?». Готов ли ты сейчас ответить на эти вопросы?

Алексей молчал. Сейчас он знал только то, куда он не хочет идти и чего он не хочет больше делать: это работать в этом отряде.

Вскоре ему представилась возможность оттуда

уйти, закончить военное училище. Хорошее училище. Закончил с отличием! Распределился в Московский округ. Сразу получил перспективную должность. Приглянулся командирам.

— Чего уж там? — решил пробивной Марченко. — Я и сам чужих баб портил, офицерская жена на то и мужу дана... Чтоб другие лапали, а мужу звездочки капали.

Стерпел Марченко беременную полковничью дочку! Не просто так, а чтоб получить направление в Академию Генерального штаба.

А тут мразь эта, сволочи из ГКЧП... Чего, спрашивается, добились? Надо было бы их всех повесить прямо на трибуне Мавзолея.

Хорошая офицерская зарплата превратилась в пыль! И никаких перспектив!

«Ну, выучусь в академии, — думал Марченко, — отбарабаню у черта на куличках, дослужусь там до генерала! И буду по штатному расписанию... получать нормальные деньги! В какой-нибудь точке за Полярным кругом. Где бутылка водки стоит дороже шубы... В Москву генералом не пустят. У них своих полно. Дочки, сыночки, разные цветочки. Чтобы в столице остаться, нужно тут и пробиваться. В банкиры? С нуля нужно образование поднимать. А с военной подготовкой куда можно выгодно продаться? Бандюкам... Дело, конечно, выгодное. Но короткое. Шестерить по натуре не буду. А заправлять... Шансов мало. Там тоже нужно образование... Свои университеты».

По зонам и тюрьмам Марченко учиться не захотел.

Так и получилось, что осталась ему одна дорога — только на передний край войны с преступностью!

Звание сохранили, небольшой, но достойный оклад. В гарнизоне столько и командир полка не получает!

Есть еще возможности левых заработков, которые хоть и не регулярно случаются, но значительно пополняют бюджет. Там одного бизнесмена нагнули, там другого прижали... Третий сам прибежал, защиты просит.

Вскоре представилась возможность перебазироваться в Подмосковье, в другой отряд, а потом — в милицию, буквально через год Алексей уже был заместителем начальника районного отдела милиции. Хотел ли он этого? Чувствовал ли себя на своем месте? И имело ли смысл двигаться дальше? Алексей не задавал себе подобных вопросов. Все как-то шло своим чередом, за исключением событий последнего дня.

...Он сидел на срубленном дереве и, трезвея, пытался задать себе вопросы, которые предложила тогда ему Марта. Ответы выходили расплывчатые...

Алексей понимал, что те иллюзии, которыми он жил многие годы, теперь разрушены. Что сын остался чужим, что работа никогда не была и вряд ли будет смыслом его жизни, что сам он потерялся и запутался в бесконечных проблемах, которые то и дело подбрасывала ему судьба, но которые на самом деле никогда не были для него ни смыслом, ни целью... Но во всем этом хаосе мыслей одна звучала все ясней и отчетливей: это все из-за него, из-за этого проклятого чечена.

13

За все время, проведенное в Бутырке, Аслана только один раз вызывали на допрос к следователю Ковалеву. И больше никаких подвижек в деле. Будто забыли напрочь.

— Пока баланду на тебя выдают, значит, не забыли, — пояснял амбал. — Ничего страшного, тут совсем приличные люди и то годами сидят. Не жалуются. Корешу одному опера подкинули героин... в носки. Оформили, привезли. Отсидел он около года. Последние два месяца на него баланду не выдавали. Думали, что он уже на свободе! Потому что экспертиза пришла! Опера, видать, по ошибке, вместо настоящего героина подсыпали ему зубного порошка! Или адвокаты хорошо проплатили экспертизу.

— Не бреши! — качал головой Баклан. — Послушай лучше, что было со мной в Крестах!

— Ты никогда не был в Питере! Замажем, что Баклан никогда не был в Питере? — Амбал протянул руку, чтобы с кем-нибудь поспорить. — Он даже не знает, где Литейный проспект!

— Потому и не был, потому и не знаю, что отсидел в Крестах! А не гулял по Фонтанке, как некоторые фраера.

— Сиди, балаболка, — замахнулся на него амбал. — Всем рот затыкаешь.

— Братаны! — вдруг крикнул седой. — Валите все сюда! Старик наш помирает! Старик Советского Союза! Ему памятник на родине надо ставить, а они его сгноили в тюрьме!

Все сгрудились вокруг задыхающегося старика. Даже свесились гроздьями с верхних нар.

— Ну как, помираешь, отец? — спрашивали его с нескрываемым любопытством. — Интересно тебе помирать? Что чувствуешь?

— Отвяжитесь, стервятники, — стонал старик.

— Ты бы рассказал нам, что ли! Чтоб мы заранее знали, что делать, если чего...

— Дураки вы все, — вдруг улыбнулся небритый старик. — Как дети, честное слово. Все вам интересно. Да не умру я сегодня, не надейтесь! Просто задыхаюсь от духоты... А тут вы еще навалились. Уходите прочь! Ну! Дайте мне отдышаться!

— Нас не проведешь, — ехидничал писклявый, — мы отвернемся, а тут же и подохнешь. Чтоб мы не увидели.

— Зачем вам чужая смерть? — опять застонал старик. — Скоро собственную увидите. Не так уж много и вам осталось.

— Не пугай. — Амбал наклонился к самому лицу старика. — А что это у тебя хрипит в горле? Ты, случаем, не туберкулезник?

— Это астма... Мне лекарства нужны, а они кончились. — В горле старика действительно что-то булькало и хрипело.

— Вертухая зови! Пусть старика в больничку отвезут! Там тебя, отец, быстро на ноги поставят! — Амбал подхватил на руки легкое тело старика. — У тебя тут шмотки какие-то есть?

— Я ему потом все соберу, — суетился седой. — Зови вертухая!

— Помогите! — Аслан изо всех сил стучал в железную дверь. — У нас больной! Срочно нужна медицинская помощь!

Вся камера заволновалась, стали колотить в двери.

— Скорей!

Сразу же прибежал контролер, но только минут через двадцать старика забрали в тюремную больницу.

Без него в камере сразу стало как-то обыкновеннее и печальнее. Все-таки своей допотопностью и вечным живым примером он давал какую-то строгую и высокую настройку всем разговорам. При нем по крайней мере стеснялись показаться заурядной дрянью. Каждый держал себя в руках по мере возможности. Как в присутствии взрослого отца. А без него... Распустились, распоясались в тот же вечер.

Кто-то спер у амбала пачку сигарет. Кто-то бросил общее мыло в очко унитаза. Кто-то огрызнулся, кто-то нахамил не по понятиям. Безвластие породило хаос, в котором каждый пытался беспредельничать, чтоб заявить о себе по-новому.

Шаг за шагом назревала буря.

— Объявляю вторую серию! — Аслан решил как-то разрядить напряжение, вспомнить что-нибудь забавное. Приготовился и сел на старое место рассказчика. — Сегодня я... Дорогие радиослушатели! Здравствуй, дружок, — голосом старого сказочника проговорил в нос Аслан, — сегодня ты услышишь леденящую кровь историю настоящей любви!

— Мальчика с мальчиком? — спросил писклявый. — Или старушки со старушкой?

— Ты по какой статье, за изнасилование сел? — спросил его амбал. — Какой-то ты сексуально озабоченный.

— Нет, — гордо выпятил нижнюю губу борзый парень, — я простой уличный лохотронщик. Работник тонких психологических материй. Умственный капкан! Изыскиваю материальные ресурсы даже там, где их никто не видит.

— Ну-ка расскажи, — подсел к нему седой. — Поделись с народом своим рабочим опытом.

— В момент! Вдохните и закройте глаза! Представьте себе пасмурное утро... Раннее утро. Часов девять, скажем, или десять! Не рассвет, конечно... В самый раз! Простые рабочие люди, как правило, уже отправились по гудку на фабрики и заводы, на трудовой фронт сражаться за копейку, которая для них рубль бережет. А глупая пенсия, одуревающая от безделья и маразма, отправляется по магазинам или, что значительно лучше, на оптовый рынок за дешевыми продуктами. Ищут приключений на свои морщинистые задницы. Эта наша клиентура! Чтобы привлечь внимание этих потенциальных спонсоров и инвесторов, нужно создать для них понятную и привычную среду. По их понятиям! Что чаще всего встречали наши предки в своей счастливой молодости, которую мы так несправедливо называем суровой социалистической действительностью? Карточки, пайки, талоны... И всегда — очередь! Только очередь! И всевозможные засекреченные льготы! Вот о чем тоскует наш многострадальный пенсионер. И мы щедро даем ему это! В полный рост!

— Очередь? — удивился Баклан. — За чем?

— Не имеет значения, — снисходительно улыбнулся борзый парень. — Им все равно за чем, лишь бы окунуться в прошлое! Ностальгия! Вот... Простая милая старушка с авоськой в руках направлялась купить пару морковок для овощного супчика, а по пути, в скверике у входа на рынок, увидела волнующуюся очередь. Понятно — люди толкутся, значит, что-то дефицитное! А там наяривают! Все куда-то рвутся, ругаются, стараются протиснуться в раскрытое окошко микроавтобуса. «Дайте мне два бонуса!» — сердито кричит солидный гражданин, брюхом, как ледокол, раздвигает толпу и протягивает деньги в морду кассирше. «А мне срочный бонус на пятьдесят процентов!» Модная девушка острыми локотками тоже пробилась к окошку. «Что это такое?» — интересуется взволнованная знакомой картиной старушка. И ей через плечо, без всякого интереса, нехотя объясняют, что, мол, ступай, бабуся, отсюда! Быстро и без сожаления! Тут серьезные дела. Для людей с настоящими деньгами, а не для маломощной пенсии. Хорошо, если сразу уйдет — не наш клиент! А если останется... Тогда она узнает... Тоже не сразу. А от разных людей, по частям. С мхатовскими паузами! Сама вытащит информацию! Это принципиально! Не ей подсунут, а она! Сама! Разведает, разнюхает! Что тут продают какие-то странные выгодные бонусы. Это такой способ вложения капитала. Вот здесь! Прямо перед тобой! Известнейшая иностранная фирма принимает ваши денежки в оборот, а бешеную прибыль от этого оборота возвращает вам, но не деньгами, боже упаси! А в процентной скидке при приобретении вами товаров этой фирмы. Сложно? Наоборот! У нас громадная сеть гастрономов и универмагов! Все товары к вашим услугам. Вы платите, допустим, десять баксов и получаете десять процентов скидки на все покупки в гастрономах и универмагах! На целый год! Ваши десять баксов окупаются в первый же день! Если вы покупаете что-то на сто баксов! И дальше... Выходит, что каждые десять дней вы удваиваете свой капитал! Или больше! Как тратите, так и получаете! Хоть тысячу процентов прибыли каждый месяц! Только на элементарной экономии при покупках.

— Ну и где тут резон? — Седой потер сморщенный лоб, стараясь уловить суть надувательства.

— Никакого! — обрадовался борзый. — Фирма, владеющая универмагами и гастрономами, таким образом, если посчитать, теряет в неделю тысячу сто баксов как минимум, получая от вас сотню. При самом грубом подсчете и неактивном покупателе. Так?

— Выходит, что так, — соображает Баклан.

— Поэтому фирме выгодно, поверьте мне, проводить ваши денежки большими суммами по счетам, но реально не пускать их в долгий оборот. Чтоб не разориться. Сегодня взял — и сразу же отдал! За определенный гарантированный процент. Чем сумма больше, тем и процент выше. Вот прямо перед вами солидный гражданин внес тысячу баксов, а через час

175

по своему чеку получил полторы тысячи «зеленых». Хороший заработок — пять сотен за тридцать минут? И все в полном шоколаде. Но, естественно, возможности нашей фирмы не безграничны. Так можно было бы просто, не сходя с места, крутить и крутить свою тысячу баксов. До полного банкротства фирмы. Но увы... Такие благотворительные чудеса возможны только один раз в месяц. При месячных расчетах... Чисто бухгалтерская механика. Вам просто повезло, что вы можете стать сегодня участником. А лучше не вступайте... Идите себе спокойно домой. Это игры только для богатых. Уходите, мамаша, не рискуйте!

— Ну и что?

— Уходят нищие пенсионерки. Медленно и нерешительно. В глубокой задумчивости. И быстро возвращаются! Приносят деньги. Кто пару сотен, кто пару тысяч баксов, а кто и больше. Наша терпила по нынешнему, настоящему делу приволокла двенадцать тысяч! Ее дети пять лет копили на отдельную квартиру. Ну и... Она тоже хотела помочь семейству разъехаться. По нашему фирменному благотворительному тарифу для пенсионеров она должна была получить почти двойную сумму через час. Сто семьдесят пять процентов!

— С двенадцати тысяч... Это будет, — посчитал в уме Баклан, — двадцать четыре тысячи... минус четверть от двенадцати... Двадцать одна тысяча!

— Ну... Мы, то есть фирма, которую старушка хотела обанкротить, рассосались моментально. У нас не такие громадные аппетиты, как у этой старушки. Нас устроили и двенадцать тысяч за два часа утреннего спектакля. В плюсах двенадцать тысяч. А в минусах душевная травма от встречи с такой хищной, прожорливой и жадной до идиотизма акулой-пенсионеркой. Минус прокат микроавтобуса с водилой, минус гонорары семи человек — настоящих народных артистов, профессиональных актеров. Всех больших и малых театров. Грим, костюмы... Реквизит тоже дорого стоит!

— Артисты! Красиво жить не запретишь! — восхищается седой.

— Это дорогая идея! — оценил Баклан.

— Но увы, — развел руками борзый парень, — ничто не вечно под луной! И это счастье отлетело. Слишком много плагиаторов. Бездарных! Народ из-за них стал пуганый, дерганый! От всего шарахается. Совсем невозможно работать! Где наша прославленная щедрость души? Где размах? Почему я не вижу широких улыбок на лицах клиентов? Никто и не обещал им вечного блаженства... за такие деньги! Но этот час! Этот сладкий час! Томительного предвкушения... Предчувствия богатства! Почти любовное наслаждение. Это дорого стоит! — патетически восклицает борзый. — Как молодой любовник ждет свиданья... Так я... Минуты жду...

— А вот я слышал, — перебил его актерский полет Баклан, — как работают люди в Серпухове. На большом рынке примечают лоха с толстым лопатником. Желательно, чтоб там были прессы одинаковых купюр. И когда он выходит с рынка, его догоняет толпа возмущенных граждан, которые волокут за собой упирающегося продавца в белом переднике.

«Вот он! — кричат и хватают лоха за рукав. — Все мы видели, как он с вашего прилавка деньги украл! Все свидетели!» А продавец отпирается, руками машет: «Не видел я этого гражданина! Он ко мне не подходил! Оставьте его в покое!» И получается, что этот лох вместе с продавцом против толпы свирепых свидетелей! Они вдвоем — умные и честные — против толпы дураков! Выясняется, что у бедного продавца кто-то систематически крадет деньги с прилавка. А доброхоты вроде бы его выследили и хотят правосудия! Вот он — этот лох! Все галдят, орут, хватают лоха! Потом продавец говорит, что у него все купюры были меченые! И все на месте! Но там, на прилавке... Свидетели в горьком разочаровании, извиняются, уже готовы отпустить лоха, готовы поверить продавцу... Но один из свидетелей, самый въедливый, противный и резкий, как понос, требует у лоха, чтоб тот показал свои деньги! Если там нету меток, то чего тебе бояться? Нечего! И вот прямо перед твоими глазами, при десятке свидетелей какой-то тупорылый пацан корявыми пальцами пересчитывает и рассматривает твои деньги, лениво возвращает... Все расходятся в полном разочаровании. Лох облегченно вздыхает! Облегченно — ровно на половину своих капиталов!

— Это не по нашей части, — хмыкнул борзый. — Это чистопородная ломка, а мы лохотронщики. Разная специализация. Там ловкость рук, а у нас тонкая французская игра. По системе Станиславского.

— Да понятно, ясный пень! Заканчивай ликбез. — Амбал отыскал глазами Аслана и позвал ближе. — Так что, будем слушать твои истории про любовь?

— Народ хочет слушать? — спросил Аслан.

— Часок продержимся, — пообещал писклявый. — Валяй, заводи шарманку!

— У нас в городе, — начал Аслан, — было два старинных рода. Таких древних, что уже никто и не помнил, из-за чего между ними когда-то возникла вражда. Просто они старались никогда не встречаться, не пересекаться, чтобы не навлекать на себя неприятностей. И вот однажды в одном из прославленных московских институтов чеченский парень обратил внимание на одну прекрасную девушку, которая тоже оказалась чеченкой! Они познакомились на новогоднем балу. Все в масках! У них маскарад был!

— Стоп, стоп, стоп! — Амбал встал и грозно расправил могучие плечи. — Ты что, ясный пень, дурачить нас надумал? Ты нас за дураков держишь? Думаешь, мы никогда в кино не ходили? Братаны, да он же нам фильм пересказывает! Про итальянцев! Я сам его видел по видику у шурина! Там еще братишку у этой шмары прирезали! Шпагой!

— Вы же сами просили мировую классику! — оправдывается Аслан.

— Кто это тебя так просил? Покажи гадика!

— Я думал, что вы все просили...

— Этот просил? — Амбал приподнял за грудки Баклана.

— Магомадов, на выход! — крикнул в окошко дежурный надзиратель.

179

— Вот оно, как в кино, — обрадовался Аслан, пробираясь к двери. — Вовремя позвали!

Если б он только знал, на какую встречу его вызвали!

Не в камере, не в кабинете...

Его молча провели по коридорам...

На одном из поворотов надзиратель неожиданно скомандовал:

— Лицом к стене! Отойди правее! Еще!

Аслан оказался в темном углу — под лестницей.

По удаляющимся шагам Аслан определил, что надзиратель ушел.

— Тихо! — над самым ухом прошептал кто-то и двумя мощными пальцами, как железными клещами, сдавил шею сзади. — Я тебя раздавлю, как котенка! Стой и слушай меня внимательно! За то, что ты, с-сучонок, жену мою обрюхатил... Что подкинул мне своего выблядка... Ну ничего... Теперь все будет как я захочу! Вы все у меня попляшете! Просто подохнуть у тебя не получится! Раз уж ты сам к нам в Россию пролез. Все получишь сполна!

— Да, как скажете, — испуганно шептал Аслан.

— Признавайся во всем! — Марченко горячо дышал ему в затылок. — Хуже будет. Сгноим! Пожизненно!

— Сознаюсь... Сознаюсь во всем. Что нужно сказать? Кому?

— Ты мне мозги не заплетай! Сам понимать должен! А не сможешь, тебе помогут. Тут есть добрые люди...

Приближающиеся шаги, покашливания надзирателя прервали их волнующее свидание.

— Вякнешь — искалечу! — И на прощание Марченко до хруста больно сдавил шею.

— Выходи, что ты там прячешься? — сурово прикрикнул надзиратель. — Поднимайся по лестнице! — И ключом открыл перед Асланом решетку перегородки.

По запутанным коридорам они вернулись в камеру.

— Плохие новости? — Баклан перехватил скорбный взгляд Аслана. — Что-то ты быстро вернулся. Кто-то умер?

— Не знаю...

— Братаны! — крикнул кто-то с верхних нар из-под окна. — Тут малява пришла! Для чеченов. Седой, получи телеграмму!

— Может, тебе и расписаться? — Седой протянул руку.

Его схватили за руку:

— Не шути, седой, не надо. Мы и сами тебя распишем...

— Без базара, — согласился седой.

С нар едва слышно прошептал кто-то:

— Тут пишут, что вашего Аслана водили с ментом на терки. Продуй, он стучит куму?

— Проверю.

— Сегодня доложишь.

— Заметано!

А в это время Марченко, нахально развалясь в мягком кресле, беседовал с мягко улыбающимся начальником, который чинно сидел в своем тихом служебном кабинете под затейливым портретом железного Феликса Эдмундовича, выполненным умелыми руками зеков из разноцветного шпона всевозможных древесных пород.

Начальник всего несколько недель назад заступил на должность. Еще не успел набраться необходимой солидности. И вел себя чрезвычайно демократично.

— Дело запутанное, сложное, — объяснял новичку опытный Марченко. — Без твоей помощи, полковник, мы ничего не сможем раскрутить.

— Понятно, я записал.

— Конечно, пресс-хата — это не наши методы работы, — Марченко закатил глаза к потолку, — но нельзя отказываться от благородного порыва наших добровольных помощников даже из числа заключенных.

— Я вас понимаю.

— А результатом наших общих усилий станет еще одна победа над преступностью! — Марченко поднялся из кресла. — И мы покажем, что умеем не только тяжело работать, но и замечательно веселиться! Радоваться! И радовать, очень радовать... своих товарищей по оружию!

— Понятно. — Начальник тоже поднялся из-за стола. — Подследственный Аслан Магомадов. Я записал.

— Ну давай, полковник, работай. Под твоим командованием тут все так заметно улучшилось. Счастливо.

— До свидания. — Начальник пожал гостю руку. — Я доложу, как положено.

— А вот этого не надо! — поднял взгляд Марченко. — Давай дождемся хотя бы первых обнадеживающих результатов. Чтобы не спугнуть...

— Есть! — Начальник проводил его до двери кабинета. И крикнул секретарю: — Сергей! Зови посетителей!

— Я к вам, — резво подскочила заплаканная старушка, без колебаний отодвинула Марченко с дверного прохода и уперлась пальцем прямо в живот начальника Бутырки. — Мой сын тяжело болен! У него СПИД, туберкулез, гепатит, все венерические болезни...

— Где заключения врачей?

— Мне нужно, чтобы его содержали в отдельной камере! — Старушка толкнула начальника внутрь кабинета и закрыла за собой дверь.

Марченко далеко не первый раз бывал в этом кабинете. Даже когда работал в составе оперативной группы. Тогда они блестяще провели громкое дело по задержанию воровской сходки. Прямо здесь, в Бутырке! Тогда все газеты писали об этом.

Известный авторитет Сергей, кажется, Липчанский, который содержался тут несколько лет на предварительном следствии и даже держал воровской общак, проплатил охране левое свидание. Групповое! К нему на сходняк слетелись авторитеты чуть ли не со всей столицы! Какой-то важный грузин был! Навезли жратвы, выпивки! Мешками! Липчанский вышел на КПП еще с несколькими подельниками.

Тем, кто заказал, даже жен привезли. Всем прочим для праздника трех телок прихватили. Что тут было! Водка и коньяк ящиками! Танцы, жманцы, обниманцы! Одних пистолетов пять штук изъяли! Наркотиков в порошке чуть ли не двадцать граммов! И в сигаретах — блоков десять!

Кто-то из самых ближайших своих уголовничков настучал. А может быть, и из внутренней контрразведки... Грамотно сработали. Сразу на самый верх! Чтобы никто не перехватил, не отсигналил преступникам.

Только три человека в Главном штабе знали, что готовится операция. Боялись спугнуть. Задействовали руководство ФСБ, СОБР, ОМОН... Чтоб друг друга контролировать. Сменили все рабочие радиочастоты. Мало ли что? Утечка может случиться на любом месте. Наблюдателей за сутки поставили на точки!

Всех занятых в операции изолировали за двенадцать часов до команды!

— Пошел!

Под видом обычного автозака проехали на территорию...

И дали жару!

Захватили Бутырку за считанные минуты! Вместе с охраной! Из штаба только самого начальника предупредили, да и то лишь за минуту до старта.

Бежали по тюремным переходам, старались на двор не выскакивать — боялись, что с вышек охрана стрелять начнет. Только одна перебежка была снаружи — по спортплощадке!

Но начальник успел своих оповестить! Обошлось.

Из служащих задержали только двоих прапоров! Да на следствии раскрутили начальника смены и его помощника. Козе понятно, что все служащие СИЗО были замазаны, да попались только лишь эти.

Чего там только не было! Они оттягивались по полной программе! Никто и не подозревал, что такое может быть! Гуляли в полной безопасности! Под такой охраной! За такими стенами! От всех спрятались — от своих и от чужих! Как же у них морды вытянулись! Пьяные все, девки голые... Один зек с собственной женой успел... еще и подраться. Смех и грех! Положили их всех... мордами на пол. Оформили.

Многих из той опергруппы потом наградили.

А в Бутырке сменили весь состав охраны. Круто наказали. Всех без разбора. А этих четверых козлов отпущения показательно судили и посадили.

— Марченко! — окликнул секретарь начальника Бутырки. — Вот ваш пропуск.

Он поднялся, взял листок и пошел на выход.

Конечно. Марченко считал, что было бы намного лучше, если бы ему можно было остаться в армии. Сейчас, наверное, уже закончил бы академию. Получил бы майора или даже полковника. Переехали бы куда подальше. От всех прошлых воспоминаний. От тещи... В Приморье, может быть. Да и на фронтах СНГ не помешало бы продвинуться. Заслужить орденов...

Из Ленки можно было бы сделать нормального

человека. Поддается воспитанию. А этот... Хоть и мальчишка совсем, но уже чеченец!

«Случай хороший — парень служил у Бараева, зачем-то приперся в Москву, — планировал про себя Марченко. — Сидит в одной камере со старым антисоветчиком. Может, он специально к нему и послан? Связной? Этот старикан, тоже, между прочим, бывший фронтовой диверсант, отсиживается за тюремными стенами и отсюда спокойно может руководить всеми московскими взрывами. Неплохой вариант. Пристегнем наших несовершеннолетних чеченцев с бытовой поножовщиной. Пусть будут не мелкой рыночной шпаной, а грозными идейными борцами. Без базара, пойдут на это за милую душу!»

Тем временем начальник Бутырского следственного изолятора, выпроводив из кабинета очередного прилипчивого посетителя, позвал к себе зама по режиму.

— Товарищ полковник, разрешите? — вместо зама заглянул прапорщик Сипягин.

— У тебя большой вопрос?

— Проблема, товарищ полковник, — Сипягин уже вошел и закрыл за собой дверь. — Жена третьего рожает.

— Третьего ноября или третьего июля?

— Третьего ребенка, товарищ полковник.

— Поздравляем!

— Так я же в общаге живу.

— Сними квартиру.

— А деньги где взять? Я же две тыщи получаю.

— Не размножайся.

— Так вы же мне обещали продвинуть в очереди на квартиру, товарищ полковник?

— Я и продвинул! Перед тобой только дежурная Ольга Ивановна с тремя детьми, которая уже двадцать лет в очереди!

— Знаю я всех!

— А знаешь ли ты, что наш дом заморозили строители? Ничего, ни кирпичика с прошлого года не положили? Строят только коммерческое жилье. Элитное! Хочешь, плати и въезжай!

— Что же мне делать? — схватился за голову прапорщик.

— Гондоны покупай, не экономь.

Без стука вошел в кабинет заместитель по режиму:

— Сипягин, ты опять по квартирному вопросу? Всех замучил! Говорю же тебе, пиши рапорт в Главное управление генералу! Пусть толкают строительство нашего дома. Или переезжай в общагу, которая в Красногорске. Там тебе двухкомнатный номер выделят. Без кухни.

— И без умывальника, — добавил Сипягин. — Ладно...

— Иди к заму по кадрам, — сказал начальник. — А от него к коменданту в Красногорск. Получишь все подтверждения, тогда ко мне.

— Так точно. — Прапор щелкнул каблуками и выскочил из кабинета.

— Слушаю тебя, полковник. — Зам сел в мягкое кресло к столу.

— Приезжали из... Следственного управления, —

после некоторой паузы, будто с сомнением сказал начальник. — У нас тут подследственный... Аслан Магомидов. Или Магомадов. Уточни. Они просят подключить наши... внутренние ресурсы... проведения дознания.

— Понятно, — кивнул с улыбкой зам, видя смущение нового начальника.

— Я не хотел бы нарушать веками сложившийся порядок, — признался начальник. — Сможете ли вы взять на себя организацию... подобной помощи... следственным органам?

— Вообще-то это дело Скорика. Он всегда занимается такими...

— Хорошо, поручите ему. Если он специалист.

— Еще какой! Специально подбирал контингент. Выбьют что только пожелаете.

Начальник брезгливо поморщился:

— Нужно установить истину.

— Будет исполнено. Но, товарищ полковник... В чем суть дела?

— Этот самый Мамабиев...

— Магомадов, — поправил зам.

— Спасибо. Аслан Магомадов — чеченский террорист. Образованный человек, знает иностранные языки. И в то же время... боевик самого кровавого полевого командира — Бараева. И его секретный агент. По Кавказскому региону. Пока следствию неясно, зачем он прибыл в Москву, с каким поручением.

— Проще простого! — обрадовался зам. — Я проинструктирую Скорика, или к вам его прислать?

— Не стоит, — испугался начальник. — Спасибо.

— Разрешите выполнять?

— Приступайте!

Минут через десять старшина Скорик, которого и держали в штате следственного изолятора специально для выполнения самых щекотливых поручений, получил новое задание. Зам ему передал «сомнения» начальника и подозрения «следственных органов» в самых простых и доходчивых выражениях.

— Га! — крякнул хохол Скорик с удовольствием. — Це дило мы разом!

Хоть и жил украинец Скорик безвыездно в Москве с семьдесят девятого года, но «ридну мову» не предал, все время пользовался. При большом начальстве лишь немного — для смаку. А при разной служивой молодежи — без ограничений.

— Когда тебе прислать Магомадова? — спросил зам по режиму.

— Та як ты сам бажаешь! Чи то мени самому робыты? В мэнэ на то гарные хлопци е. Воны и зроблять. Як лучше и не треба. А я сам тикы особливи случаи. А то, сам розумиешь, кругом дурные людыны, брешуть, як... Работы не розумиют. Та и мени работаты не дають.

— Короче, кобзарь! Берешь людыну и приносишь дело. Разумиешь?

— Зроблю! Тикы ж треба хлопцам щось... Того...

— Сделай, как считаешь нужным. Но в разумных пределах, конечно.

Расторопный Скорик немедленно отправился на

выполнение ответственного поручения. В угловой круглой башне он выбрал среди пустующих одиночек самую просторную, на самом верхнем этаже, проверил звукоизоляцию — крикнул надзирателю, оставшемуся в нижнем коридоре до входа в башню, а тот не отозвался, не услышал.

— Оце гарно, — удовлетворенно потер волосатые руки Скорик. — Шоб людынам не мешать отдыхать.

День клонился к вечеру.

В камере кто-то просыпался, уступая спальное место следующему, кто-то обедал за столом, кто-то письмо родным писал, кто-то дулся на параше, а борзый парень снова взахлеб рассказывал о своих похождениях:

— Мы тогда дежурили дружинниками на Ярославском вокзале. Нас послали на подмогу в детскую комнату милиции. Ну, я вам скажу, и мрачное местечко! Такие ужасы! Ни до, ни после я такого не встречал! Что только не вытворяют наши милые соотечественники с собственными чадами! А они бегут потом... Скитаются по железным дорогам... И попадают в эту самую детскую комнату страха и ужаса!

— Чувачок! — вежливо обратился к нему амбал. — Ясный пень, мы это сами видели. Я и есть именно такой пацан! Вот и другие тоже. Мы тебе сами такого рассказать можем целые... фильмы. Ты нам для души что-нибудь расскажи. Из красивой жизни. Ты же артист?

— Артист.

— Пусть поет и пляшет! — предложил Баклан. — Их должны были учить.

— Братаны, — попятился борзый артист, — я же пошутил...

— За такие шутки, — добавил сверху писклявый, — в зубах бывают промежутки!

— Вы что, серьезно? — Аслан поднялся на защиту артиста.

— Он же сам предложил! — закричал на всю камеру Баклан. — Тут артист отсосать хочет! Есть желающие?

— Не надо! — взмолился борзый и повалился на колени. — Я вас умоляю!

Но было поздно. Вокруг него плотным кольцом собралась толпа.

— Пусть заплачет, — сказал амбал. — Меня это очень возбуждает.

— В два смычка будем харить? — поинтересовался седой чеченец, деловито примеряясь к артисту сзади.

— Не сразу, — буркнул амбал.

— Встань! — крикнул Аслан борзому.

Тот, спохватившись, попытался подняться, но его удержали за плечи.

— Магомадов! — В окошко заглянул надзиратель. — С вещами на выход!

— На ночь? — удивились сокамерники.

— Что у вас там случилось? — крикнул надзиратель, стараясь рассмотреть толпу. — Ну-ка разойдитесь.

— Товарищ один оступился, мы хотели ему помочь, — пожал плечами Баклан. — Вот сам видишь. Больно ему. Плачет.

— В больницу никого не переведу! Хватит с вас и одного делегата! — решил надзиратель. — Магомадов! Блин! Долго тебя ждать прикажешь?

— Ступай, Аслан, — проводил его к двери седой. — Сразу же передай маляву. Мы тебя не бросим.

— Спасибо, брат. — Аслан крепко пожал ему руку.

Когда за ним закрылась дверь камеры, пожилой зек со шконки под окном сказал тихо и лениво:

— Прессовать пацана повели.

— Прессовать? — испугался седой. — А почему ты ему об этом не сказал?

— Зачем? — Зек перевернулся на другой бок и оказался лицом к седому. — Ему все равно не миновать. А так он хотя бы заранее нервничать не будет. Гуманизм нужно соблюдать, седой, вот что я тебе посоветую.

— Куда его повели? — спросил амбал.

— Скоро узнаем.

— А можно тамошним пацанам маляву передать, чтоб они его не... — Баклан не нашел подходящего слова. — Не уродовали?

— Баклаша, ты дурак, что ли? — расстроился зек и отвернулся. — Они там за это козырную жрачку получают. И марафет. Отрабатывать должны. А вы лучше артистку держите, она от вашей жаркой любви под нары уползает.

Борзый парень, воспользовавшись моментом, действительно пополз под нары.

— Жаль Аслана! — Амбал со всей силы шарахнул кулаком по столу.

И крашеная десятислойная фанера проломилась под его ударом.

— Будете безобразничать, — снова заглянул дежурный надзиратель, — всех в ШИЗО переведу. Там места всем хватит. Тихо! Заткнитесь!

— У нас тихо, — кивнул Баклан.

А на третьем этаже круглой башни в большой одиночной камере трое хмурых зеков, одетых не в гражданскую одежду, а в черные робы с белыми номерами, расстелили на нарах газетку, разложили «щедрый» скориковский закусон, выставили две бутылки водки.

— А мульки где? — спросил рябой, прощупывая швы сумки.

— Сказал, что потом привезет, — буркнул носатый, открывая водку.

— Утром деньги, вечером стулья, — улыбнулся высокий, — вечером деньги, утром стулья.

— Аршин подставляй! — Носатый приготовился наливать.

Товарищи тут же сомкнули стаканы.

— А тебе? — позаботился о носатом рябой.

— Мне из горла привычней. — Носатый запрокинул голову и вылил в горло свою порцию.

Закусили огурчиками, помидорчиками.

— Чесноку принес?

— Тут, бери.

Тяжелая дверь с дребезжанием распахнулась, и в камеру, прижимая к себе манатки, вошел испуганный Аслан.

— Добрый вечер, — проговорил он.

— Очень добрый! — отозвался носатый, откупоривая вторую бутылку.

— Добрее не бывает, — поддержал его рябой, подставляя стакан.

Высокий даже не обернулся.

Они снова выпили.

— Это и все? — разочарованно спросил рябой.

— Как платит, так и работаем, — приказал носатый. — По Сеньке и шапка.

Он обернулся к Аслану и внимательно его рассмотрел.

— Припозднился, браток, — сказал с сомнением, — мы уже все проглотили. А было вкусно!

— Мне особенно Краковская колбаса понравилась. — Высокий цыкнул гнилым зубом. — Интересно, а тебе, пацан, понравится моя колбасень?

— Ну в следующий раз, — Аслан не продвигался вперед.

То, что нынешние сокамерники практически в открытую при надзирателе пили водку в камере, навело его на очень мрачные мысли.

И предчувствия его не обманули.

— Тебе у нас будет хорошо. — Носатый высморкался прямо на пол. — Мы тебя обижать не будем. Уж что-что, а обижать ни-ни! За это не опасайся.

— Разве? — удивился высокий.

— Никто нам и не говорил, чтоб мы его обижа-

194

ли. — Рябой подбирал с газетки последние крошки. — Может, поспим часок? — предложил он компании. — Делу время, потехе час!

— Ты проснешься голодным. — Носатый вытер сопливую руку о штанину. — И будешь злым. Разве ты хочешь быть злым?

— Ни за что! Если друзья не попросят.

У Аслана от их гнусавых голосов, от противных притворных интонаций, от пустых слов, за которыми у них какие-то свои знаки, в предчувствии надвигающейся беды заныло под ложечкой, как, собственно, и в Чернокозове всегда было перед побоями.

«Никаких сомнений, — подумал Аслан, — сейчас будут бить. Потом выскажут... Зачем и почему. Это Марченко заказал. Почему меня попросту не убьют?»

— А я бы поспал, — сладко потянулся рябой. — У нас сколько времени?

— До вечера надо управиться, — исподлобья оглядел Аслана высокий. — В хате отоспишься. Давай работай, Харя.

Рябого все звали Харей. И не только за особенности лица. У него и характер, и манера двигаться была какая-то особенная, угловая, нахрапистая, во всем чувствовалось беспредельное скотское хамство.

— Ну чего менжуешься? — подтолкнул его высокий. — Заводи, а мы поддержим. Чего резину-то тянуть? Потом еще вымыться надо будет. Пошарь во лбу — часики-то тикают!

Рябой вразвалочку подошел к Аслану.

Аслан расслабился и приготовился принять удар...

Ребром ладони Харя ударил его в грудь!

Второй удар — носатый ногой отбил печень!

Слезы сами собой полились из глаз Аслана. Согнувшись пополам, он всеми силами пытался удержаться на ногах, но его сверху ударили по шее, сверкнули искры, все потемнело...

Харя приподнял лицо Аслана за волосы и со всей силы хряпнул об колено! И тут же брезгливо отбросил его в сторону:

— Стирать я не буду! А из него льет как из...

Аслан упал на цементный пол, и тут же под ним натекла кровавая лужа.

— Опять ты, Харя, материал губишь. — Высокий отошел и сел на нары. — Сколько раз тебе говорить, работать нужно аккуратно и долго. Ты же ему отдыхать даешь. Он сейчас отлежится в бессознанке. А что потом?

— Сейчас я его. — Харя схватил Аслана за шиворот и приподнял.

— Подержи, я его водичкой сбрызну. — Носатый открыл кран рукомойника. — Сейчас он у нас глазки-то и откроет.

— Безграмотные вы люди, — комментировал высокий, сидя на нарах, — потому и грубые. Вот у китайцев, например, существует пять тысяч пыток только на пятках. Вы себе даже представить этого не можете!

— Ну, — сказал Харя, — палками бьют, гвозди в пятки заколачивают...

— Есть еще одно мероприятие. — Высокий поднялся. — Вырезают пяточные кости...

— Как? — опешил носатый.

— Так, чтобы материал не отрубался! — рявкнул высокий. — А у вас он больше дрыхнет на полу, чем мы с ним работаем. За дело! Нам еще показания надо в него загрузить, чтоб он был в трезвом уме и здравой памяти. Чтоб потом ничего не перепутал, не нагадил бы...

14

Я ехал по уже темным московским улицам. Предстояло еще заказать билет и собрать вещи. Москва сплошь переливалась неоновыми огнями и походила на рекламную картинку, но это только в центре, на больших улицах. Стоило заехать в переулок — и город переставал быть мегаполисом, даже фонари горели не везде.

На одной из маленьких улочек прямо рядом с моей машиной метнулась темная человеческая тень, я крутанул руль и с трудом удержал машину от столкновения с припаркованными рядом с тротуаром автомобилями. Что-то везет мне в последнее время на неосторожных прохожих. Изрыгая проклятия, я вылез из машины.

— Жить надоело?! — заорал я вслед тени обычную в таких случаях фразу. Тень как раз попала под свет фонаря и сразу превратилась во вчерашнюю мою знакомую Юлию. Если это и совпадение, то мир оказывался слишком уж тесным. — Эй! — позвал я ее, возможно, не слишком вежливо. — Юлия?! Это вы?

Юлия бросилась к стене дома — подальше от света фонаря. Потом, уже оттуда, долго ко мне присматривалась.

— Это вы? — спросила она наконец.

— Я, — ответил я честно. Соврать что-то в ответ на подобный вопрос представляется мне крайне проблематичным.

Юлия осторожно приблизилась к моей машине. Я увидел, что она сильно напугана, и это, наверное, даже мягко сказано — абсолютно белое лицо, трясущиеся губы, огромные глаза. «Ей бы в кино сниматься», — промелькнула у меня неуместная мысль.

— Что с вами случилось? Кто вас так напугал? — Но, кажется, она даже не в состоянии была говорить. — Знаете что, садитесь... Садитесь в машину. Здесь вас никто не тронет... Вы будете под моей защитой... Да не бойтесь вы, я адвокат. — Только сейчас я вспомнил, что моя профессия обычно вызывает доверие у таких вот очень напуганных людей. Я протянул Юлии корочки, удостоверяющие мою личность и род занятий. Кажется, опять они меня не подвели. Я распахнул перед Юлией дверцу, она послушно села в машину, сразу же сжавшись в комочек, насколько ей это позволил ее нестандартный рост.

— Куда вас отвезти? Где вы живете?

— Нет-нет, только не домой! — еще больше испугалась она. — Я, я... я не знаю куда...

И конечно же разрыдалась. Да, Гордеев, и на женские слезы тебе тоже везет в последнее время. Очень хотелось попробовать испытанный способ под названием «отвлечь», но никаких отвлекающих маневров мне в голову тоже не приходило. Да и времени на раздумья особого не было: дело Магомадова не давало покоя. Оставалось лишь вздохнуть, предоставить Юлию самой себе и продолжать ехать домой. У ближайшего ночного киоска я остановился и купил немного продуктов — у меня в холодильнике, насколько я помнил, было пусто, как после нашествия диких зверей. Сев в машину, я протянул Юлии бутылку минералки, чтобы она хоть немного успокоилась.

— Куда мы едем? — спросила она чуть погодя.

— Ко мне... Я не знаю, куда еще можно вас отвезти... Но обещаю, что у меня вы будете в полной безопасности.

Юлия всхлипнула еще пару раз и вроде бы наконец слегка пришла в себя. Я не стал расспрашивать ее в машине. Вместо этого поймал какую-то умиротворяющую радиостанцию.

— Вы... Вы правда адвокат? — подала голос Юлия. Я повернулся к ней:

— А что, непохож?

— Не знаю, — смущенно пробормотала она.

Я припарковался у своего подъезда и поставил машину на сигнализацию. Мы поднялись в квартиру.

Дома я первым делом сразу же заварил кофе и предложил Юлии:

— Вам просто кофе или с коньяком?

— С коньяком, если можно...

После пары глотков кофе девушка заметно ожила. Глаза заблестели, а тело перестало бить мелкая дрожь.

— Ну что, Юлия, — я сел на стул напротив нее и закурил сигарету, — рассказывайте, что с вами произошло...

Юле очень нравился этот адвокат. С самой первой встречи она почувствовала к нему необъяснимое доверие, видимо, это было его профессиональное качество — располагать к себе людей. Он был с ней терпелив, хоть и немногословен, не пытался утешать ее — это Юля ненавидела больше всего. Когда утешают, плакать хочется только больше. Ей, во всяком случае. Но, несмотря на это возникшее в ней доверие к практически незнакомому человеку, она была не готова возвращаться в весь тот кошмар даже мысленно...

— Можно я приму душ?

— Конечно, — засуетился я. Провел ее в ванную, дал полотенце. А сам принялся звонить в билетные кассы.

Самолет в Назрань летал раз в неделю, следующий рейс будет только через пять дней. Ближайший рейс во Владикавказ — только через полтора дня. Я чертыхнулся и стал звонить в железнодорожные кассы, в расчете добраться как-нибудь поближе к Чечне... Занято... Занято... Занято... Я поднялся, опять закурил. Посмотрел в окно — как там моя машина? Машина была на месте. Я повернулся спиной к окну. Передо мной стояла Юлия — босая, завернувшись в полотенце. Влажные волосы торчали в разные волосы, огромные глаза смотрели прямо на меня. Я понял, что с билетом на поезд придется подождать до утра. И не скажу, что очень этому обстоятельству огорчился...

Проснувшись наутро, я услышал на кухне шум моющейся посуды и почувствовал запах свежесваренного кофе. Все было так мирно и уютно, что с трудом можно было представить, что прямо сейчас, без минуты промедления, надо дозваниваться до этих чертовых железнодорожных касс, потом трястись в душном, грязном вагоне, а напоследок к тому же оказаться не где-нибудь, а в зоне военных действий, среди полуразрушенных городов и выжженных сел. Стареешь, Гордеев, сказал я себе. Лет пять назад ты бы об этом даже и не задумался.

И потому я встал и бодренько прошлепал в ванную, заставив себя не заглядывать на кухню. А умывшись и побрившись, прошлепал обратно и сел на телефон дозваниваться.

А когда Юлия наконец обиженно заглянула в комнату, одними глазами спрашивая, почему я не иду завтракать, я уже заказал себе билет до Гудермеса (железнодорожное сообщение с Чечней наладили только-только) на час дня. Стоило это, конечно, неимоверных трудов, поскольку поезда в последнее время опять отъезжают полными.

— Ты куда-то уезжаешь?

— В Чечню, — коротко ответил я, уплетая вкуснейшую яичницу на свете. Сказал, ожидая чего угодно, только не такой реакции.

— Можно я с тобой? — сразу спросила она, по-моему даже не расслышав место моего назначения. — Пожалуйста!!! Я не буду тебе мешать... У меня родственники в Грозном, я у них поживу.

— Ты что, с ума сошла? — Я чуть не подавился. — Туда разве жить едут? Да и не могу я тебя с собой взять.

— Здесь я точно недолго жить буду! Все равно ведь уеду. Нельзя мне здесь оставаться.

— Ты, кстати, так и не рассказала, что с тобой произошло такое страшное, — напомнил я. И повторил по возможности спокойно: — А с собой я тебя взять не могу. У меня там важные дела.

— Возьмешь с собой — расскажу, — пошла на хитрость Юля.

— Ну нет, шантажа я не потерплю. Ты можешь рассказывать, можешь не рассказывать — это уже будут твои проблемы. Но с собой я тебя взять не могу. Все. Спасибо. — Я отставил тарелку.

Разговор, конечно, получился неприятный, но что поделать.

— Пожалуйста. — Она если и обиделась, то виду не подала. Собрала тарелки и принялась их мыть.

— Если ты так не хочешь возвращаться к себе домой, можешь пожить пока у меня, — осторожно предложил я, пытаясь загладить свой резкий тон. Это было, конечно, несколько опрометчиво — впускать в свой дом женщину, о которой фактически ничего не знаешь, кроме того что она почему-то очень хочет уехать в Чечню, но я все же разбираюсь в людях. И Юлии я почему-то доверял.

— Спасибо... — Она немного помолчала. — Но я найду другое место.

Все-таки обиделась.

— Извини, — сказал я. — Но это действительно может быть слишком опасно.

Она ничего не ответила. Я пошел к себе собирать вещи. Хотя собирать, конечно, было почти нечего.

— Тебя куда-нибудь подвезти? — предложил я ей в третий раз за три дня.

— А когда ты едешь?

— Практически сейчас. Поезд через пятьдесят минут.

— Я хочу тебя проводить, если ты не против.

Я пожал плечами. Проводить так проводить. Я был не против. Знать бы где упасть — соломки бы подстелил, кажется, так гласит народная мудрость. Я не знал. А потому вы можете себе представить мое удивление и негодование, когда спустя полчаса после отправления, когда поезд уже входил в полосу однообразно зеленых пейзажей, в мое купе постучали и в дверь просунулась Юлина голова.

— Привет, — произнесла голова. — Не против, если я зайду?

Мои попутчики потеснились было на своих местах, но вместо этого я вышел из купе сам.

— Ты что здесь делаешь? — спросил я вне себя от возмущения.

— Ты не можешь запретить мне ехать туда, куда

я захочу, — возразила мне Юлия. Я понял, что она права. В конце концов, ответственность лежала уже не на мне. Я застыдился этой мысли, тем более что и Юлия, похоже, прочитала ее в моих глазах. — Что ты так бесишься? Это ведь уже не твоя проблема.

Мне оставалось только кивнуть и махнуть на все рукой. У меня и вправду других проблем хватало.

— Ты в каком вагоне? — только и мог я спросить.

— В последнем, — вздохнула она. — Плацкарт, верхнее боковое, возле сортира... Пришлось проводнице переплатить сто рублей сверху. Короче, ты можешь быть на мой счет спокоен.

— Могу, — согласился я. — Но ты хотя бы сейчас расскажешь, что же привело тебя к такой безоблачной жизни?

— Не знала, что ты такой любопытный. — Она высунула свою стриженую голову в раскрытое окно вагона. — Пойдем-ка покурим лучше.

И мы отправились в тамбур. Там как раз докуривали двое парней в камуфляже. Мы подождали, пока они выйдут, и я снова повернулся к Юлии со все тем же вопросом во взгляде. Она вновь только вздохнула.

Эта квартира была куплена фирмой, где работала Юля, по так называемому срочному полувыкупу. То есть хозяин квартиры, которому вдруг немедленно понадобились деньги, продавал свою недвижимость, получая от агентства сначала только половину всей стоимости квартиры. Квартира при этом оформлялась на некое подставное лицо — чаще всего сотрудника фирмы, — которого на жаргоне риэлторов зовут «космонавтом». После этого агентство искало реального покупателя для этой квартиры и выплачивало бывшему собственнику оставшуюся половину. Схема вполне обычная.

Итак, полгода назад в «Терем-теремок» зашла крупная темноволосая женщина с армянскими чертами лица, настроенная, судя по виду, довольно решительно. Договор с ней заключили уже на следующий день: деньги Светлане — так звали клиентку — были нужны очень срочно. На машине она столкнулась с «мерседесом» и каретой «скорой помощи».

— Хочешь в космос полететь? — улыбнулся после ее ухода Толик, который вел эту сделку, обращаясь к Юле.

— За сколько? — не отрываясь от компьютера уточнила та. На компьютере обычно работали, но, пользуясь отсутствием начальства, иногда еще и играли. В данный момент Юле никак не выпадал шарик нужного цвета.

— Сто пятьдесят, — ответил небрежно Толик, собирая свои бумаги.

— Идет. — Юля сосредоточенно выстраивала линию. Знай она, что это слово может привести ее в тамбур вагона поезда Москва — Гудермес, возможно, и отвлеклась бы на минуту от монитора. Но она не знала. — А что за квартира-то?

— Ничего так... — Толик через Юлино плечо тоже смотрел на экран компьютера. — Двухкомнатная. На «Девятьсот пятого года». Пять минут от метро. Правда, первый этаж. Но большая, с прихожей. Вот сюда надо зеленый, — потыкал он пальцем в монитор.

Эти сто пятьдесят долларов, конечно, не были для Юли подарком судьбы, но достаточно халявным заработком. Все, что требуется, чтобы быть «космонавтом», — поставить свою подпись на нескольких бумагах и съездить в пару официальных учреждений. Правда, и деньги обещались не скоро — пока оформят квартиру на Юлю, поиск покупателя, опять оформление на нового владельца... Месяца три-четыре, не меньше. Все это были знакомые трудности. Но в этот раз все оказалось куда сложнее. Сначала вроде хорошо пошло: нашелся человек, желающий купить эту площадь. Однако же накануне перед подписанием договора у него вдруг обнаружился аппендицит и в ту же ночь он скончался в больнице от перитонита. Поиски нового покупателя затянулись невероятно. Одному не нравились соседи, другому первый этаж, третьим цена... Фирма истратила немалую сумму на рекламу, и, наконец, спустя полгода на квартиру нашелся претендент.

В это время в тамбур зашли трое кавказцев, и Юлия замолчала. Я терпеливо ждал окончания истории, в которой мне пока не виделось ничего криминального. Но на смену кавказцам пришел толстяк с «Беломором», а за ним еще двое парней мрачного вида.

— Ты не проголодалась? — спросил я. — Может, пойдем в вагон-ресторан?

Юлия кивнула. Мы прошествовали по длинной

череде вагонов. Свободных мест фактически не было.

В ресторане Юлия заказала себе салат и кофе с бутербродом, а я отважился попробовать местное жаркое. Оно оказалось не таким ужасным, как я предполагал.

— Ну так... — напомнил я.

Вчера Юля, как всегда, опаздывала. Надо было срочно ехать показывать комнатушку где-то в Кузьминках, а она до сих пор не вышла из офиса: задержал телефонный звонок. Поэтому когда на входе она повстречала двоих здоровяков, то совсем не обратила на них внимания, только махнула рукой в сторону кабинета начальства в ответ на их вопрос. И поспешила на метро. А через час, уже на показе комнаты, получила на служебный пейджер сообщение: «Срочно приезжай. Толик в больнице». В этих двух коротеньких фразах не уместился рассказ о том, что как раз те двое здоровяков, которым показала дорогу Юля, вошли в кабинет гендиректора фирмы «Терем-Теремок» Николая Игоревича, достали автоматы и застрелили его, секретаршу Оксану и серьезно ранили Толика. Обо всем этом она узнала, уже приехав к офису и обнаружив вокруг посты милиции. Толик через два часа умер от ранений и потери крови, но успел сказать, что этих двоих он видел однажды вместе со Светланой, изначальной владелицей той самой квартиры, которая последние несколько месяцев была оформлена на Юлю.

...— Понятно, — протянул я, когда Юлия закончила свой рассказ. Некоторое время я молчал, борясь с жилами, обнаружившимися в последнем куске моего жаркого. — Я что-то не совсем понял, почему вдруг вообще начались такие кровавые разбирательства?

— Ну из-за того что мы долго не могли продать эту чертову квартиру, потратили на нее деньги. — Юлия опять разволновалась. — Потому и Светлане выплатили уже не оставшиеся пятьдесят процентов, а меньше. Ей объясняли ситуацию, она, конечно, спорила и кричала, что это не ее проблемы, но в конце концов вроде со всем согласилась. А потом... — Она устало подперла голову рукой.

— Ясно. И ты думаешь, что и тебя тоже непременно будут искать.

— Я не знаю... Я не думаю... Может, и не будут. Я, в конце-то концов, всего лишь «космонавт», подставная фигура. Но как подумаю, что, задержись я еще на чашечку чая... всего на пару минут, они бы и меня... — Губы у нее вновь затряслись, как вчера вечером, но она договорила: — Убили. И потом, я ведь их видела... И они меня тоже видели...

— Так, — дошло до меня. — А тебя разве не просили никуда не выезжать из Москвы? Ты же ценный свидетель?

— Ты что, не понимаешь? — закричала вдруг Юлия. — Они могли меня убить!!! И до сих пор могут. Что мне с того, что я — ценный свидетель, кроме угрозы для жизни? Думаешь, я верю в то, что моя милиция меня бережет?

208

— Тише, тише, — попытался усмирить ее я. — Я все понимаю. Конечно, ты права. — На женщин обычно эта фраза действует наиболее успокаивающе. — Хотя я не понимаю, какой смысл скрываться в Чечне. Ты думаешь, там людям спокойнее живется?

— Но это то место, где меня будут искать в самую последнюю очередь, — резонно заметила Юлия.

Конечно, говорил я себе, она взрослый человек, сама отвечает за свои поступки, она и без меня знает, что едет в самое небезопасное место в стране. И все-таки я был даже немного рад, что она едет со мной в одном поезде.

Ночь прошла неспокойно. Многие пассажиры вышли, а на их места садились все больше кавказцы. Я волновался — понятно, не за себя, а за Юлию. В конце концов даже встал и прошел в ее последний вагон. Почти все спали, только несколько человек пили водку, играли в карты и хрипло переругивались. Двое проводили меня мрачными взглядами. Я прошел в самый конец вагона. Юлия спала на верхней боковой полке, почти безмятежно. Зато на нижней проснулась толстая бабка грозного вида, с темными усиками над губой.

— Тебе чего надо? — сурово спросила она. — Иди отсюдова, иди! А то сейчас проводника позову.

Я понял, что с таким стражем Юлия в безопасности. Вот уж не знаю, как они с этой теткой общий язык нашли...

На следующий день поздним вечером мы благополучно прибыли в Гудермес. Если честно, подсознательно я ожидал взрывов и военных с автоматами, хоть и понимал, что военные действия официально давно закончились. Военные, конечно, попадались, но гораздо больше было мирных жителей. В основном это были женщины, старики и дети. Невооруженных мужчин почти не было. И конечно, все улицы в развалинах — тут уж явственно возникало ощущение, что ты попал в сводку новостей по телевидению.

До Грозного нас подкинули на грузовике: автобусы ходили, мягко говоря, нерегулярно. Шофер был мрачен и неразговорчив. Как я ни пытался расспросить его о здешнем положении дел, он все больше отмалчивался и только красноречиво кивал в окно: мол, сам смотри и увидишь, раз такой любопытный. Юлия тоже отмалчивалась и угрюмо смотрела по сторонам.

Вовсю палило солнце, хотя было не так душно, как в Москве. Воздух словно гремящее раскаленное железо. Вокруг нашего грузовика вздымались облака пыли и долго еще не хотели оседать, после того как мы проедем. Через какое-то время я начал дремать. Юлия тоже заснула, положив голову мне на плечо.

Меня разбудил водитель уже на въезде в Грозный.

— Ку-куда вас в-везти? — чуть ли не впервые подал голос наш шофер. Тут я понял причину его упорного молчания — он здорово заикался. Странно, что я не заметил этого, когда мы договаривались в Гудермесе. Впрочем, и тогда он сказал всего пару слов, не больше.

Грозный производил еще более плачевное впечатление, нежели Гудермес. Здесь явно постарались все — и федеральные силы, и местные вооруженные формирования.

— Даже и не знаю, — ответил я. — В принципе в какую-нибудь прокуратуру, если они здесь вообще есть.

Заика если и удивился, то виду не подал. Кивнул и рулит себе дальше. Юлия тоже уже проснулась и стала смотреть в окно более пристально.

— О господи, — сказала она, внимательно вглядываясь в дома. — Ни одной улицы ведь не узнаю.

— Так ты была здесь? — удивился я.

— Я тебе об этом еще в Москве говорила, — немного обиженно пробормотала она. — Родственники у меня здесь. Пару раз я сюда погостить приезжала. Давно, конечно. Еще в школе училась.

Наконец возле убогого одноэтажного здания мы остановились.

— Здесь, — коротко сказал шофер. Я полез за деньгами — расплачиваться. Шофер пресек мое движение. — С-сигареты есть?

Я протянул ему только что начатую пачку «Житана». Он взял всю пачку, хлопнул дверцей и укатил. Мы же остались стоять перед строением, которое здесь называлось городской прокуратурой — так гласила и покосившаяся табличка на двери. Я не стал мяться на пороге, а сразу вошел в здание. Здесь было немногим прохладнее, но хоть какое-то облегчение. У входа нас остановил вооруженный военный:

— Куда?

Я показал свои корочки. Военный похмурился, разглядывая, но придираться не стал.

— А она? — указал он автоматом на Юлию. Она слегка отшатнулась.

211

— Со мной, — подтвердил я. — Кстати, не подскажете, нам нужен следователь Николай Перелейко. Он здесь работает?

— Вон там спросите. — Автоматчик махнул оружием в сторону одной из дверей. Интересно, а когда у него автомата с собой нет, он как направление показывает?

Я постучал в дверь. Никто не откликнулся. Не люблю стучаться дважды — я открыл дверь, там тоже сидел человек с автоматом.

— Следователь Перелейко здесь? — как можно строже спросил я.

— Ждите, — равнодушно ответил автоматчик.

— Но он здесь? — уточнил я.

— Ждите, — равнодушно повторил тот.

Мы вошли в это подобие приемной и сели на единственную здесь скамейку — автоматчик сидел на табурете.

Спустя пару минут где-то на улице вдруг прогремел взрыв. Юлия вздрогнула. Автоматчик и головы не повернул.

— Опять дети балуются, — объяснил он.

В это время из коридора в приемную вошел полный мужчина в возрасте — хоть один без автомата. Правда, с пистолетом в кобуре. Он производил впечатление очень усталого человека.

— Кто это? — устало спросил он автоматчика, кивнув головой в нашу сторону.

Автоматчик вскочил:

— Это к вам, Николай Гаврилович.

Тот внимательно посмотрел на нас, потом на военного.

— Я сам вижу, что ко мне. Ладно, проходите, — обратился он к нам. И устало последовал за нами.

В кабинете я представился:

— Я от Турецкого, Александра Борисовича, — и коротко объяснил ему ситуацию.

— И как там Турецкий? — несколько равнодушно поинтересовался Перелейко, выслушав мою историю. — Все борется за справедливость?

— В общем, да, — пожал плечами я.

— Ну что ж, чем смогу, тем помогу, — вздохнул Перелейко. — Правда, не так уж много я могу. Я так понимаю, вы сейчас в Чернокозово? Документы доставать?

Я кивнул.

— Поосторожнее там в дороге. Неспокойно, знаете ли...

— Можно подумать, здесь спокойно, — усмехнулся я невесело.

И словно в подтверждение моих слов со стороны улицы вновь раздался взрыв. От взрывной волны колыхнуло запертую дверь. Сила удара была такова, что будь на окнах, забранных решетками, целы стекла, они непременно бы вылетели. Но очевидно, что это случилось гораздо раньше.

15

Полевой командир Мамед Бараев был интеллигентным человеком. Одно время он жил в Москве постоянно, это было не так уж и давно, но сколько

213

в его жизни с тех пор изменилось... В Москву он приехал тогда учиться, поступил в МГУ на философский факультет. Не сам, конечно, поступил, а с помощью влиятельного дяди Гасана, в ту пору работавшего в министерстве. Дядя принял племянника у себя в шикарной квартире, подумал и определил:

— Нечего тебе самому толкаться, в хороший вуз ты все равно сам не поступишь, чего время терять... А плохой нам не нужен. У меня есть знакомые в деканате философского факультета МГУ, так что быть тебе философом.

— Зачем — философом? Профессия больно какая-то...

— Балда, — ласково сказал дядя, отхлебывая коньячок из стакана, — это ж кузница партийных кадров... Есть еще истфак, но знакомые у меня только тут. Так что не привередничай. Ты себе представляешь, какую ты потом карьеру можешь сделать, при живом дяде?

Это были восьмидесятые годы. Так и случилось, что имел в результате Мамед Бараев диплом философа... Где теперь вся эта философия? Что от нее осталось? Все жизнь вытеснила. У жизни своя философия. Тем не менее в душе сохранилось теплое чувство к Москве — что-то вроде легкой ностальгии по студенческим годам.

Иногда в одном человеке совмещается так много, думал он, катя по Москве на собственной черной машине с шофером и сопровождающими. Москва, с

214

тех пор как видел он ее в последний раз, тоже изменилась. Под Европу косим, усмехнулся он, витрины блестящие, плиткой тротуар выложен перед каждым магазином в центре... Раньше Москва нравилась ему больше: уютные дворики, тишина, ходить безопасно... Никто и не посмотрит, чеченец ты или нет.

Вот, например, Иван Грозный, продолжал размышлять Мамед, проезжая по Тверской улице, мимо Макдоналдса, в сторону кремлевских башен, глубоко религиозным был человеком, что не мешало ему жестоко убивать направо и налево. И кто может точно знать, был он прав или нет? Ему надо было управлять государством, держать всех в страхе и подчинении, а тут без жесткой и карающей руки не обойтись. Кому, как не Мамеду, это и знать? С другой стороны, если бы жизнь Мамеда не повернулась пять лет назад определенным образом, может быть, так и остался бы он бизнесменом средней руки с хорошим образованием.

Окончив свой философский факультет, Мамед поосмотрелся, выбирая себе дорогу в жизни. Времена тогда были самые благоприятные — перестройка, много чеченцев на видных постах, кругом свои, до любого из них можно было достать через одного-двух знакомых или дальних родственников. Сила малых наций, понимал Мамед, в том, что они держатся друг за друга, везде своих проталкивают. А русские привыкли, что их много, — десятком больше, десятком меньше, какая разница... И каждый особняком, сам свою жизнь устраивает. Вот потому они и будут всегда проигрывать, ушами хлопать да удивляться: почему на ключевых постах сплошь чужие лица?

Дядя Гасан, заблаговременно предвидя перемены в государстве, как и положено хитрому восточному человеку, ушел с поста в министерстве на заслуженную и немаленькую пенсию и занялся сомнительными делами, приносящими вполне ощутимые барыши, — проще говоря, ушел в мафию... Ну и Мамед пошел в общем-то за ним.

По специальности Мамед, конечно, не работал, хоть и знал хорошо язык и втайне мечтал о работе переводчика... Но как человек практичный, понимал, что взрослый мужчина должен зарабатывать деньги, а не заниматься тем, что ему нравится.

Подумал, посоветовался с дядей — и решил заняться бизнесом, частным предпринимательством. Решил — и готово дело, оказался в скором времени единоличным хозяином автосалона. Поначалу дядя ему очень помогал, с людьми познакомил — начали они с нелегальной торговли крадеными машинами, переправленными из Польши, а потом пошло... Что касается начального капитала, — как ни странно, родственники приняли в Мамеде большое участие. Приезжал старший брат, разведал, что да как, покрутил носом, а потом неожиданно ссудил Мамеду крупную сумму на обзаведение. Мамед знал, что брат его крутит какие-то совсем уж темные делишки, но от денег, заработанных таким путем, отказываться не стал — деньги не пахнут...

Так Мамед и жил — сперва родственники его поддерживали, потом он родственников — отсылал

216

на родину время от времени небольшие суммы, женщинам украшения, мужчинам подарки... Так было принято. И даже когда дядя его Гасан стал сватать ему несимпатичную внучатую племянницу Дину, Мамед особенно противиться не стал. Родственники хотели, чтобы он был женат на своей, на чеченке, — так тоже было принято. Мужчина он был уже зрелый, самое время было обзавестись семьей, по русским барышням Мамед уже погулял, да жена тому не была бы помехой — женился. Среди достоинств Дины было то, что она была особенно молчалива — редкое качество для жены. А красота тут необязательна...

Так и жили — в довольстве, достатке. Детей исправно Дина ему рожала — все мальчики. В мечеть Мамед почти и не ходил — столичная жизнь как-то не располагала. В лени хотелось жить, себя потешить, да и суета одолевала — где машины купить, как потом перепродать, кому на лапу дать... Одним словом, жизнью своей Мамед был доволен, всем, кроме одного: больно ровно она текла, каждый день одинаково. Так и затосковать недолго...

Однако затосковать Мамеду так и не удалось. Налетели в его жизнь непредвиденные события, как хищные птицы. Теперь уж не разберешь — хорошо ли это было, плохо ли... Было — и все. Никуда не денешься. После смерти узнаем...

Приехал к устроенному Мамеду в Москву погостить старший брат, полевой командир. В Чечне в подручных у самого Дудаева ходил. Вроде бы так приехал, ни за чем, по-родственному. Раньше Мамед тоже часто родственников принимал у себя, кормил — а как же, столица, всем хочется на нее посмотреть. Но с братом Мамед особенно не общался, хотя издалека и почитал — как же, старший мужчина в семье, отец уже умер... Так вот брат вдруг как-то нагрянул. Да не один, с людьми... А у людей оружие под одеждой. Расположился на квартире Мамеда, как в степи лагерем. Жену напугал до икоты, дети по щелям забились. Но брат ничего — доволен был, что все мальчики, поиграл даже с ними, кинжалом учил пользоваться... Посмотрел, как Мамед живет, обвел желтым глазом квартиру, в первый день ничего не сказал, а на второй услал волевым жестом Дину в дальнюю комнату, а сам с Мамедом устроился курить и разговаривать.

— Ну что, брат, — сказал он, — нравится тебе в Москве?

— Нравится, брат, — пожал плечами Мамед, — деньги идут...

— А все же лучше родины нет, а? Разве не так? Не скучаешь?

— Скучаю, — согласился Мамед.

— Скучаешь... а пока твой народ борется, ты тут у них прохлаждаешься. Нехорошо...

— А что я должен делать? — пожал плечами Мамед. Ясно, брат не так приехал, а с предложением...

— Это ты сам подумай, брат, что ты можешь сделать. Пока твои братья — я, и Руслан, и Фазиль — воюют, ты тут... Чем ты, говоришь, занимаешься?

— Машинами торгую.

— Ага... Машинами. Машинами — это хорошо. А какими машинами, брат?

— Разными... Только что вот партию джипов получил...

— Джипов — очень хорошо. Вот и отдай нам свои джипы. Они нам на горных дорогах ой как пригодятся...

— На горных? — оторопел Мамед.

— Знаешь ведь, — подмигнул брат, — у нас всегда, что бы ни случись в стране, остаются наши горы...

— Хорошо, — сказал Мамед, подумав, — бери джипы.

Он не имел права отказать — родня бы его не поняла. К тому же изначальная ссуда... Короче, Мамед почувствовал, что начинает вступать в права первобытный кодекс чести.

— В мечеть ходишь, брат? — продолжил допрос Шамиль. — Ходи... В такие времена... Скоро, говорю тебе, будет большая война с неверными. То, что сейчас происходит, — это даже не подготовка... Это проверка. Качеств твоих бойцовских проверка, чести твоей проверка, веры.

— И кто же нас проверяет? — скептически поморщился Мамед. Не любил он всех этих высокопарных и цветистых разговоров. Поотвык...

— Аллах нас проверяет, — воздел очи горе Шамиль и ладонями огладил бороду.

Возразить на это Мамеду было нечего.

Так это все и началось. Сперва — машины, потом — пара ездок с оружием через границу, потом мирный торговец автомобилями Мамед Бараев пре-

219

вратился волшебным образом в подпольного торговца оружием, и автосалон уже служил просто прикрытием, а в багажниках его прекрасных, нежно любимых дорогих машин громыхали ящики с автоматами, переложенными древесной стружкой. Мамед стал бояться представителей власти и плохо спать по ночам... Тем более что обстановка в республике окончательно обострилась, своих с видных постов в правительстве Москвы поснимали — пора было трогаться с места. Чеченцы покидали Москву. За Мамедом снова приехал старший брат, еще более заматеревший, обросший и злой, и увез его с собой. Жену Дину с детьми Мамед оставил в Москве — тут спокойно, место обжитое, дети в садик ходят...

На родине Мамед попал в самую гущу борьбы — в подручные полевого командира, своего родного брата. Сперва он не мог опомниться, но вида не подавал. Постепенно привык к полевым условиям, привык к переходам, стрельбе, набегам, смертям. Вспомнил знакомую с детства науку убивать — оказалось это так же просто, как кататься на велосипеде: один раз научишься — и на всю жизнь. И уже нравилось Мамеду, уже не представлял он себе, как мог довольствоваться мирной жизнью в Москве — вот здесь другое дело, война — занятие для настоящих мужчин. Священная война... Пришлась по вкусу ему крепкая и острая похлебка, отдающая костром, здоровый пот, грязь, знакомая с детства жара, чувство опасности, страх, победа... Местное население относилось к ним по-разному: может, кто и не любил, но в основном боялись. Приятно было в деревню входить, снова наблюдать весь этот крестьянский быт, голодных собак, тощих заполошных кур, здоровых загорелых теток, босых и наглых ребятишек, подрастающих Мамеду на смену... Приятно было проходить по своей стране хозяином с автоматом в руках.

Но такая уж жизнь была дана Мамеду беспокойная — только он начал к обстоятельствам привыкать, как наступили следующие перемены. Поворот в судьбе Мамеда не заставил себя долго ждать. Во время одного пустякового сражения Шамиль получил пулю в грудь, рана нагноилась — и через несколько дней брат умер. Мамед не отходил от него, лишь иногда выходил и слонялся вокруг холщовой палатки. Смерть эта была неожиданна и неправильна: от случайности, пустяка, поспешная. На душе у Мамеда было нехорошо, остался какой-то осадок, но задумываться, так ли он живет, было некогда. Жизнь толкала в спину. У Мамеда и путей других не было, кроме как занять место брата, взять на себя командование отрядом и до конца жизни или до победного конца мстить. Так тоже было принято, и с какой стати Мамеду разрывать этот круг? Поначалу было боязно — шутка сказать, взять командование отрядом, когда в том отряде двести — триста человек? Но ничего, справился. Как Иван Грозный — главное, силу свою показать, власть, бесстрашие, чтобы вся стая тебя боялась, будто ты волк, а они — собаки. И о брате скоро забыл — всегда Мамеду казалось, что его чаша сия минет, в него шальная пуля не попадет. И правда — везло ему как заговоренному — были незначительные ранения, но все они не к ущербу вели, а к славе. Стал все религиозные обряды жестко соблюдать — ничто людей так в подчинении не держит, как религия. Смысл у жизни, у смерти другой появляется. За деньги обидно жизнь отдать, а за веру можно. Потому и презирал Мамед иноплеменных наемников — против своих за деньги воюют, хуже шакалов получается...

Так продолжалось какое-то время.

Полевой командир Бараев постепенно приобрел известность, имя его было на слуху — в своих кругах. Набеги устраивал, всех в страхе держал, брал заложников, нанимал бойцов — все как обычно. И опять жизнь начала входить в определенную ровную — хоть и более беспокойную, чем раньше, — колею.

Как раз об эту пору появился в отряде Мамеда Бараева переводчик Аслан Магомадов. Вернее, взяли-то его как пленного, хотя он был и свой, чеченец, молодой парень, самого боевого возраста. Но к боевым действиям как раз не имел никакого отношения. Работал он учителем английского в сельской школе, а взяли его по наводке местных жителей — те доложили, что Аслан Магомадов укрывал и переправлял в безопасные районы детей-нечеченцев.

Поначалу Мамед хотел его просто расстрелять, но потом передумал. Чем-то парень ему даже понравился — культурный человек; Мамед понял, как стосковался он по культурной беседе. С подчиненными особенно не поговоришь, не поймут, да и авторитет свой зачем ронять. А тут — преподаватель... Да и в случае чего как заложника обменять можно. Зачем добро тратить... Стал Мамед к нему захаживать спокойными вечерами, после обеда, языком почесать — и стала для Мамеда культурная беседа одним из плотских удовольствий, на манер кофе или трубки табака. Молодой преподаватель слушал, слушал его, спорил, горячился, о добре и зле дискутировал — поначалу. Любо-дорого... А потом притих, задумался. Разуверился, значит, что можно Мамеда на путь истинный наставить. И перестал Мамеду отвечать — только «да» и «нет» цедит да кивает — никакого интересу. Не уважает, значит, как собеседника. Ну и Мамеду скучно стало. А потом даже осерчал — раздражать его преподаватель стал. Подумаешь, выискался, чем он Мамеда лучше, что так свысока поступки его судит? Захотел Мамед его поучить, поводил с собой на вылазки, на казнь пленных посмотреть — хиляк этот в обморок упал, вот потеха, а потом бросил общаться с ним вовсе. Так Аслан с ними и ходил — пооборвался, голодный был, кормили его от раза к разу, когда вспоминали. Но и тут Мамед Аслана не расстрелял — нашлось ему применение: приезжали пару раз к Мамеду разговаривать западные журналисты, Мамед их принимал, в арафатку до глаз закутавшись, — так он Аслана при себе как переводчика определил. Мамед язык-то и сам знал, только с переводчиком оно солиднее выходило...

Вечером приехали в деревню, куда было назначено, заграничные журналисты — два мужика и баба, англичане, фотоаппаратами обвешаны все. С видеокамерой... Мамед принял их в одном из домов.

— Скажите, — спросила женщина, поправляя белокурую прядь — красивая, лицо такое серьезное, загорелая, но в шортах — вот до чего не стесняется, — каковы идейные истоки вашей войны?

Мамед дождался, пока Аслан перевел. Вид у Мамеда был важный, бороду за это время отрастил, раздался, арафатка на голове...

— Священная война, джихад, — стал он лениво объяснять, — против неверных.

— Но вам не кажется, что это дикость? — удивилась журналистка. — Мы все, значит, неверные? Вы же, как нам сказали, образованный человек. Разве не может быть в мире много религий? Разве Бог при этом не един?

— Нет бога, кроме Аллаха, — наставительно произнес Мамед, — и Магомет — пророк его...

— И чего же вы хотите?

— Свободы и независимости Чечни. Разве мы не имеем на это права? Разве мы не можем жить по нашим собственным законам, завещанным нам предками? Зачем вы заставляете жить нас по вашим законам? У вас — свои, у нас — свои. У нас, как вы говорите, своя религия. Так же как и в Индии. Почему вы не воюете с Индией?

Далее беседа текла более-менее предсказуемо. Мамед напрягся, вспомнил свое философское образование — вот оно когда пригодилось, — надо было произвести на буржуйских журналистов самое благоприятное впечатление. Вроде как все мы тут культурные люди, просто философия у нас такая... Рассказывал он о том, что жизнь в стране должна проходить по законам шариата, что публичные казни необходимы для устрашения и установления беспрекословного подчинения закону.

— Я лучше знаю, что нужно моему народу. Если у вас есть смертная казнь, почему у нас нельзя? Только у вас она не действует. Это не умно. Ее никто не видит, она не действует. Лучше сильно наказать одного, чем немного — многих...

Мамед вздохнул.

По окончании беседы журналистов по его приказу накормили как следует настоящим восточным обедом. Уехали они очень довольные...

А Аслан после того вечера ходил молчаливый, совершенно надутый — очень ему не понравилось все, что Мамед сказал. Ну и пусть его...

Но тут и третий поворот наступил в жизни Мамеда. Отряд его попал под обстрел, кто-то местоположение выдал. Начался бой, это Мамед прекрасно помнит, а остальное — обрывками. Холмики помнит, стрельба частая, танки подъезжают... А потом, помнит, прилетел вертолет, сбросил аккуратно несколько бомб — и только и видели его отряд. Половина убитыми лежат, половина разбежалась, один Мамед стоит с непокрытой головой посередине поля и думает, что ему теперь делать...

Повезло ему. От федералов он ушел уж неизвестно каким чудом. Поднялся в горы — прав был брат, горы всегда помогут, — бродил там, питался тем, что находил, пооборвался, потом спустился в одно селенье, побирался там, а потом потихоньку-потихоньку до столицы добрался.

К счастью, очень известен он не был, в лицо и по документам его никто не знал, в органах на него ничего не было... Направился тогда Мамед прямо в ставку... К главным. Там-то его как раз знали и заслуги его перед отечеством очень ценили. И брата его любили и знали. И тут так получилось, что вовремя пришел к сильным мира сего Мамед, они как раз новое правительство в это время формировали. Ну и по старым связям — через того же дядю Гасана прошло, — короче, назначили Мамеда замминистра иностранных дел Ичкерии... В который раз Аллах его призрел и на гребне волны вынес, когда другие утонули. Уверился Мамед, что судьба его для великих дел предназначает.

Стал Мамед к новой должности привыкать. Сперва в Чечне порядок наводил, с мелочью всякой расправлялся для виду. А вот теперь снова настало время Мамеду в Москву вернуться, уже в официальном качестве. Как представитель республики... Три машины у него, людей своих он взял — телохранителей двух и старого своего помощника — тоже выжил, значит. Приехал, семью повидал, жену — крику было... Дети за это время подросли. В общем, опять доволен был Мамед. Снова начнется жизнь спокойная, обществом признанная.

Только одна заноза в сердце сидела — переводчик Аслан. Не проследил вовремя за этим Мамед — а тот, говорят, выжил, теперь тоже в Москву направился, на розыски сына своего незаконного... Это Мамеду совсем некстати было. Больше из пленных не выжил никто, никто ничего про него не знал и, соответственно, сказать никому не мог. В лицо его никто бы не узнал... А тогда, когда он к Аслану приходил разговаривать, Мамед имел неосторожность лицо открывать. Кто же знал...

Так что просил Мамед выследить, куда Аслан поедет, и придержать Аслана в надежном месте до разговора с ним, Мамедом. Честно говоря, была у Мамеда мысль — вдруг парень на его сторону перейдет, он ведь теперь лицо официальное, серьезное, противозаконными делами не занимается, наоборот, готов своей стране пользу приносить. А ну, как Аслану это понравится?

Только эту маленькую проблемку осталось в Москве решить — и будет Мамед безупречной репутации человеком, кристальным и для службы на высоких постах в новом государстве вполне пригодным — опять же, с высшим образованием.

16

И вновь я ехал по пыльной чеченской дороге. Только на этот раз из Грозного. Машина была раскалена на солнце, и было удивительно, как она еще не начала плавиться. Вокруг сплошь расстилались горы и холмы. Попутчиком моим оказался на этот раз молодой совсем, улыбчивый парень, Витька кажется. Видимо, улыбчив он был с самого рождения, раз подобные обстоятельства не разучили его улыбаться. А может, недавно сюда попал. Впрочем, нет, если бы он был здесь новичок, никто бы его, наверное, не пустил так — с машиной по неспокойной дороге. А может, и пустил бы. Бог их знает, какие тут порядки.

Юлию я, конечно, с собой не взял — она осталась в Грозном разыскивать своих родственников. Я даже не успел проводить ее — сразу после разговора с Перелейко надо было ехать.

Разумеется, Перелейко не погнал машину исключительно ради меня. Но в Чернокозово регулярно ездила машина — это довольно крупный и, кажется, даже известный изолятор, предназначенный в основном для содержания пленных чеченцев до выяснения последующих обстоятельств и выяснения степени их отношения к происходящей войне. Да, как бы ни старались в высших эшелонах власти называть все, что здесь творится, антитеррористическими действиями, даже и младенцу ясно, что это такое на самом деле.

— Долго тебе еще здесь? — спросил я Витьку. Тот, улыбаясь чему-то своему и насвистывая какую-то мелодию, крутил баранку.

— До смерти, — усмехнулся он. — Да нет, три месяца всего осталось. Почти ничего. Время здесь быстро летит, даже и не замечаешь. Первый месяц, правда, казалось — очень долго. А потом... привык.

— Страшно?

— Ну если об этом думать, то страшно, конечно, — признался он. — Но я стараюсь этим голову не сильно занимать. Хотя когда понимаешь, что из нашего города, кто со мной вместе приехал, кого-то нет уже совсем... Но это уже не страшно, а как-то очень странно. Они ведь имели такие же шансы... То есть скорее я имел такие же шансы погибнуть. Даже нет, не это самое сложное. Не знаю, как объяснить...

24 июня 1998 года в Нерюнгри было примерно так же жарко, как сейчас здесь. Во всяком случае, Витьке казалось именно так. Лето в его родном городе почти всегда было таким — очень коротким, но жарким. Когда по телевизору показывают первомайские демонстрации из Москвы, в Нерюнгри еще лежит снег. И не верится, что где-то уже тепло и можно ходить в рубашках. Но к июню деревья начинают зеленеть, а на реке Лене сходят льды. А к июлю солнце палило уж и вовсе нестерпимо. Но все-таки настолько жарко не было, кажется, уже давно. Потому и выпускной одиннадцатиклассники решили отмечать не в душном и пыльном помещении, а на природе, возле речки. Конечно, пришлось отсидеть всю официальную часть в актовом зале, где занавес был почему-то раскрашен под аквариум, в котором плавают большие золотые глупые рыбы с выпученными глазами. Но и учителям, и директору хотелось поскорее освободиться от формальных мероприятий, так что уже через час выпускники расстилали на траве покрывала, выкладывая на них всяческую снедь и бутылки. Что там происходило весь вечер, Витька помнил не особенно — пока еще рядом были взрослые, все как-то скучали. Но потом, уже часов в девять, когда начали спускаться сумерки, их небольшая компания — Витька, Леха и Иван, лучшие его

друзья, еще несколько человек, ну и девушки, естественно, — решили спуститься немного вниз по течению и продолжать праздник подальше ото всех. Сбегали еще за выпивкой, развели костер... Кому-то пришла идея купаться голышом, но ее в корне пресекли: все-таки люди близко. Да и двигаться особенно уже не хотелось. Хотелось валяться в траве, дуть пиво (водку Витька не любил, хоть и никому об этом не говорил, засмеют)... Рядом смеялись Леха со своей девушкой. У Витьки девушки не было — как-то, что называется, не склеилось. Ему нравилась Лехина Ленка, но всем известно, что жена друга не женщина, а если женщина, то он тебе не друг. Леха Витьке был дороже. А потому он просто валялся в траве и дул свое пиво.

Леха вдруг встал и пошел к реке.

— Эй, — окликнул Витька.

Леха только рукой махнул.

— Куда он? — спросил Витька у Ленки. Та сидела, кажется, вполне довольная собой.

— За кувшинками. Венок хочу сплести. — Она пьяно засмеялась.

— Он же плавает как топор, — дошло вдруг до Витьки. Он вскочил было, но Ленка потянула его за руку.

— Посиди со мной пока... Мне скучно одной, — кокетливо жалобно протянула она.

«Сам в воду полез», — подумалось Витьке вдруг. Идти за другом как-то сразу расхотелось. От пива по телу разливалась приятная лень.

— А почему у тебя девушки нет? — томно спросила Ленка. Витька только что-то промямлил в ответ. — Ты симпатичный... — шептала она ему на ухо, которое вдруг сделалось красным. — А я тебе нравлюсь? Я же знаю, что нравлюсь. — Она взяла его руку и положила себе на грудь.

Тут Витька вскочил — скорее от непреодолимого смущения, чем от волнения за Лехину судьбу.

— Я все-таки схожу посмотрю, что с ним. — Ленка только фыркнула вслед.

Витька подбежал к воде, было уже темно. Лехи нигде не было видно. Витька встревожился, окликнул оставшуюся компанию, но и там его не было.

— Эй, Иван, сбегай посмотри к остальным, Леха не там? — крикнул Витька, а сам полез в теплую воду.

— Да чего с ним случится? — лениво протянул Иван.

— Он вроде купаться шел, — крикнул Витька и нырнул.

Тут вдруг метрах в тридцати от него показалась Лехина голова. Показалась и сразу снова скрылась под водой. Оставалось только удивляться, как он смог заплыть так далеко. Но времени на удивление не было. Витька что есть силы поплыл в ту сторону, тщетно ожидая, что голова покажется снова... Он почти сразу нашел Леху — своими длинными нечесаными волосами, за которые его то и дело ругали в школе и постоянно попрекали родители, тот зацепился за корягу, и только поэтому его не унесло течением. Витька тащил на себе Леху до берега, казалось, несколько часов...

Вот тогда было действительно страшно. И когда приехала «скорая», и когда все бежали за носилками по коридорам больницы — Витька мокрый, в одних плавках. И когда еле смогли разжать Лехину руку, в которой были зажаты две кувшинки. И когда ждали, что скажет врач, — тогда тоже было страшно. А когда врач вышел и сказал, что можно уже не ждать, что все уже кончено, — страшно не было. Было именно что странно.

После гибели Лехи Витька чувствовал себя виноватым. То есть на людях-то он был как всегда: шутил, болтал, веселился... Но скорее машинально, чтобы не возвращаться в памяти снова и снова к тому роковому вечеру. А вот Ленка, кажется, себя виноватой совсем не чувствовала — порыдала-порыдала на похоронах, положила на могилу две кувшинки и забыла. Даже пыталась к Витьке подмазаться, но он ее отшил — довольно грубо. Видеть Ленку ему с тех пор было особенно неприятно.

Поэтому он даже скорее обрадовался, получив повестку. Мама, конечно, отпускать не хотела, отец настаивал на поступлении в школу милиции. Но больше всего на свете Витьке хотелось уехать отсюда куда-нибудь, где он никого бы не знал и его никто бы не знал. И, получив назначение в Чечню, Витька совсем не был огорчен — ему казалось, что если не собственной смертью, то хотя бы риском сумеет заставить замолчать чувство вины. А уж потом для рефлексии и вовсе не осталось ни времени, ни сил. Только одно не давало ему покоя...

Ленка пришла провожать его на вокзал, отозвала в сторонку.

— Чего тебе? — хмуро спросил Витька.

— Я понимаю, что он был твой друг. — Витьке не нужно было спрашивать, о ком речь. — И все получилось ужасно... Я знаю, что это из-за меня. Но... ты мне действительно нравишься. Можно я тебе буду писать?

И она писала — раз в месяц или два. А потом и он ей начал писать. И вот до дембеля осталось всего три месяца, а он так и не решил еще, как ему быть с Ленкой. А оказалось, что решать и не нужно...

Вдали на дороге показался клуб пыли, медленно к нам приближающийся. Приглядевшись, я разглядел в этой пыли автомобиль — такой же «газик», как у нас. Это была первая машина, которую мы встретили на дороге, но за последние сутки я уже привык к этому, хотя, казалось бы, это должно меня удивлять после тесно населенной разнообразными средствами передвижения Москвы.

— Свои, надеюсь, — кивнул я Витьке на дорогу.

— Кто ж еще? — ответил он. — Сейчас уже спокойнее все-таки стало. А по этой дороге уже давно только свои ездят.

В машине было тесно. Шутка ли — вместить семерых взрослых мужиков в не слишком-то просторный «газик». Особенно если учитывать, что у каждого из них по тяжелому автомату на шее.

233

— Черт, — выругался сплошь заросший черным густым волосом водитель на своем языке. — Принесла их...

Тут и все остальные заметили машину, едущую навстречу.

— Говорил, не ездит никто, — заметил ему самый старший и, пожалуй, самый здоровый здесь чеченец, весь седой.

— Почти не ездит, — огрызнулся шофер.

— Делать что будем? — спросил третий, единственный русский в машине.

— Заткнись, — зло прохрипел водитель.

— Ты молчи, коли виноват, — остановил его седой сурово.

— Ненавижу... Русская сволочь, — сквозь зубы процедил шофер — на русском.

— Козел, — так же зло сказал русский. Видно было, что такие отношения у них давно и к ним все привыкли.

— Оба молчите, — строго и резко оборвал седой. — Знай себе едь, — добавил он шоферу. — Их там всего-то два человека.

Чужой «газик» был уже рядом. Витька нахмурился. Спустя полсекунды и я разглядел, кто едет в машине.

— Надо на пост передать. — Витька включил рацию. — Говорит Восьмой...

«Газик» уже почти поравнялся с нами. Их волосатый шофер вдруг изменился в лице, снял руки с руля и дал по нашей машине очередь из автомата.

Витька прибавил газу.

— Вот суки, — сказал он.

Чеченцы развернулись и погнали за нами. Витька передал мне свой автомат:

— Умеешь?

— Приходилось. — Я высунулся из окна, вспоминая свой недолгий опыт общения с «калашниковым». К пистолету, знаете ли, привык. Я дал очередь по колесам, отлично понимая, что всю их ораву уложить будет сложнее, чем заставить их отстать.

Их «газик» никак не хотел отрываться, а теперь они стреляли уже почти все. Я успел заметить среди них русского, когда меня вдруг тряхнуло и машину резко повело к обочине. Я взглянул на Витьку — он лежал головой на руле, по лицу струилась кровь. Сзади раздался взрыв — чеченский «газик» полыхал огнем. Значит, я все-таки попал...

Наша машина перевернулась и покатилась с крутого склона.

Не знаю, сколько времени прошло, когда я очнулся. Скорее всего, не больше нескольких минут. Наш «газик» стоял всего в паре десятков метров от дороги, видимо, перевернулся раз и встал обратно на колеса. И видимо, Витька успел дать по тормозам. Я взглянул на Витьку — он не шевелился. Я попробовал подвигать конечностями — вроде все кости целы.

Пульс у Витьки не прощупывался. Но он до сих пор продолжал улыбаться.

Я посмотрел на дорогу — там догорал чеченский «газик».

— Восьмой, Восьмой, — надрывалась рация. — Что у вас там?

— Говорит Гордеев, — ответил я. — Шофер погиб. Эти... боевики, кажется, тоже.

— Какой Гордеев? — орала рация.

«Ну «какой», «какой», — почему-то подумал я равнодушно. — Гордеев, Юрий Петрович, хомо сапиенс обыкновенный...»

Я сам довел машину до Чернокозова — мы были уже не очень далеко от него. Тело переложил на заднее сиденье, накрыв одеялом, которое обнаружил в салоне. А в изоляторе меня первым делом подвергли допросу — как все произошло и не заметил ли я чего-нибудь странного. Как будто меня каждый день чеченцы расстреливают, а в этот раз как-то по-другому, нежели обычно. Допрос этот был, разумеется, не первый в моей жизни, но так я к ним и не привык за долгое время, причем не люблю как быть допрашиваемым, так и допрашивать. Так или иначе, в Чернокозове мне пришлось пережить еще несколько неприятных минут.

Ну а потом мне с самым невинным видом сообщили, что машина отсюда в Грозный уезжает через час и если у меня здесь какие-то дела, то нужно с ними поторапливаться, потому что следующий шанс уехать представится не раньше чем через пару дней. Меня это, конечно, не устраивало. К счастью, протоколы допросов Магомадова я нашел очень быстро, но просмотреть их на месте не успел.

На этот раз я погрузился в грузовик, в котором кроме меня ехало еще с десяток солдат. Ворота пропускного пункта захлопнулись за нами, и скоро изолятор, огороженный высоким каменным забором с колючей проволокой, скрылся в густеющей темноте. Я трясся в кузове, крепко прижав к себе добытые документы, пока не уснул.

Проснулся я оттого, что меня трясут за плечо: приехали, мол. Сонный, я вылез из кузова. И понял, что идти мне в общем-то некуда. Грузовик сразу уехал, да и вряд ли меня бы пустили ночевать в часть. Не идти же к Перелейко, в самом деле. Кроме того, сомневаюсь, чтобы он работал до... я посмотрел на часы... половины одиннадцатого вечера. Хотя я частенько позволяю себе подобную роскошь.

Да-а, положеньице. В разные ситуации мне приходилось попадать, но вот в роли бомжа я еще, кажется, ни разу не был... Хорошо, что лето и ночи здесь сравнительно теплые. В крайнем случае можно и на улице переночевать. Но надеюсь, до крайности я все же не дойду. Для начала стоит поймать машину, что в Грозном тоже не так просто, как в Москве. Но через пару минут рядом со мной остановилась потрепанная «девятка».

— Гостиницы есть у вас здесь? — спросил я, наклонясь к окошку.

— Переночевать негде? — обрадовался водитель. — Давай ко мне. Недорого возьму, дешевле, чем в гостинице.

Мне, конечно, не особенно улыбалось спать неизвестно где, но все же лучше, чем под открытым небом. А что касается гостиницы — стоило представить, сколько формальностей нужно будет пройти в гостинице города, который находится на военном положении, как ехать туда сразу расхотелось. Поэтому я мысленно махнул на все рукой и сел в машину.

— Из Москвы? — Шофер протянул руку. — Ахмед.

— Юрий, — представился я. — Оттуда.

— Нам бы, главное, успеть до комендантского часа...

Ахмед оказался главой классической восточной семьи — полная веселая жена и куча детей. Меня, правда, даже пристроили спать в отдельной комнате на скрипучем диванчике. Ахмед с женой ночевали в одной комнате с детьми, чуть ли не вповалку, на полу. Квартира у них была довольно скромная, но они были счастливы. «Машина опять же кормит», — поделился Ахмед.

На сон грядущий я собирался было все-таки ознакомиться с полученными в Чернокозове документами, но стоило мне на секунду прислонить голову к подушке (диван под моей тяжестью ощутимо прогнулся и громко скрипнул), как я сразу уснул. А проснувшись, понял, что всю ночь так и сжимал протоколы в руке.

На следующее утро, расплатившись (деньги по московским меркам я заплатил просто смешные), я отправился разыскивать Юлию и шариатский суд. Или наоборот.

Насколько я помнил по своему институтскому образованию, суд шариата возник веке этак в четырнадцатом, где-то в арабских странах. Основывался прежде всего на законах ислама, которые на беглый взгляд почти не отличаются от законов остальных религий, за исключением негативного отношения к свинине, конечно. И как и любой другой юридический институт в то время, суд шариата был вовсе не чужд телесных наказаний за содеянное. Разница заключается в том, что телесные наказания в шариатском суде остались в ходу до сих пор. Впрочем, кажется, он уже не так распространен среди мусульман. Цивилизация, знаете ли. Во время своего ночного ползанья и лазанья по Всемирной информационной паутине в поисках информации о Мамеде Бараеве я нашел немало сведений и про шариат.

В Чечне этот суд внедрили во время последней войны. Исторически здесь никогда не распространялись нормы шариата, а все вопросы решались советом нации — мехк-келом. Шариат — правовая школа Саудовской Аравии, а шариатские судьи, ставшие носителями высшей судебной власти в Чечне, получили образование в арабских странах. Вследствие этого было понятно, да и никем особо не скрывалось, что арабские страны финансируют чеченские экстремистские группировки.

Я вдруг вспомнил, как одна моя однокурсница на экзамене начала ответ по вопросу об этом суде со слов «Шариатский суд находится в Шариате». Кажется, все, кто находился тогда в аудитории, просто лежали от смеха в течение пяти минут как минимум. На самом же деле происхождение названия этого суда довольно простое — так назывался свод законов в Коране.

Но сейчас мне было не до смеха. Этих моих скудных исторических сведений явно не хватало, чтобы найти еще доказательства невиновности Магомадова. Поэтому, недолго поразмышляв, я вновь направился к Перелейко — в любом случае его стоило поблагодарить за оказанное содействие.

В приемной, выслушав от охранника ставшее уже привычным «Ждите!», я покорно уселся на лавку и погрузился наконец в изучение полученных вчера бумаг. Там были вещи мне уже известные от самого Магомадова — о том, как он попал в Чернокозовский изолятор после разгрома банды Бараева, и о том, что именно Бараев принудил его к сотрудничеству.

— Место встречи изменить нельзя? — Юлин голос оторвал меня от протоколов. — Ты уже вернулся?

Она пыталась говорить беззаботно, но была явно расстроена.

— Вернулся, — ответил я. — Как твои родственники?

— Потом, — отмахнулась Юлия, погрустнев еще больше. — Я так и знала, что тебя здесь нужно будет искать...

В это время в комнату зашел Перелейко, который выглядел, кажется, еще более усталым, чем вчера.

— А, — безрадостно сказал он, протягивая руку в знак приветствия, — это вы... Я уже в курсе, что с вами вчера приключилось, можете не рассказывать. Вы просто счастливчик, в рубашке родились. Так чем могу быть полезен? — без всякой паузы спросил он, так и не дав мне вставить ни слова.

— Видите ли, — начал я, соображая, как проще объяснить ему свою новую проблему, как он вновь перебил меня:

— Только давайте скорее, у меня есть только десять минут.

Я не обиделся на подобную невежливость — и без того было видно, что Перелейко человек крайне занятой.

— Посоветуйте, где можно найти протоколы допросов шариатского суда? — спросил я уже безо всяких вступлений.

— Ну вы скажете, молодой человек... — Перелейко покачал головой. — Это же просто полевой суд, типа трибунала. Процессы чаще совсем не документируются. Самая обычная вещь — просто расстрелять безо всяких допросов, но под прикрытием законов шариата. Впрочем, вы, конечно, можете попробовать... — Он вырвал из блокнота клок бумаги и, склонившись над столом, что-то там написал. — Вот адрес, возможно, уцелели какие-то документы.

Я поблагодарил Перелейко за содействие, и мы распрощались.

— Ну так и что у тебя? — спросил я Юлию уже на улице.

— Ничего хорошего, — вздохнула она. — Все погибли — и тетя, и дядя. Во время наступления федеральных войск. — Она помолчала. — Они меня так любили, в гости все время звали, когда еще войны не было. А я им даже не писала почти...

От одноэтажного здания, адрес которого написал на бумажке Перелейко и найти которое оказалось делом довольно сложным, остались в основном только обгорелые стены и прохудившаяся крыша. Впрочем, внутри, как ни странно, уцелели большие железные шкафы с бумагами, — видно, местному населению оказалось не под силу вынести их отсюда.

— Да, — сказала Юлия, обозрев эти необъятные хранилища, — если здесь и можно что-то найти, то на это уйдет по меньшей мере месяц.

— Надеюсь, что меньше, — только и оставалось сказать мне, в то время как мысленно я поблагодарил высшие силы, что мне хотя бы помогает Юлия.

Мы рылись в оставшихся бумагах до самого вечера, не осилив и десятой части того, что там было.

— Может, заночуем прямо здесь, — предложила Юлия, когда уже стало так темно, что дальнейшие поиски были просто бессмысленны. Надо сказать, что такая мысль уже приходила мне в голову. Видно, все-таки придется в этот раз влезть в шкуру бомжа. Я взглянул на часы и понял, что этого не избежать — на дворе уже был комендантский час.

Юлия тем временем бродила по разным комнатам здания, — видно, надеясь найти мебель, пригодную для ночлега. В животе у меня неприятно бурлило, и я вспомнил, что сегодня не ел ничего, кроме скудного завтрака, которым меня угостила жена Ахмеда.

— Эй! — раздался вдруг голос Юлии откуда-то издалека. — Иди сюда!

— Что там? — Я поспешил к ней.

Она сидела перед большим выдвинутым ящиком, забитым видеокассетами.

— Да тут у них целый архив! Видеопрокат можно открывать.

Кассеты были рассортированы по датам. Я полез в чернокозовские документы и нашел число, когда, по утверждениям Магомадова, его судил шариат. К счастью, мы нашли пленку, датированную тем же числом. Осталось только проверить, что именно на ней записано, но это уже только завтра...

Назавтра, несмотря на крайне неприспособленное для здорового сна помещение, я проснулся бодрым и полным надежд и даже что-то мычал себе под нос. Юлия же, напротив, погрустнела еще больше. Но на мои расспросы упорно отнекивалась.

Я очень рассчитывал на то, что на кассетах обнаружатся нужные мне доказательства: при мысли о дальнейших поисках среди бумаг мне становилось не по себе. Обращаться к Перелейко по поводу видеомагнитофона очень не хотелось — я и так отнял у него достаточно времени. Что же делать? Тут я вспомнил, что видел в доме у Ахмеда телевизор.

Хотя самого Ахмеда дома не было, нам открыла его жена. Она даже, кажется, не очень удивилась моей просьбе посмотреть кассету. Увела детей в другую комнату, как только я предупредил, что это совсем не для их глаз, и тактично вышла сама.

Я не стану описывать всего, что там было. Хоть мы и поставили кассету в режиме быстрого просмотра, вскоре Юлия тоже вышла из комнаты, не в состоянии всего этого видеть. Расстрелы сменялись пытками и телесными наказаниями. Уже ближе к концу, когда я почти потерял надежду, на пленке мелькнуло лицо Магомадова. Я остановил перемотку и поставил на воспроизведение с нормальной скоростью. Магомадова осудили на триста ударов палками за укрывание детей иноверцев — примерно так звучал приговор. Я выключил видеомагнитофон, достал кассету и вышел из комнаты. Пора было возвращаться домой.

17

За Асланом пришли в камеру. Аслан с трудом встал, заложил руки за спину, и охранник защелкнул на них браслеты. Аслан вздохнул. Видимо, опять будут издеваться. А что? Поели, пообедали, теперь скучают — так сказать, хлеба и зрелищ... Тело болело, нижняя губа распухла. Время для допроса вроде бы было неподходящее — но кто их там разберет... Может, это, так сказать, неофициально, личные инициативы. Охранник провел Аслана по коридорам, позвякивая ключами, открыл дверь одной из одиночных камер — неужели переводят? И втолкнул Аслана внутрь, не позаботившись снять наручники.

Аслан, приморгавшись, разглядел в полутьме камеры сидящую на койке фигуру: Мамед Бараев собственной персоной. Аслан застыл от неожиданности на месте. За плечами Мамеда стояли еще двое, как статуи, и не мигая смотрели на Аслана. Ждали приказаний, им достаточно было малейшего жеста Бараева, чтобы приступить к решительным действиям. Ведь боевики, подумал Аслан, живут по тем же законам, что и уголовники. Такие же волки и вожаку подчиняются беспрекословно; а если две сильные личности в банде — они либо взаимно уничтожают друг друга, либо тот, кто сильнее, уходит и уводит за собой основной костяк, а второму остается формировать банду заново... Как тут, так и в тюрьме, выживает сильнейший... Сильнейшим Аслан не был. Опять бить будут, подумал он и поежился. Однако Бараев, судя по всему, был настроен на мирные переговоры.

— Ну здравствуй, Аслан, — сказал Мамед Бараев, прервав долгое молчание, погладив подбородок. — Вот и встретились...

— Поздоровайся, — лаконично посоветовал Аслану один из телохранителей.

— Добрый день, — кашлянув, сказал Аслан. Прошлую ночь он сильно кашлял — видимо, ему повредили легкие...

— Ты чего кашляешь? Нездоров? — неторопливо продолжил беседу Мамед.

— Не жалуюсь, — хмуро пожал плечами Аслан. Что он, в самом деле, как школьник...

— Вот и молодец. Зачем мужчине жаловаться? Не надо... Садись. — Царственным жестом Мамед указал на стул. Аслан сел.

...Он даже не удивился, что Бараев проник в самое сердце тюрьмы и расположился тут как у себя дома. Все становилось на свои места — и внезапный арест, и странные разговоры, которые вели с ним оперы. Вот, оказывается, откуда ветер дует... Но почему он в Москве? И как он сумел пробраться сюда, в Бутырки? Неужели у него есть выход на местное начальство? Хотя сильные мира сего всегда найдут какие-то общие интересы... Пребывание в камере, побои и общая атмосфера сделали свое дело — Аслан воспринимал реальность равнодушно и с трудом. Так же было и во время его плена в отряде боевиков — тупое равнодушие животного и вместе с тем бесконечное терпение, воля, диктуемая самим организмом, — все перенести и выжить. Рано или поздно, подсказывал здравый смысл, все это закончится — и твоя жизнь тебе еще на что-то понадобится.

Не ожидал Аслан вновь увидеть этого человека. Некоторые вещи предпочитаешь забыть, потому что если все помнить, жить будет невозможно. На него вновь кошмаром навалилось прошлое. Дни и недели, проведенные им при отряде полевого командира Бараева, навсегда останутся худшими в жизни Аслана.

— На все воля Аллаха, — набожно закатив глаза к небу, произнес Мамед, — опять ты на моем пути. Но я к тебе как гость пришел, я тебе зла не желаю. Что нам между собой делить? Мы друг друга знаем, старые знакомые. А только понравился ты мне тогда, учитель, когда ты мне помогал за страну нашу бороться.

— Я тебе не помогал, — сказал Аслан.

— Помогал, помогал... — махнул рукой Мамед. — Это теперь навсегда с тобой будет... А если не хотел мне помогать — зачем не умер? Во всем надо идти до конца.

Для себя Бараев раз и навсегда решил, что он был прав, когда грабил, убивал, брал заложников, расстреливал их, несмотря на обещания... То, что какой-то учитель Аслан при этом воротил нос, вроде и не должно было его волновать; но, видимо, беспокойство причиняло. Все же и он, Мамед Бараев, сам институты кончал. И ничего — привык... Значит, и этот сможет привыкнуть. Вот он и таскал за собой пленного Аслана, заставляя смотреть на расстрелы, на раненых... Думал, сломается Аслан, хлипкий же человек — а тот ничего. Переживать переживал, исхудал, щеки ввалились, а не сломался. Значит, дух есть у человека, понял Мамед, а таких людей он поневоле уважал. Слабость раздражала его, а сила — что ж...

Аслан прекрасно понимал все мотивировки Мамеда. До того, значит, достал его Аслан, мелкая козявка, что и в тюрьму по его душу сам явился. Хорошего ему как раз ничего не светило — не из сентиментальных же соображений явился Мамед посмотреть на старого знакомого. Но Аслан, устыдившись бегства от собственной памяти, решил, что на все воля Аллаха, встреча эта была предопределена, и собрался встретить судьбу достойно, лицом к лицу.

— Да, были времена... — вздохнул Мамед. — Священная война шла. Только нам она ничего, кроме убытков, пока не дала. Тут я понял, что по-другому действовать надо, хитрее... Помнишь, ты мне сам говорил, что силой ничего не решишь, что убийство влечет за собой убийство...

Аслан вздохнул. Стыдно ему было за эти разговоры, которые он действительно поначалу от безысходности пытался вести с командиром боевиков, который показался ему человеком неглупым... Пытался, пока не понял, что тот над ним смеется. Тогда Аслан замолчал и замкнулся в себе.

— Но сейчас, — продолжил Мамед, лицемерно вздохнув, — времена переменились. Я теперь за свою страну по-другому воюю. Я теперь большой человек. Может, министром буду... Слышал, может, — в Америку меня зовут. Не я к ним еду, а они меня приглашают. Официально...

— Мамед, — сказал Аслан, устав ждать, — от меня ты чего хочешь? Зачем пришел?

— Да так вот, сам понимаешь, мне прошлое мое ни к чему напоказ всему свету выставлять, как невестины простыни. Нет на этом свете людей, которые что-то делали, жизнь кроили и чистыми остались. Это только таким, как ты, удается, которые на все со стороны смотрят и сами ничего не делают. И то судьба тебя ловит. Послушай... Я тебе что предлагаю. Я за тебя деньги заплачу — они тебя отпустят. Эти русские продажны, как шлюхи, — из тюрьмы за деньги можно выйти, все за деньги можно. И посадить туда кого

248

хочешь... Я тебя сюда за деньги посадил, — признался Мамед, — я же тебя и выпущу. Ты зла не держи... А что били тебя — это не я им велел. Я же знаю, ты нормальный человек. Зачем тебе меня закладывать? Будешь со мной работать в министерстве Ичкерии, пост у тебя будет. Своих людей при себе надо держать...

— Да как же я буду работать в министерстве? — удивился Аслан. Всесильный Бараев ему, оказывается, взятку пришел предлагать! Даже смешно.

— Чеченскому народу, — внушительно произнес Бараев, — нужны образованные люди.

— Ну и кем же я буду? — спросил, облизнув сохнущие губы и лихорадочно обдумывая свое поведение, Аслан. — Послом, что ли? Что должен делать?

— Хочешь — послом будешь, хочешь — переводчиком, дипломатом, за границу поедешь... Решай! А взамен забудь, как при мне переводчиком был. Молодой я тогда был, горячий... Похорони эту память, камень поставь, чтоб никто не поднял, и где могила, забудь — а я для тебя все тогда сделаю. Я знаю, чего тебе надо. Бабу свою русскую возьмешь, домой уедешь, сына воспитывать будешь... А хочешь — сына возьмем, воспитаем по-настоящему, по-нашему, а женим тебя на хорошей девушке, на нашей? Она тебе еще нарожает... Русские женщины шлюхи, — сплюнул Мамед, скривившись, — развратные они, пьют, курят, как мужчины, с ними все можно... Мужа не уважают. Но ты смотри, дело твое. Так что скажешь?

Ну вот, подумал Аслан, Мамед Бараев ведет себя

как оперный Мефистофель из провинциального театра. Запугивает и уговаривает, манит сладким куском. Неужели все искушения выглядят так примитивно и глупо, или это мне приходится героя разыгрывать в декорациях, скорее пригодных для фарса? А ведь мне сейчас придется сделать важный выбор, понял он, в сущности, от жизни отказываюсь или от большого ее куска — какой из меня лагерник? Сидел уже, пробовал, чуть кишки горлом не вышли... Но неужели он действительно думает, что я соглашусь, что меня можно купить постом в министерстве? А что, люди всегда по себе судят. За что мне такая жизнь? Эх, была не была, может, выйдет по-моему, а не по-ихнему, может, выторгую себе послабление на своих условиях... Если грубо отказаться, решил Аслан, тогда точно каюк. Надо сделать вид, что я раздумываю, как повыгоднее для себя устроить. Если он заподозрит, что я не о себе пекусь, совсем озвереет.

— Не знаю, — помотал головой Аслан, — не знаю, Мамед, сам-то я ничего про тебя не говорил и не хочу, я не доносчик, а только вот бьют меня тут второй день, грамотно бьют, по печени да по почкам, и на допрос обещали повести, там протокол будут составлять, и если бить будут и спрашивать, так и не выдержать могу, рассказать. А что мне из-за тебя терпеть? Разве есть мне до тебя дело? А работать я с тобой не буду. Так что давай по-другому сделаем. Ты сам ко мне пришел, я тебя не звал, тебе от меня что-то нужно, а мне от тебя — ничего. Не верю я тебе, Мамед, и в министерстве работать не стану.

Жизни я спокойной хочу. Давай так — ты меня из тюрьмы достанешь, а я никому ничего говорить не буду, поклянусь. Ни слова. Скажи своим псам, чтобы не трогали меня, — и достаточно.

— Отказываешься? — понял все-таки Мамед.

— Не отказываюсь и не соглашаюсь.

— Нет, Аслан, плохая это мысль. Поторговаться хочешь? Поторгуйся. А предложениями такими не кидаются, такой шанс один раз в жизни дается. Если честно сказать — нравишься ты мне. Умный ты парень, человек честный. А мне, веришь, по целым дням словом перемолвиться не с кем — не поймут... Неужели не столкуются два образованных человека?

— Разные у нас тобой дороги, Мамед, — с сожалением произнес Аслан.

— Какой ты странный, — хмыкнул Мамед. — Да что ты можешь сделать, смешной человек, ты подумай! Что расскажешь про меня, какой я плохой? А доказательства у тебя есть? Думаешь, кому поверят? Здесь тебе страна чужая, нас не любят, а у тебя ведь оружие нашли... Может, вообще тебя террористом объявят — надо же и им кого-то сажать. Ты смотри, пока я добрый, помощь предлагаю — мы же свои люди; тебе за Чечню волноваться надо, а не за русских.

— А я за нее и волнуюсь. Думаешь, если такие, как ты, у нас всем заправлять будут и у власти стоять, в стране жизнь лучше станет? Управлять страной должны люди порядочные, а не уголовники. Вот потому и не хочу тебе помогать, работать с тобой вместе. Не хочу таким же бандитом становиться.

— В тюрьме сгною! — взревел вдруг Мамед, поднимаясь со стула. — Что ты о себе воображаешь! Кто ты такой!

— Что ж, — пожал плечами Аслан. — В тюрьме я уже сидел, а что касается того, кто я такой, — просто человек, как и ты, и даже лучше — не убийца и не уголовник. Это ведь тебе, Мамед, на моем месте сидеть надо, а мне на твоем. Так что даже и зазорно мне от тебя милости принимать.

— Думаешь отсюда целым выйти? — угрожающе прищурился Мамед.

— Приложу все усилия.

— Шансов, мальчик, у тебя нет, — прошипел Мамед, разглядывая в упор Аслана. Затем развернулся и подошел к двери — постучал могучим кулаком изнутри, подбежал услужливый опер и выпустил нарушающих режим гостей. Аслан даже не ожидал, что разговор их закончится так быстро. Вот и все, подумал он, дело сделано, жребий брошен, даже поторговаться не получилось. Слышно было, как они удаляются по коридору. Аслана на время заперли одного, затем опер вернулся, дыша ему в лицо чесночным перегаром и посматривая на Аслана с веселым интересом — как смотрят на препарируемую лягушку или подыхающего на булавке жука. Аслан не знал, был ли опер в курсе его дел, кто к нему приходил и зачем, и знал ли он что-нибудь о судьбе, ожидающей Аслана? На всякий случай Аслан напустил на себя вид гордый и равнодушный и с достоинством прошествовал обратно в свою камеру на тридцать человек, где в этот момент заключенные пялились в телевизор, так что на возвращение Аслана никто не обратил внимания — передавали очередную серию «Ментов»...

Мамед Бараев шел по коридору тюрьмы, широко шагая. Марченко, вместе с которым Бараев приехал сюда, в Бутырки, уже уехал по своим делам. Нет, думал Мамед, как все-таки удачно получилось, что этот Магомадов, кроме всего прочего, наступил на мозоль самому Марченко. Его и уговаривать долго не пришлось, чтобы все это организовать. Обиженный мужчина, да еще высокопоставленный чиновник, много может нагородить. Конечно, Мамед в любом случае нашел бы способ нейтрализовать Магомадова, но тут это получилось с гораздо меньшими усилиями.

— Ахмат, — сказал Мамед одному из телохранителей, покусав ус, — сходи поговори с Алексеем. Спроси, сколько он хочет.

— Будешь убирать? — понимающе осведомился Ахмат.

— Да... Видимо, придется,— вздохнул Бараев. С тех пор как он занял пост, Мамед не любил лишней крови, ему казалось, что в его положении это уже как-то... несолидно. — Скажи, чтобы... прямо в камере. Я думаю, в ближайшие дни. А то как бы не ляпнул... Пусть скажет сколько, а там сам разбирается, это его вотчина, меня не касается как. Даже знать не хочу. Пусть скажет только, когда все будет сделано. И все...

Парень сам виноват, решил Мамед. У него был шанс выйти и жизнь свою повернуть. Бывают же такие невезучие люди. Что ему было не попадаться на пути Мамеда... Учил бы себе детей до сих пор, горя не знал. Но ненадежен... Продаст, наверняка продаст — раньше, позже, а самое обидное, что не за деньги и не с испугу, а из принципиальных соображений. Как там сказал кто-то из великих, вспомнил Мамед из институтской программы — если бы у меня была собака, такая же назойливая, как совесть, я бы ее пристрелил...

— В магазин заедем, — решил Мамед, садясь в машину и захлопывая дверцу, одновременно раз навсегда переставая думать об Аслане. Машина была красивая, как положено — черная и длинная, сразу видно, что большой человек едет...

— Зачем? — удивился Беслан, второй телохранитель.

— А ты как думаешь? В чем я должен в Америке появиться? Я ведь не сам по себе, а как представитель республики Ичкерия еду! Я должен показать, что мы тоже цивилизованные люди. Что на официальный прием надо надевать?

— Галстук, — помолчав, глубокомысленно изрек Ахмат.

— «Галстук»... — передразнил его Мамед, раздражаясь. — Сам знаю, что галстук. А костюм?

— Фрак, — подсказал Беслан. — Как у дирижера... Чтоб красиво было!

— У дирижера смокинг... — с сомнением посмотрел на него Мамед. Слова Беслана заставили его призадуматься. Фрак — это что-то солидное... Решено. — Едем покупать фрак, — сказал он.

— А нам?

— А вам и так хорошо. В костюмах будете...

Остальная часть дня ушла на то, чтобы выбрать достойный официального представителя Ичкерии наряд. Они бродили по большому, в несколько этажей, универмагу, где за стеклянными перегородками располагались пиджаки, рубашки, галстуки, туфли, ремни, авторучки, зажигалки, туалетные принадлежности, одеколоны, сувениры... Ласковые девушки были готовы уделить покупателю все свое внимание. Некоторая заминка произошла с размером — Мамед не знал своего, и продавщице пришлось подбирать на глаз... Наконец поиски увенчались успехом — был выбран черный фрак с блестящими отворотами. Мамед померил его перед зеркалом и остался очень собой доволен. Фрак упаковали в красивую коробку, и Ахмат торжественно нес ее впереди своего хозяина к машине. От покупки галстука-бабочки, какой рекомендовали продавщицы, Мамед презрительно отказался.

18

Замечали ли вы, как странно возвращаться домой после пусть даже и недолгого, но дальнего путешествия? Словно прошла целая жизнь, столько всего изменилось, а дома все по-прежнему. Те же улицы, те же дома, те же люди, совершенно не подозревающие, сколько всего произошло с тобой. Магазины

255

работают по прежнему расписанию, а чайник у знакомых стоит на том же месте, на каком стоял, когда ты в последний раз — до своей поездки — их навещал. Но вот проходит день-два, и ты снова влился в эту повседневную жизнь, ты уже не чувствуешь себя чужим, ты влился в этот бесконечный поток — и тебе уже абсолютно наплевать на тех, кто только что сошел с поезда после дальней дороги.

Вот в какие размышления был я погружен, стоя у открытого окна вагона возле своего купе, а наш поезд между тем неумолимо приближался к Москве. До прибытия оставалось часа два — два с половиной. В купе уютно спала Юлия — мне стоило огромных трудов убедить ее, что в Москве я смогу разобраться в произошедшей с ней неприятностью (если можно так говорить об угрозе для жизни) и она будет в безопасности. Уж о ее-то безопасности я точно смогу позаботиться. Конечно, с ней часто было сложно и тяжело, но чем-то меня привлекала эта тяжесть. Может, я старею и мне самое время остепениться? Как ни странно, фактически впервые в ответ на эту мысль мне не пришла немедленно другая, упрямая, отрицающая какую-либо возможность остепенения. Немедленно — нет, но все же она появилась чуть погодя, помедлив, дав ощутить вкус этой возможности.

Нет-нет, все-таки замотал головой я. Слишком уж я ценю свою свободу.

— Ты чего головой вертишь? — Юлия вышла из купе.

— Да так, мыслям, — усмехнулся я.

— Странно возвращаться, правда? Как будто ничего не было, — сказала она, словно слышала мои недавние размышления.

— Странно, — кивнул я.

Дома я прежде всего включил заряжаться мобильник — вот уж чего мне действительно не хватало всю дорогу, даже представить себе не могу, как я раньше без него жил. Пригнал со стоянки машину. Юлия между тем успела закупить продуктов и суетилась на кухне.

Так, теперь позвонить. Сначала Турецкому. Рабочий телефон занят. Теперь Елене. На мой звонок она отреагировала крайне сдержанно:

— Здравствуйте, как ваши дела?

— Вы не можете сейчас разговаривать? — уточнил я.

— Да, спасибо, все в порядке, — так же ровно ответила она. Видимо, муж где-то рядом.

— Хорошо, тогда перезвоните мне... Я привез необходимые доказательства.

— Конечно, конечно, когда угодно.

— До свиданья, — с облегчением закончил разговор я и положил трубку.

Ну что ж, теперь, пожалуй, стоит повидаться со следователем. Думаю, Ковалев будет рад меня слышать.

Но Ковалева на работе не оказалось вовсе. Я узнал, что он непременно появится через час, и решил навестить его лично. Но для начала, конечно, необходимо снять копии с документов — не думаю, что стоит давать в руки Ковалеву оригиналы.

Итак, я появился у Ковалева спустя два часа, заехав по дороге к знакомому, у которого имелось два видеомагнитофона, чтобы переписать эпизод шариатского суда.

Стаса я знаю довольно давно, и если мне что-то мешает называть его другом, так это лишь недостаток времени для частого общения. В свое время он начинал зарабатывать на жизнь пиратским видео. И естественно, видеомагнитофон у него появился у первого из всех моих знакомых. Потом, верно следуя дорогой всех пиратов, он довольно прочно обосновался на Горбушке. И пользовался большой популярностью среди любителей кино, потому что мог достать почти любые редкие фильмы. Сам я не слишком часто прибегал к его услугам, когда выдается время, мне хватает и того, что показывают по телевизору или можно найти в соседнем видеоларьке.

Разумеется, для работы он пользовался не теми видеомагнитофонами, которые стояли у него дома. Но мне хватило и их качества записи.

Надо сказать, Стас был несколько удивлен, увидев картину публичных побоев и казней на пленке.

— Ничего себе кинцо! Это что же, новая серия «Ликов смерти»?

— «Ликов смерти»? — переспросил я.

— Не слышал, что ли, ни разу? Документальный фильм такой. Где показывают убийства, настоящие разумеется. Очень впечатляющая штука. Но, естественно, фактически везде запрещен.

— Да, что-то я, кажется, об этом слышал. Но мне, знаешь, и на работе этих «ликов смерти» хватает.

— Я уж вижу. — Стас кивнул на телевизор. — Погоди-ка, а ты же вроде уже давно в адвокаты переквалифицировался?

— А толку-то, — ответил я.

Уже уехав от него, я понял, что забыл оригинал кассеты. Вот черт! Ну ладно, не возвращаться же. Я набрал его номер.

— Привет, Стас, еще раз.

— Что, обнаружил пропажу? — Стас усмехнулся.

— Да, я заеду за кассетой на обратной дороге, ничего?

— Позвони только, а то я могу по делам уехать.

— Идет.

Да, великая вещь мобильник!

Я включил радио и понял, что в мире за время моего пребывания в Чечне все осталось на своих местах. В Штатах очередной подросток расстрелял из охотничьего ружья свою семью. Во Франции очередной поезд сошел с рельсов. Где-то в Африке зародилась очередная смертельная болезнь. У нас в Ростове задержали очередного студента, который, естественно, был американским шпионом. Да, все было по-прежнему. Опоры, на которых держался мир, ни на секунду не дрогнули, ни на миллиметр не пошевелились. Да и с чего бы?

Вот и Ковалев, как ему и полагается по объективным обстоятельствам, встретил меня, мягко говоря, неприветливо. Видимо, чувствовал, что ничего приятного для него он не услышит. Окинул меня недобрым взглядом, чуть-чуть замешкавшись подал руку:

— Здравствуйте.

Тут уж настала моя очередь размышлять — отвечать или нет на рукопожатие. Я подумал-подумал и сделал вид, что ничего не заметил. Ковалев скис окончательно.

— Я должен вас обрадовать, — непринужденно начал я. — Дело Магомадова, кажется, подходит к своему завершению. Истина фактически восстановлена.

— Что есть истина? — хмуро пробурчал Ковалев, видно вспомнив о своем высшем образовании.

— А истина заключается в том, что Магомадов абсолютно невиновен в том, в чем его обвиняют. Впрочем, вы, кажется, и без меня это отлично знали.

— Неужели? — Ковалев с нарочитым недоумением поднял брови. — И у вас есть неопровержимые доказательства его невиновности?

— Во всяком случае, они гораздо убедительнее той клюквы, которую на него пытались навесить вы.

Ковалев пропустил мою фразу мимо ушей. Он встал из-за стола и несколько раз нервно прошелся вдоль кабинета туда-сюда.

— Интересно было бы на них посмотреть, — сказал в конце концов он.

— Пожалуйста. — И жестом фокусника я вытащил из портфеля папку с чернокозовскими протоколами. — Разумеется, это копии, — добавил я на всякий случай. — Но думаю, их будет достаточно, чтобы ввести вас в курс дела.

Ковалев внимательно просматривал бумаги. Я между тем закурил. Вроде бы дело уже можно считать решенным, и, как я и сказал Ковалеву, оно близко к своему концу, но что-то мне подсказывало, что это было бы слишком простым финалом для истории, в которой замешаны такие известные имена, как, например, имя Мамеда Бараева.

— Ну, — сказал наконец Ковалев, положив документы на стол, — это всего лишь допросы Магомадова. И здесь он говорит то же самое, что утверждает сейчас. Если вы собираетесь опираться на них... — Следователь иронически хмыкнул, откинулся на стуле и лениво закурил. Расслабился.

— Ну почему же, — сказал я, мысленно веселясь, наблюдая эту картину. — У меня имеются другие доказательства. Есть у вас здесь видеомагнитофон?

Ковалев сразу выпрямился.

— Вон там, — показал он в дальний угол кабинета.

Мне сначала даже показалось, что это он таким странным для должностного лица способом пытается меня выгнать, пока я не разглядел, повернувшись, телевизор со встроенным в тот же корпус видеомагнитофоном.

Я вставил в моноблок кассету.

Светло-голубой экран сменился изображением сначала серого крупнозернистого месива помех, а потом картинка, пару раз дернувшись, наладилась. Ковалев, нахмурившись, напряженно смотрел в экран, вытянув вперед загорелую шею.

На экране же зачитали обвинение и приговор, а потом приступили непосредственно к его исполнению. Тут я заметил то, что не увидел в предыдущие два просмотра этого отрывка, видимо из-за спешки:

в паре кадров камера ухватила и самого Мамеда Бараева. Я покосился на Ковалева и по его еще более мрачному выражению лица понял, что и он тоже его заметил. Я усмехнулся — вот что значит внимание и сосредоточенность во время просмотра!

Изображение вновь сменилось серыми помехами: запись окончилась. Я вытащил кассету.

— Надеюсь, вы оставите это у меня? — кивнул Ковалев на пленку. — Экспертиза должна подтвердить подлинность и все такое.

— Да, разумеется, — равнодушно пожал плечами я. Если Ковалеву до сих пор нравится ваньку валять и делать вид, что все так и надо, то я не буду ему мешать.

Но, кажется, именно в этот момент он вышел из себя и перестал изображать честного следователя.

— Да вы сами-то понимаете, что делаете? — прошипел он, едва кассета оказалась у него в руках. — Вам кажется, все так просто, все это сойдет вам с рук? Здесь замешаны слишком серьезные люди, неужели вы этого до сих пор не осознали?

Тут Ковалев понял, что сказал уже больше чем надо и взял себя в руки.

— Подумайте хорошенько еще раз, прежде чем ввязываться во все это, — только и смог он добавить сквозь зубы.

Я не без удовольствия наблюдал за этой вспышкой гнева.

— Во-первых, я уже «ввязался во все это», — ответил я, передразнивая его интонации. — А во-вторых, мне не в первый раз приходится в это ввязываться, я знаю, что делаю, и знаю, чем это грозит.

— Не надейтесь, что такие вещи и на этот раз сойдут вам с рук.

— И вы тоже не надейтесь. — Я улыбнулся как можно более обаятельно. — Всего хорошего.

Выйдя из кабинета, я наконец закурил — если бы я закурил в кабинете, Ковалев решил бы, что я тоже нервничаю, а мне этого не очень хотелось.

Юля не могла долго сидеть на одном месте. Ее активную натуру никак не устраивало, что приходится дожидаться Гордеева, чтобы вместе решить, что делать дальше. В конце концов, это ее жизнь, а у Гордеева, похоже, свои дела, и гораздо важнее. Теперь, когда после расстрела в офисе прошло уже несколько дней, Юля оправилась от первого шока и смогла рассуждать здраво. В конце концов, на той злополучной сделке она была лишь «космонавтом», подставным лицом. А то, что она видела убийц, еще не значит, что они ее узнали. Скорее наоборот — если бы они знали ее в лицо, то не дали бы так просто уйти из офиса. А так как видели они ее всего несколько секунд, то, скорее всего, даже и не запомнили, как она выглядит. В конце концов, ведь далеко не каждый может похвастаться такой памятью на лица, какая была у Юли и какой она втайне даже немного гордилась.

Но в любом случае действовать надлежало с достаточной осторожностью. Прежде всего стоило по-

263

звонить кому-нибудь из фирмы. Но так как ключа от квартиры Гордеев ей не оставил, придется звонить с домашнего телефона. Это нехорошо. И хозяина подставлять совсем не хочется (Юля пока решила не думать, насколько глубокими будут их отношения, но в любом случае к Гордееву она чувствовала по меньшей мере симпатию, привязанность и искреннюю благодарность).

Тогда она вспомнила хитроумный способ, которым пользовалась при необходимости ее мама: если человек, которому она звонит, явно не хочет брать трубку, мама звонила через восьмерку и код города. В итоге предполагаемый абонент слышал междугородный звонок, который нормальные люди почему-то обычно не любят пропускать. Способ этот, правда, работал в Юлином родном городе, и пользовались им на ее памяти несколько лет назад, но почему бы не попробовать?

Итак, Юля набрала восьмерку, а затем, дождавшись гудка, код Москвы и номер своей приятельницы, которая и привела ее в свое время работать в недвижимость.

Кажется, получилось! Во всяком случае, их соединили.

— Юлька, Господи, ты откуда звонишь-то? — кричала встревоженная подруга в трубку. Была у нее такая манера — говорить очень громко.

— Неважно, — ответила Юля. — Как там у вас?

— Про тебя милиция спрашивала уже, ты ж у них главный свидетель! Где ты?

— А что на фирме-то? — проигнорировала вопрос Юля. — Нашли этих убийц?

— Вроде нет пока, ищут. Но, говорят, непохоже, что это были профессионалы. Скорее наркоманы какие-то. Ты же знаешь, там бывшая хозяйка чуть ли не сама кололась. Ее арестовали уже, она созналась, что каких-то дружков своих подговорила со злости, что фирма ей денег мало дает. Так что вроде их вот-вот найдут. Господи, как хорошо, что меня в тот день не было! Как хорошо, что я простудилась-то как раз! Слышала, Верку-то тоже задело пулей, в больнице сейчас.

— Как она?

— Ой, что-то там все плохо совсем. Тебе-то вот тоже повезло, чудом, Юлька, чудом ты уцелела!

— Я знаю, — грустно вздохнула Юля. — Ну ладно, я потом еще, может, позвоню.

— Да где ты? Давай в Москву возвращайся — менты тебя ищут вовсю, свидетельница ж главная.

— Ладно, ладно. Пока! — Юля повесила трубку.

Ну что ж, кажется, все почти обошлось, можно вздохнуть с облегчением. Хотя, наверное, и стоит дождаться, пока этих наркоманов поймают.

На радостях на Юлю напала такая жажда деятельности, что она, не в силах найти ей лучшего применения в запертой квартире, принялась наводить чистоту. Тут уж ей было где разгуляться! Гордеев хоть и пытался временами поддерживать видимость порядка, отсутствие опытной женской руки все же ощущалось. Юля начала с окон, которые не мыли, кажется, с прошлой весны. Никаких специальных моющих средств конечно же во всей квартире не обнаружилось, и она ничтоже сумняшеся налила в красный пластмассовый тазик с горячей водой немного разрекламированного Fairy. Спустя часа полтора все стекла стали прозрачны, как слеза младенца, и было уже почти не отличить — разве что по едва заметному искажению, — открыто окно или нет. Затем Юля тщательно протерла пыль на всех поверхностях — по всем правилам, где влажной тряпочкой, где сухой, и, наконец, приступила к мытью полов.

Я уже почти доехал до дома, когда вдруг вспомнил, что оригинал кассеты с шариатским судом остался у Стаса. Возвращаться, конечно, не хотелось. Но, поморщившись, я решил хотя бы позвонить. Стас был еще дома.

— Ну ладно, тогда я к тебе сейчас заеду, — вздохнул обреченно я. Я вспомнил, что так и не успел пообедать перед выездом к Ковалеву. Кажется, мой желудок тоже об этом помнил. А желудок — вещь злопамятная.

И, сделав крюк, который занял у меня не меньше получаса, и забрав кассету, я наконец доехал до дома.

Там меня ждал сюрприз — такой чистой я свою квартиру, если честно, не могу припомнить. Разве что когда я сюда только-только въехал, но это, как говорится, было давно и неправда.

— Ни фига себе, — присвистнул я, ибо других слов просто не нашел, а те, что нашел, было как-то не очень удобно говорить вслух при Юлии.

— Нравится? — улыбнулась она. — Обед разогревать?

Черт, это слишком походило на идиллию! Я смог только утвердительно кивнуть.

Переобувшись, я прошел на кухню.

— Через пять минут, — сказала она, заглядывая под крышку кастрюли, из которой сразу по всей кухне разнесся аппетитный запах борща. — Ой, — она повернулась ко мне с таким выражением лица, словно только что прямо перед ней ударила молния. — Я, кажется, хлеб забыла купить.

— Ну вот, — сказал я с деланным огорчением. — Я так и знал, что сказок не бывает! Ведь говорила мне в детстве мама...

— Я сейчас схожу. — Юлия уже была в коридоре. — Ты какой больше любишь — черный или белый?

Я протянул ей входной ключ от двери, полный благодарности, что мне не пришлось идти за хлебом самому. Если честно, больше всего на свете ненавижу ходить за хлебом. Видимо, с детства осталось.

— Все равно, — ответил я.

— Следи за борщом, — уже закрывая дверь, сказала она.

Я покорно поплелся на кухню. И сразу понял, что лучше бы это я пошел за хлебом — здесь так аппетитно пахло, что даже и пять минут ожидания казались вечностью.

Однако же вечность оказалась короче, чем я ожидал. Уже через две минуты раздался звонок в дверь.

Все-таки удивительно быстро она передвигается на своих длинных ногах!

— Я же тебе ключ дал, — сказал я, открывая дверь. Это была моя ошибка: за дверью стояло несколько человек в масках и в форме ОМОНа.

Реакция у них оказалась быстрее моей — я не успел захлопнуть дверь. И эти парни явно прошли профессиональную подготовку: мои боксерские навыки в этот раз мне почти не пригодились. Я просто не успел ничего сделать, как они уже скрутили меня. Вот черт! Хотя нет, кажется, одному из них я все-таки умудрился врезать. После этого я получил пару ощутимых ударов в живот и по голове и отключился.

— Посмотри, может, в квартире еще кто есть, — бросил одному из подчиненных омоновец, зашедший в прихожую самым последним.

— Он вроде ждал кого-то, — заметил третий, потирая здорово задетую Гордеевым челюсть. — Паскуда! — Он замахнулся было ногой, чтобы еще раз ударить адвоката в живот, но резкий окрик старшего заставил его передумать.

— Приказано не бить!

Остальные между тем рассыпались по квартире, переворачивая все вещи в поисках документов.

— Нашел! — Один из омоновцев вышел из комнаты, тряся бумагами, привезенными Гордеевым из Чечни.

— Должна быть еще видеокассета.

— Нет там ничего, два каких-то фильма только валяются.

— Ладно, пошли, в машину его! Кстати, у него в машине тоже надо посмотреть.

И так же быстро, как появились, люди в масках исчезли, прихватив с собой вырубившегося Гордеева.

Уже с утра Юля заметила два ближайших к дому Гордеева магазина. Они находились с разных сторон, равноудаленно — минутах в пяти ходьбы каждый. Тот, который был дальше от метро, показался Юле чуть дешевле, потому она выбрала именно его. Но хлеба там почему-то не было.

— Кончился, — объяснила продавщица. — Должны были в три завезти, но что-то машина опаздывает.

Вздохнув, Юля поспешила во второй магазинчик — эдакий мини-супермаркет, где помимо продуктов продавались различные моющие средства (эх, сюда бы на три часа раньше!) и другая всячина вроде журналов и открыток. Но к единственной кассе образовалась очередь человек из восьми. Десятиминутная прогулка за хлебом грозила растянуться уже на полчаса. А еще, как назло, старичок-пенсионер (и чего его понесло в этот магазин, есть же и подешевле!) медленно-медленно отсчитывал мелочью пять пятьдесят за хлеб.

— Хоть бы вторая касса работала, — раздраженно сказала девушка, стоящая впереди, своему другу, на что тот отреагировал по-философски терпеливо:

— Ты же знаешь, что так всегда происходит, когда куда-то торопишься.

«И правда, — успокоилась Юля. — Чего я так

нервничаю? Да и торопиться особенно некуда. Подумаешь, обед слегка остынет...»

И все-таки она с большим трудом дождалась своей очереди. Еще вдобавок у кассирши кончились мелкие купюры, и она пошла их менять куда-то в глубь магазина.

Отдав старушке на входе только что полученный от кассирши на сдачу рубль, Юля заспешила к дому Гордеева. В пакете у нее соседствовали батон «Подмосковный» и каравай черного хлеба под названием «Столичный» — Юля не стала особенно раздумывать над тем, какой выбрать. В любом случае не пропадет, решила она.

Из двора дома, где жил Гордеев, резко вынырнула машина, Юля едва успела отскочить. «Что-то я все норовлю под колеса попасть в последнее время», — мелькнуло у нее в голове.

Она поднялась на лифте на седьмой этаж, роясь в кармане в поисках ключа от входной двери. Уже вставив ключ в замочную скважину, она вдруг боковым зрением скорее не увидела, а ощутила, что за ней кто-то наблюдает. Она обернулась, и дверь соседней квартиры немедленно захлопнулась.

— Проголодался? — громко сказала она, заходя в квартиру. — Очередь была за хлебом, предста...

Больше она ничего сказать не могла, потому что увидела, что посреди коридора валяются сброшенные куртки и зонтики, а от зеркала прямо напротив входной двери остался висеть один ужасно тонкий и наверное очень острый осколок.

«Все-таки меня нашли!» — пронеслась, словно комета по холодному пустому космосу, обжигающая своей очевидностью мысль.

Я с трудом разлепил веки. Голова гудела, словно чугунная батарея, по которой стучат среди ночи недовольные соседи. С трудом я осознал, где нахожусь и как сюда попал. Я лежал на заднем сиденье автомобиля, в запястья сведенных за спиной рук впивались наручники. Зачем-то я попытался пошевелиться — та ошибка, которую совершают почти все плененные таким образом. И в тот же момент получил еще один удар по черепу.

«Самое обидное, что пообедать так и не удалось», — последнее, о чем я успел подумать.

19

Елена довольно быстро пришла в себя после нагрянувших в ее жизнь подобно сокрушительному морскому валу несчастливых событий. Не зря же она была внучкой и правнучкой военных, людей почтенных, генералов, происходящих по прямой линии от других воителей, — были, были в ее роду и офицеры Белой армии, и лишь изредка попадались среди ее предков полковые священники. В семейном альбоме у нее дома хранились пощаженные временем фотокарточки, сделанные на картоне, коричневые и с обтерханными углами. Елена любила рассматривать эти семейные реликвии, она черпала в них силу духа в трудный момент.

Вот и сейчас, чтобы легче думалось, она листала тяжелые страницы альбома и всматривалась в непреклонные скуластые лица, серьезные ледяные глаза и военную выправку родственников и чувствовала, как переполняет ее решительность и способность к хладнокровным и тайным действиям.

К мужу, оказавшемуся замешанным в таком неприглядном деле, она не могла испытывать ничего, кроме жалости и отвращения; отвращение шло от нравственной чистоплотности, а жалость — от избыточной силы здоровой натуры.

Она удивлялась, как это сразу не заметила, хотя по мелким признакам можно было догадаться, подленькой сущности живущего рядом с ней человека. Но сейчас, имея мужество посмотреть судьбе в глаза, она признавала, что ошиблась, и видела всю их совместную жизнь в новом свете. Но горевать по этому поводу она не собиралась, равно как и удерживать при себе мужчину из привычки или сентиментальности — пора было идти дальше, и это было конструктивно.

Более всего в жизни Елена ценила строгий порядок и все старалась приводить в соответствие со своими представлениями о нем. Однако и устраивать сцены мужу и гнать его из дому сейчас, как женщина умная, она не собиралась. Была в ней эдакая внутренняя хитрость, что, кстати, вполне сближало ее характер с характером Аслана. О своих делах она предпочитала никому не сообщать, включая близких подруг, мысли свои до конца никому не поверять. Иногда она сознательно врала, стараясь запрятать истинную причину своих поступков. Откуда взялась в ней эта черта, не свойственная легкомысленной русской нации, неизвестно. Иногда Елена корила себя за подобную недоверчивость к близким людям, но со временем, к сожалению, подобная практика всегда себя оправдывала. Вот и сейчас — муж не мог от нее ожидать каких-то действий, и это давало Елене, слабой женщине, необходимое преимущество; такова была стратегия и тактика войны, которую она не уставала вести многие годы со всем миром. Была такая хорошая старая русская поговорка, вспомнила Елена, усмехнувшись: мужу-псу не давай себя всю... А в современной деревне, совсем развеселилась она, та же мысль звучит грубее и проще: «не надо мужу всю ж... показывать». Куда до этого западным феминисткам... Они все в открытую привыкли, только мужиков распугали да ничего не добились. Здесь надо подход найти...

Захлопнув альбом, Елена сжала губы и стала соображать. Цели были определены — вызволить из тюрьмы отца ее ребенка, воспользовавшись знакомствами и властью мужа... А уж потом решать свои с ним проблемы. Елена считала, что муж совершил подлость исключительно из ревности и оскорбленного собственнического чувства. В таком случае его можно было бы уболтать и уговорить помочь.

Сына своего, яблоко раздора, отправила она вчера погостить к бабушке, собрав ему с собой вещи. Нечего ребенка в дела взрослых путать. Причесавшись, Елена пошла накрывать на стол — мужа необходимо было сперва задобрить. Расставила еду, присовокупила запотевшую бутылочку из холодильника.

Кот Васька метнулся к окну с протяжным мявом. Первым, подлец, чувствовал появление хозяина. Как ему это удавалось — а вот, однако, отличал шум машины Алексея от всех остальных. Оно и понятно — Алексей продукты привозил... Ничего, кот не собака, как привык, так и отвыкнет.

Елена выглянула в окно. Муж приехал не один. Вместе с ним вылез из машины и стоял, разговаривая, какой-то подозрительный тип нерусской наружности. Елена подивилась. Сколько раз слышала она от мужа нелицеприятные высказывания в адрес «чурок», как он их называл, а теперь у него с ними дела? С какой стати?..

Черноволосый и смуглый тип, разговаривая, размахивал у Алексея перед носом руками, не в силах сдержать темперамент, а Алексей хмуро слушал, не возражая, и иногда кивал. Потом Алексей открыл дверь подъезда, и Елена потеряла обоих говоривших из виду. Она метнулась в прихожую, неслышно отворила входную дверь и высунулась на площадку. Говорили внизу: слышно почти ничего не было.

— Мамед тебе са-па-сибо говорит, — разобрала она. — Пабеседовали, как братья. Он нам больше не нужен, ты панимаешь? Сколько стоит?

Елена услышала неразборчивый ответ мужа.

— Зачем ему дать? — изумился говоривший. — Тебе надо, зачем хочешь делиться? Хорошо, у вас свои законы, у нас свои... Пазвани Мамеду, когда все сделаешь, будут деньги.

Хлопнула дверь подъезда. Алексей стал подниматься. Елена, встревоженная непонятным разговором, прикрыла дверь и сделала вид, что занята по хозяйству: включила воду, запела себе под нос.

— Леш, ты? — крикнула Елена на звук открываемой двери.

Сняв ботинки — уж к этому-то она его приучила, — Алексей молча прошел на кухню, грузно сел на стул, положив перед собой на стол большие руки.

— Где Сергей? — спросил он угрожающе, помолчав.

— У бабушки сегодня останется, — сказала Елена и поставила скорее перед мужем тарелку — добрее будет.

Пока он ел, Елена смотрела на него, прикидывая, как подступиться к разговору. Тревожил ее этот таинственный Мамед, с которым у мужа были какие-то дела. Этой стороны его жизни она почти не знала... Иногда, конечно, он хвастался, что знает разные способы заработать, да и Елена наивной не была, понимала, что за деньги все продается и покупается. Наверняка он брал взятки, наверняка обходил закон — но вот насколько это все было серьезно? Раньше она надеялась, что вреда он никому не причиняет — так, что-нибудь по административной части, свести с кем надо, помочь пройти техосмотр... Но после случая с Асланом она была другого мнения. Следовало признать — муж ее мало чем отличался от уголовников, которых призван был арестовывать. Такова жизнь...

— Сегодня чуть с хачиком не подрался, — начал

свой обычный разговор о дневных подвигах Алексей. Далее следовал более-менее стандартный рассказ: все истории Алексея развивались по одной схеме — на улице к нему, его другу, юной девушке или старой бабке привязывался распоясавшийся хулиган, но в самый последний момент Алексей извлекал жестом фокусника свое милицейское удостоверение, хулиган сникал, а Алексей давал ему по морде и выходил из положения полным героем. Все это расписывалось в красках, с ударами по воздуху справа и слева.

— Леша, — решила она перейти к важному разговору, когда они с мужем перебрались в комнату и Алексей с удовольствием устроился в кресле перед телевизором, вытянув ноги, — объясни мне теперь, что ты задумал и с какой стати ты у нас в доме устраиваешь засаду? Что ты намерен делать? Ты понимаешь, что Аслан не должен пострадать, ведь это отец моего ребенка?

— М-да, — хмыкнул Алексей, — а я? Разве я не заменял все эти годы отца твоему ребенку? А Аслан твой где шлялся? Мне, знаешь, не надо этого, чтобы к моей жене ходили всякие ары с непонятными целями, да еще и с боевиками связанные.

— Не может у него ничего общего быть с боевиками, — рассердилась Лена, — совсем вы из ума выжили. Это называется — обжегшись на молоке, на воду дуть. Нельзя всю нацию под одну гребенку чесать!

— Не до того, — пожал плечами Алексей, — когда их тут сортировать? Знаешь, какая в стране ситуация? И чего они все в Москву едут, Москва им что, резиновая? А ты чего, собственно, за него заступаешься? Может, нравится он тебе до сих пор, а? Может, еще и в Чечню с ним подашься от законного мужа?

— Ой, ну не говори глупости, — махнула рукой Лена, хотя мысленно ей более всего хотелось треснуть мужа по голове чем-нибудь поувесистей, вроде сковородки, — тоже мне, муж, объелся груш, развел страсти, подумаешь, ревнивец выискался. А ты по-человечески-то подумал головой своей, как я должна себя чувствовать? Человек, с которым мы все же были близки, приехал ко мне, а его у меня избили! Как я ему в глаза смотреть теперь буду?

— А тебе и не надо, — сказал Алексей. — Незачем тебе с ним встречаться.

— Ну, милый друг, — теряя терпение, сказала Елена, — это уж, позволь, я сама решу, с кем мне нужно встречаться, с кем нет.

— Вряд ли тебе теперь это удастся... — нехорошо усмехнувшись, сказал Алексей. — Следовательно, и проблемы нет.

— В каком смысле? — насторожилась Елена. — Леша, ты недоговариваешь. Что происходит? Скажи мне правду, я все равно узнаю!

— Да ничего не случится с твоим чуркой, — пошел на попятную муж, — и вообще, я здесь при чем? Я, что ли, приказы отдавал? Значит, было за что, раз сцапали.

— И ты и я знаем, что это не так. Да и невелика птица — специально для него целый отряд присылать.

— А ты откуда знаешь, что он за птица? Ты его

277

когда последний раз видела? А? То-то... Откуда тебе знать, чистые у него руки или нет? Что он там в Чечне делал? Чай, не клубнику выращивал. А нам вот наводку на него дали, де еще и человек, прямо скажем, заслуживающий доверия...

— Это кто ж тебе наводку дал? И почему тебе? Больно гладко все получается...

— Да твой любезный в отряде у боевика в переводчиках ходил. Нам про него все известно...

— Так. А при чем тут ты?

— Да я тут при том, что на тебе женился, а тут такой сюрприз — жена якшается бог знает с кем! Я лично был против. Мне твой Аслан даром не нужен...

— Послушай, — сказала Елена, пробуя зайти с другой стороны, — ты мой муж, и я готова тебе поверить. Если Аслан в чем-то виновен, я первая буду за то, чтобы он отсидел положенное. В конце концов, меня с ним давно ничего не связывает. Я дочь военных и понимаю, что такое — защищать свою страну. Но ты мне должен все рассказать. Я ведь имею право знать, в каких именно махинациях замешан отец Сережи?

Заметив, что Алексей смотрит на нее с сомнением, она села с ним рядом и взяла его за руку.

— Между нами не должно быть тайн, — торжественно сказала она. — Не нужны мне эти загадки, не хочу я их разгадывать. Тем более что я могу и не угадать...

— Послушай, ну что ты лезешь не в свое дело? — попробовал уйти от разговора Алексей. — Тебе-то что, все равно ничего от тебя не зависит, и вообще,

278

не женское это дело. Что ты понимаешь в политике? Чего себе зря нервы портить?

— В политике, может, я и несильна, — покачала головой Елена, — но зато я точно знаю, что жить с тобой не смогу, если не буду в тебе уверена. Человек, который из ревности может сломать жизнь другому, — это опасный человек...

— Ай, ну что ты заладила — из ревности, из ревности... Сразу видно, что баба. Тут, Лена, совсем другие сферы замешаны. А мы с тобой просто винтики этого механизма — попались на дороге, вот и закрутило... Ладно, скажу я тебе. Послушай. Я здесь совершенно ни при чем. Только вот... Аслан твой тоже глупый человек, попался, так-то я против него ничего не имею. Чем-то он не угодил чеченскому своему руководству, ну вот они с нашим и договорились убрать его с глаз подальше на какое-то время...

— Кому же это он ухитрился не угодить? Преподаватель в школе?

— То-то и оно, преподаватель! В плен его брали. В Чечне в этой самой, высовывался сильно. Попал к полевому командиру в отряд, ну и маршировал с ним туда-обратно несколько месяцев, потом отряд разбили, а Аслан еще в тюрьме сидел, невиновность свою доказывал, так что ему не впервой... Вот... А ты ж знаешь, чеченцы эти все завязаны друг с другом, все братья-родственники... Ты представляешь, какие он сведения может дать про отряд про этот, про боевиков, про организацию — кто командовал, откуда деньги, откуда люди, кто в каких налетах принимал

279

участие? То-то и оно. Надо было бы ему сразу не молчать или за границу улепётывать, как только выпустили, а он в Москву подался, думал, здесь его не достанут? А мне, сама понимаешь, встревать в чужие разборки неохота, это ж дикий народ, того и гляди, головы недосчитаешься... Оставят тебя вдовой. Так что и тебе я лезть никуда не советую — тоже, знаешь... Им что женщина, что мужчина... Мусульмане, одним словом. Ты лучше сиди спокойно, ребёнка воспитывай... Всего лучше — забирай его у бабушки и поезжай с ним к тётке в Казань, пока я тут всё утрясу...

— Так, понятно. А кто же наводку-то такую на Аслана дал, ты должен знать.

— Видела, может, по телевизору такого господина с усами, зовут его Мамед Бараев, тут в новостях чуть не каждый день передают — в связи с его отлётом в Америку... Он туда как полномочный представитель едет. Америка нашим, видишь, кукиш показать хочет: мол, вы с ними воюете, а мы их в Белом доме принимаем, вот и гадайте теперь, на чьей мы стороне...

— Ну понятно, а дальше что? При чём здесь Бараев?

— Да репутация у него, стало быть, подмоченная. Представляешь, какой конфуз будет, если что-то из его биографии сейчас, перед визитом в Америку, всплывёт? Америка-то она хоть и самостоятельная, но снаружи марку держит, типа мы приличные и все законы соблюдаем... Вот и надо ему было, чтобы

Аслан твой не пикнул, задвинуть его подальше. И вся любовь.

— Понятно... — сказала Елена, отсаживаясь на диван и глядя перед собой.

Вот, значит, как. Бараев... Точно его внешности Елена не помнила, но мелькало в памяти что-то такое с усами, видела она его в новостях, внимания не обратила... А теперь, оказывается... Ах, Аслан, Аслан, как же тебя угораздило? Вот, значит, какие дела у мужа... Мамед... В невиновность Алексея Елена, естественно, не поверила. Своими ушами слышала... Небось и денег за это получил немерено, подумала она, глядя на мужа. Захотелось ей спросить, сколько именно, за сколько теперь служащие родине люди честь свою продают, но заставила себя смолчать — не время.

— Только ты это... никому не говори... — встревожился муж, глядя на нее. — А я тогда постараюсь что-нибудь сделать... Сама понимаешь, иначе нам капут.

Постарайся, постарайся, подумала Елена.

— Хорошо. Не скажу... Конечно, не скажу.

Она даже нашла в себе силы подойти и чмокнуть мужа в потную макушку.

— Бедный ты мой... Ничего, выкарабкаемся.

Муж облегченно вздохнул и даже заметно повеселел. Пронесло... И волки сыты, и овцы целы.

— Ну вот что, Лена, — решил он. — Поговорим подробно обо всем вечером, я все-таки за то, чтобы ты в Казань с Сережей уехала. Или к маме моей на Украину...

— Поговорим, — согласилась Елена, — конечно... Как скажешь. Тебе виднее.

Вечером меня здесь не будет, подумала она про себя.

— А мне еще по одному делу съездить надо... К корешу одному, в тюрьме работает... Как раз по поводу твоего Аслана, — сказал он правду, хоть и не всю... Знала бы она.

— Поезжай. Когда тебя ждать?

— Да часа через два... Я быстро обернусь. А ты можешь начать собираться.

— Именно это я и сделаю, — слабо улыбнулась Елена.

Как только за Алексеем захлопнулась дверь и шаги его прогрохотали вниз по лестнице, Елена тут же бросилась к телефону. По обоим телефонам адвоката Гордеева никто не отвечал, зато ей удалось с первого раза дозвониться в прокуратуру, по тому телефону, который ей дал Гордеев на всякий случай.

— Алло, пожалуйста, следователя Турецкого!

— Да! Я слушаю, кто это? — прозвучал в трубке спокойный голос.

— Александр Борисович? Здравствуйте! Это Марченко Елена. Это у меня знакомого из Чечни на квартире взяли...

— Да, слушаю вас, Елена! Какие-то новости?

— Да... Я только что поговорила с мужем и узнала очень важную вещь...

И она по возможности точно передала Турецкому свой разговор с мужем.

— Ага, — сказал Турецкий, — значит, Бараев... Таким образом, кто-то знал, что рано или поздно просочатся эти сведения, вы бы сообщили их Гордееву... Следовательно, что мы имеем? Хитро спланированную комбинацию. Так, Лена... — перешел он на более интимный тон, — я бы вам советовал пока свести контакты со своим мужем до минимума, вам ведь есть куда переехать?

— Да, я могу пожить у подруги.

— Надеюсь, муж не знает адреса вашей подруги?

— Мой муж, — с гордостью сказала Елена, — многого не знает...

— Охотно верю, — хмыкнул Турецкий, — это хорошо, потому что опасности, скорее всего, никакой нет, но мне бы не хотелось, чтобы похищали также вас или вашего сына, с меня хватает выручать одного Гордеева.

Александр Борисович Турецкий вышел из здания прокуратуры, огляделся и направился вдоль по улице налево. Это был кратчайший путь...

Совершенно очевидным представлялось, что арест Аслана Магомадова, похищение Гордеева и спешный отъезд в Америку Мамеда Бараева — звенья одной цепи. Бараева надо было брать. Доказательств, конечно, маловато, но тут главное — не упустить время. Одна загвоздка — где именно его

283

взять, этого, черт побери, Бараева, в кратчайшие сроки в таком огромном городе?

Еще находясь в своем кабинете, он позвонил в официальное представительство Ичкерии, пытаясь выяснить, где именно остановился в Москве Мамед Бараев. Однако в подобной информации ему было отказано, правда в вежливой форме. Извинившись, секретарь сообщил, что не имеет никаких сведений о местонахождении господина Бараева, так как по особому распоряжению сведения эти секретные, и господин Бараев во избежание неприятных инцидентов и преследования, учитывая антикавказские настроения в столице, не оставил в посольстве своего адреса. Это было более чем сомнительно, но Турецкий не стал настаивать и разводить дипломатию — если им хочется делать из этого тайну, что ж... Есть и другие пути, накатанные и куда более гуманные.

Во-первых, можно было проверить, где и как господин Бараев — тоже мне, господами все заделались — получал временный вид на жительство, или уж ему так законы не писаны, что он пребывает в столице нашей родины без прописки? Во-вторых, можно было поискать через жену Бараева, чей адрес уже был Турецкому известен. Но с этой стороны вряд ли что светило — известно, восточные женщины... Так что Турецкий избрал путь простейший и наиболее верный.

В подвале рядом с метро «Тульская», во дворе одного из домов, располагалась хорошо известная властям неформальная организация, основатели которой ставили своей целью возвращение России былого величия и боролись за чистоту генофонда нации... Люди это были скандальные, неприятные, маловменяемые, и вообще, по-хорошему давно пора было это гнездо прикрыть, а то только молодежь смущают, но пока все не было распоряжения сверху.

Турецкий спустился по ступенькам, открыл дверь и, миновав коридор, оказался в просторной комнате с единственным, зато большим столом, на котором располагались несколько телефонов. Стены комнаты были украшены какими-то туманными лозунгами, плакатами и фотографиями Че Гевары, Троцкого, Ленина и других политических фигур, собранных по непонятному Турецкому принципу. В дальнем углу комнаты были свалены нераспечатанные пачки нового тиража грязного ругательного листка, выпускаемого местными доброхотами. За столом сидел прыщавый юнец с длинными волосами, схваченными хвостиком.

— Привет, — сказал Турецкий, усаживаясь на стул и закидывая ногу на ногу. — Великой России требуется твоя помощь. У тебя есть шанс.

— Добрый день, — вежливо поздоровался пацан. — Я вас знаю?

— Ну ты нахал. Кто ж меня не знает? А начальник твой где? Он бы тебе многое мог про меня порассказать... Беседовали мы с ним как-то... Следователь Генпрокуратуры Турецкий я. Но это антр ну, между нами. Я тут инкогнито... Короче, парень. Если не хочешь больших неприятностей для своего гнезда — а то я ведь мигом сорганизую, быстренько всех повяжем, тираж листка вашего арестуем, да и вообще —

285

у вас, кажется, митинг намечается? Без жертв может не обойтись... Знаешь, милиция часто демонстрации разгоняет очень неаккуратно. И потом — наверняка у совершеннолетних найдут холодное оружие... А это статья...

— Что вы, — спокойно возразил парень, — откуда у нас оружие?

— Вот и узнаем, — зловеще пообещал Турецкий. — Да ты на меня так не смотри. Я тебе пока не враг. Мы можем посотрудничать, понятно? Все, что мне нужно, — это списки лиц кавказской национальности, прибывших за последнее время в Москву. Слыхал про таких? Я ведь знаю, вы всем точный счет ведете. С осведомителями у вас все в порядке... Но жалобы соседей на азербайджанцев, торгующих на рынке, меня не интересуют. Я облегчу тебе задачу — мне нужна большая шишка, этого вы не могли не заметить, а именно — если точнее — местонахождение Мамеда Бараева. Скажу тебе заодно, хоть ты и не достоин такой откровенности, что это чистейший шаг доброй воли с моей стороны, что я к Бараеву тоже не с дружеским визитом... Это и в твоих интересах, я полагаю. Доходчиво?

Парень помялся, позвонил куда-то, согласовал, и через некоторое время адрес Бараева лежал перед Турецким. Вот так-то, подумал Турецкий ехидно, как дважды два, у нас длинные руки... И так далее. Просмотрел он и прихватил на всякий случай все найденные документы — сейчас разбираться было некогда, а на досуге стоило над ними поразмыслить —

они могли оказать определенную помощь в розыске любезного друга Гордеева.

— Верну, верну, — успокоил он возмутившегося парня, засовывая свернутые в трубочку листы во внутренний карман. — Без нервов... И кстати, парень, я бы на твоем месте завязывал... По-хорошему предупреждаю. Не надо за нас делать нашу работу.

Господин Бараев обосновался неплохо — на Кутузовском проспекте, причем в бывшей квартире Брежнева. Турецкому долго никто не открывал, наконец открыли — молодая женщина.

— Я из милиции, — сказал Турецкий, показывая издалека удостоверение. — Мамед Бараев здесь?

Женщина молчала, глядя на него черными продолговатыми глазами. Кажется, она раздумывала, стоит ли вообще Турецкий того, чтобы ему отвечать. Видимо, решила снизойти.

— Мамед уехал, — сказала она с акцентом, растопырив пальцы, — пять минут назад.

— Куда? — спросил с тоской Турецкий, уже догадываясь, но все еще надеясь.

— На самолет в Америку, — ответила женщина.

— О черт! — ругнулся Турецкий, крутнувшись вокруг своей оси и попутно треснув кулаком в косяк двери. — О черт!..

Женщина спокойно созерцала, как он ругается.

Сам Турецкий уже не успел бы в аэропорт: несколько минут на трассе — и машину не догнать...

Хорошо, что детективное агентство «Глория» находится в центре. Времени терять было нельзя.

— Але! — закричал Турецкий в трубку мобильного. — Але, Денис, это я! Срочно! Пошли двух ребят в аэропорт, самых быстрых и ушлых! Задержите рейс на Вашингтон, номера не знаю, мне нужен Мамед Бараев! Да, тот самый! А сам ты нужен мне здесь, причем в полной готовности, — я в его квартире, есть потенциальный свидетель... — Он взглянул на женщину, которая в этот момент, услышав про свидетеля, попыталась было закрыть дверь, но Турецкий успел ей помешать и протиснулся в квартиру. — Захвати с собой всех, кто работает над похищением Гордеева. Неважно, что не продвинулись, будем продвигаться, времени у нас больше нет. Слушай адрес...

Кортеж Мамеда Бараева несся по шоссе уже в районе Кунцева. Мамед сидел в средней машине, слегка приоткрыв окно, овеваемый ветерком и наслаждающийся быстротой передвижения. Черная «Волга» несла его прямо к повышению. В России оставались дела, которые он на время волей-неволей выпускал из-под своего контроля, — но это ничего. Дайте срок, он вернется в новом качестве, и тогда...

Миновав Ленинградское шоссе, кортеж выскочил на финишную прямую, ведущую к аэропорту Шереметьево. Оставался последний бросок, последний отрезок пути. Прощай, Москва! Прощай, Россия! В самолете он будет уже на чужой территории...

20

Я, адвокат московской юрконсультации № 10 Юрий Петрович Гордеев, пришел в себя и нахожусь в здравом уме и твердой памяти. Не менее твердой является громадная шишка у меня на затылке. Говорю о себе так подробно, потому что очнулся я в темноте, в неизвестном месте, мало что соображая.

Сперва проблемой для меня было вспомнить собственные имя и адрес. Но потом, ощупав себя, я убедился, что я — это я, кроме того, я жив и, черт возьми, рад самого себя снова видеть. В следующую минуту я вспомнил, каким именно образом тут оказался.

Минуточку, а где, собственно, «тут»?.. Потянув носом, я уловил запах сырости и гнили. Надеюсь, это не фамильный склеп — уж больно тяжелыми плитами закрываются в них обычно входы...

Поморгав, я понял, что так-таки ничего не вижу. Вроде стало светлее, но чтобы рассмотреть предметы — до этого еще не дошло. То ли ночь, то ли закупорили меня плотно. Так, а чем же я дышу? Насколько при такой герметичности хватит свежего воздуха? Осторожно, встав по стеночке, я вытянул вперед руки и пошарил в пространстве. Убедившись, что в радиусе примерно метра я не рискую ни на что наткнуться, я попрыгал, поприседал, в общем — размялся, приводя в порядок свой механизм. Разогревшись, я был готов к труду и обороне и новым подвигам. Сколько же я тут валялся?

Вспомнив про часы на руке, я включил подсветку.

С помощью этого несложного действия мне удалось установить две вещи. Во-первых, валялся я уже несколько часов. Во-вторых, насколько я мог это разглядеть, вернее, ощупать, находился в бетонированном подвале, причем бетон был налит прямо на землю и изрядно отсырел и размяк. Это, впрочем, помочь мне не могло, ибо я не собирался закапываться в землю и рыть руками тоннели. Вряд ли я обладал достаточным запасом времени...

Чтобы что-то рассмотреть, часы приходилось подносить вплотную к предмету. Похлопав по карманам, я обнаружил, что зажигалку у меня отобрали, хотя сигареты и оставили. Не нашел я при себе и документов... Сняв часы и держа их на вытянутой руке, как фонарик, я осмотрелся. К люку, являющемуся входом-выходом в подвал, была приставлена деревянная самодельная лестница из круглых поленьев. Странно, не может быть такого подвала у деревенского дома... Хотя в углу что-то... Да, действительно. Слава богу, я не в Чечне. Запасы на зиму типично российские, хотя при таком освещении все эти грибы или огурцы больше походили на части организма, плещущиеся в денатурате в какой-нибудь кунсткамере... Гм. На ощупь, чтобы не тратить батарейку, я ревизовал банки и, найдя пластмассовую крышку, насладился мочеными яблочками. Неаппетитные ассоциации нисколько мне не помешали. В конце концов, я не эстет. Итак, что мы имеем? Соответственно, я за городом, скорее всего в ближнем Подмосковье...

Вот я и оказался в ситуации заложника. Совершенно непонятно, зачем меня похитили. Если это из-за моего подзащитного — проще было сразу убить, гм, хотя я им, конечно, очень благодарен, что они не ищут легких путей... Неужели они собираются с кем-то на мой счет торговаться? Смешно даже представить. У вас товар — у нас купец... Будут обменивать меня по курсу на нескольких своих? Требовать независимости для республики? Просить предоставить им ятаган и ковер-самолет? Казалось бы, двадцать первый век, мобильная связь, Всемирная паутина, самозатачивающиеся ножи, создание искусственного человека... Атомная энергия, энергия солнца... Платный космический туризм... Жвачка, презервативы, прокладки наконец! И вместе с тем — какие дикие люди, какие дикие нравы! Поверить иногда невозможно, что где-то еще воюют. Пока тебя лично это не коснется... Да, Юра, ты попал. Одно хорошо — хотя бы я не у каннибалов. Бить меня не бьют. Я им нужен целый. А может, просто ленятся. О кавказцах у меня раз навсегда с самого детства сложилось впечатление как о ленивой нации, эпикурейцах — что-то вроде таитян, только не с тем размахом. Я думаю, на мои представления повлияли советские грузинские фильмы. Пить бы им из огромного рога, есть шашлык, отдыхать с блондинками да спивать... Наши бы навставляли зуботычин чисто из принципа, чтобы показать, кто тут главный... Впрочем, может, зря я на них грешу — не ровен час, откроется люк, и спустится горец с кинжалом в зубах, чтобы отхватить у меня палец на правой руке или ухо и послать в конверте... кому? Скажем, другу любезному Турецкому. В подарок к близящемуся дню рождения...

Я мысленно содрогнулся. Пора было приступать к действиям, хотя бы провести рекогносцировку и осознать границы собственной свободы. А потом на досуге в темноте подумать, как я буду отсюда выбираться. Друзья меня в беде, конечно, не оставят, вот и сейчас они наверняка, как свора борзых, рыщут по всему городу с окрестностями, но может случиться так, что найдут они меня слишком поздно... Нащупав лестницу, я взобрался под потолок и стал молотить кулаками в люк, крича:

— Открывайте! Задыхаюсь!

На самом деле, в подвале вполне можно было дышать, хоть это и не санаторий и я от влажности весь вспотел как мышь. Но не сидеть же сложа руки...

Крики мои глухо отдавались от стен — такое ощущение, словно я в большой бочке. Неприятно...

Послышались шаги, гортанная речь, затем забрезжил свет в тоненьких щелях — плотно все было пригнано, добротно делали, молодцы, — люк заскрипел и отвалился. Я, вертя головой и моргая, высунулся, хлебнул воздуха — он был весь полон густым духом варящейся мясной жратвы со специями — и закашлялся. Одновременно у меня потекли слюни, и желудок болезненно сжался. Гады, подумал я, фашисты, Бог заповедал делиться... Затем с удивлением обнаружил, что голова моя торчит из подпола обычной кухни, находящейся на первом этаже малогабаритной квартиры. Бывают и такие изыски архитектуры... Дом, значит, старый, этажей пять... Я похвалил себя за то, как правильно все угадал. Люк, оказывается, был накрыт сверху толстым, мохнатым ковром — вот он лежит, оттащенный в сторону. Интересно, зачем? Чтобы соседи не слышали, как меня пытать будут?

Перед моим лицом стояли вонючие сапоги сорок второго размера. Их обладатель, высокий усатый мачо с подвижным носом и близко посаженными глазами, уперев руки в боки, рассматривал меня. С шеи у него небрежно свисал автомат.

— Незаконное ношение оружия, — сказал я, ткнув пальцем в поименованный предмет, — карается законом Российской Федерации. Могу как адвокат предложить свои услуги...

Не иначе как все же повредили они мне мозги, подумал я еще в то время, как говорил. Вроде бы не время шутить, и все же я был так зол, что чувствовал — еще немного, и меня понесет. Вот тогда не миновать мне этим сапогом по челюсти. Держи, Юра, себя в руках. Попал, так сказать, в дерьмо — сиди и не чирикай...

— Что нада? — осведомился гордый носитель оружия. На кухне помимо него находилось еще два человека, они расположились на привал у большого, заставленного немытыми мисками стола. То ли уже поели, то ли только собираются, а скорее всего, и то и другое, находятся между этими двумя приятными процессами...

— Ванну, чашку кофе, стакан апельсинового сока, овсянку, сигарету и справить естественные надобности, — потребовал я голосом капризной примадонны.

Мой собеседник, кажется, не вполне понял, что я имею в виду — во всяком случае, кожа на лбу у него задвигалась.

— Есть хочет, — вяло предположил один из тех, кто сидел за столом.

Еще бы я не хотел есть, мама моя дорогая.

— Есть хочешь? — переспросил автоматчик.

— Да, — сказал я. Я понял, что все мои словесные изыски попадут на неблагодатную почву. Чтобы тебя поняли, надо изъясняться на «да-да-нет-да», так оно вернее всего.

— Писать пойдешь? — совершил следующее умственное усилие мой конвоир.

— Да! — с жаром ответил я и покивал головой, как китайский болванчик.

— Посуду будешь мыть, — сказал хитрый абрек, — тогда будешь кушать...

— Да! — ответил я, подумав. Что ж, немного унизительно, но это лучше, чем в подвале...

— Вылезай, — разрешил мой конвоир и под дулом сопроводил меня в туалет. Дверь закрывать он не разрешил. Я пережил несколько неприятных минут — честно говоря, никогда раньше не справлял нужду под прицелом. Никому не советую — удовольствие ниже среднего... Был бы я понервнее, наверняка начались бы проблемы с мочеиспусканием. Но я парень крепкий, к тому же я негласно про себя решил постоять за достоинство русской нации...

Что ж, квартирка небольшая, я рассмотрел ее,

пока шел по коридору. Бедно обставленная, грязная. Где сам хозяин — мне неясно, наверняка же и кто-то из наших должен тут жить, судя по обстановке. А может, сдал вместе с мебелью... Окна, главное, решетками забраны. Смешно даже — ну, что отсюда тащить? Чеченцев человек семь. Тоже мне, устроили себе лагерь. Злой чечен ползет на берег...

Абрек отконвоировал меня обратно в кухню и указал на раковину. Ничего не поделаешь, засучив рукава, я принялся за работу, алчно поглядывая на дымящийся горшок на плите.

Дениса Грязнова Турецкий вызвал сразу же, как только обнаружил, что Бараев находится на полпути в аэропорт. Вообще-то он не собирался привлекать к расследованию агентство «Глория», директором которого и являлся Денис Грязнов, племянник главного начальника МУРа Вячеслава Грязнова, а намеревался обойтись своими силами. Но во-первых, картинка вырисовывалась неутешительная, а во-вторых, похищен был не кто-нибудь, а Гордеев, с которым Денис Грязнов тоже успел свести знакомство накоротке. Часто случалось, что они работали над каким-нибудь делом все вместе, втроем, а если и не вместе, то все же присутствие коллег ощущалось все время где-то неподалеку: Москва — большая деревня, мир уголовный довольно замкнутый, а поскольку как Гордеев, так и Турецкий с Грязновым работали более на стороне закона, так что друг против друга судьба их никогда не ставила. Розыски Бараева представлялись Турецкому гиблым делом, и, уж во всяком случае, сам в аэропорт он бы не успел — еще и поэтому он обратился к Грязнову. И в аэропорт на перехват Бараева были отправлены два опытных сотрудника. Последним козырем в этой игре оставался исчезнувший Гордеев. А где искать человека в многомиллионной Москве, если даже и зацепочки нет? Да еще время поджимает — улетит ведь, гад, в Америку, заручится поддержкой иностранных правительств. Поди тогда сунься его арестовывать — международным скандалом пахнет.

Дожидаясь Грязнова со товарищи, Турецкий провел беглый осмотр богато обставленной, перегруженной коврами квартиры. Затем устроил допрос женщине, которая, как выяснилось, неплохо говорит по-русски, если захочет. Сперва она не хотела. Турецкому удалось добиться лишь, что зовут ее Фатьма и что Фатьма эта связана какими-то сложными родственными узами с кем-то из бараевского окружения. Собираясь в Москву, ее прихватили с собой, для того чтобы, во-первых, иметь за ней постоянный догляд, во-вторых, должен же кто-то работать по дому, и потом, видимо, собирались как-то ее пристроить в столице. Фатьма была маленькая, стройная, с жесткими черными волосами, большими глазами, лет в шестнадцать она, вероятно, была очень красивой, сейчас, судя по всему, ей было лет двадцать пять, с лица уже не сходило выражение постоянной заботы, появились первые морщинки... Поговорив с Фатьмой, Турецкий с грустью обнаружил, что женщина эта была из тех, кто тщательно и ревниво исполняет адаты — что-то вроде неписаных правил, освященных веками, передающихся из поколения в поколение, — и добровольно взваливает себе на шею все хомуты, какие только придуманы в мусульманском мире, чтобы усложнять женщине жизнь. Это и абсолютное, беспрекословное подчинение мужчине, старшему в семье, и круг обязанностей — уборка, готовка, дети... Всегда на вторых, на третьих ролях, молчать, не высовываться... В современных мусульманских семьях, особенно в тех, где мужчины прошли вместе с Россией войну или получали образование, обстановка не такая суровая, мужчины лишь поддерживают видимость, но сами женщины, как ни странно, зачастую являются самыми ретивыми законницами. Есть, конечно, решительные женщины, чуть ли не депутаты, но их меньшинство.

Вот и теперь Турецкий смотрел на симпатичную молодую женщину, которая, конечно, не была одета в чадру, напротив, нормальный современный костюм — кофточка, брючки, сандалии, — но тем не менее она уродовала себя тяжелой работой, была лишена возможности выйти замуж за понравившегося человека — разве что чудом и только за своего, за чеченца. Она находилась в положении униженном и зависимом, но, странное дело, совершенно не сопротивлялась, а, наоборот, несла это как бы с гордостью. Наверное, это действительно в природе женской — сильный мужчина и повелитель на пьедестале, а вокруг вертится его покорная служанка... В связи с измельчанием мужчин женщинам теперь приходится исполнять сразу две роли — одновременно взгромождать мужчину на пьедестал и, подпирая собой, удерживать его в таком положении, а также делать вид, что она не замечает своей роли в этой ситуации, гордиться своим мужчиной и послушно склоняться перед ним... Бред, решил Турецкий, хотя что-то в этом есть... Я бы попробовал...

— Ну так что, Фатьма, — вздыхая, говорил Турецкий, — сама рассказывать будешь или как?

— Не знаю, ничего не знаю, — твердила девушка с акцентом. — Ничего не знаю...

— Ну а кто с Мамедом общался, кто приходил к нему, знаешь?

— Дядя Джамиль приходил. Других не знаю.

— Ну и где твой дядя?

— Нет его. Уехал в Америку. Потом будет.

— Послушай, Фатьма, — теряя терпение, сказал Турецкий, — я ведь тебя арестую. У тебя прописка есть? Ты ведь здесь незаконно живешь. Отправлю обратно. Хочешь обратно? Вижу, что не хочешь. В Москве хорошо, все есть, войны нет, еда есть, вода горячая... Работа есть. Замуж выйдешь... Муж тебе комбайн кухонный купит. Посудомоечную машину... Ты мне расскажи, о чем твой дядя, например, с Мамедом разговаривал, куда ездил, что делал?

— Не знаю. Не слышала, о чем разговаривал, — мрачно отвечала девушка, — я в другой комнате, а они в этой. Или я на кухне. Мне зачем слушать, о чем разговаривают? Мужские дела не мои.

— Ну что-то ты должна знать! Живешь же с людьми вместе. Куда ездили? Вместе куда-нибудь ездили? Когда? Часто?

— Нечасто. Ездили в машине. Туда, — девушка махнула рукой, — за город. Два раза, — добавила она, подумав.

— А поконкретнее?

— Не помню. Не знаю я ваши названия.

Турецкий вспомнил о чем-то, вытащил свернутые в трубку листки со списками, разгладил:

— Ну вспоминай? Кого знаешь? Какие названия? Чьи фамилии слышала?

Девушка долго, шевеля губами, разбирала списки, наконец указала две-три фамилии:

— Их знаю.

Город Щелково, прочел Турецкий. И все. И вся информация. Да еще в скобочках приписано: «Макдоналдс».

Турецкий позвонил утреннему знакомцу:

— Слушай, парень! Это Турецкий опять! Списки-то кто составлял? Да вот у тебя тут написано рядом с фамилией в скобочках «Макдоналдс», и все. Это что значит? Спроси... Нет адреса? Ах видел рядом?.. Понятно...

Турецкий повесил трубку. В дверь позвонили — пожаловал Грязнов...

Денис Грязнов прибыл с доброй половиной своей команды. Вошел, осмотрелся, заметил Фатьму на диване, заглянул и в другие комнаты.

— Пойдем поговорим, — потянул его Турецкий на кухню. — У нас есть небольшая зацепка...

— Как, нравится девушка? — спросил Денис Грязнов, подмигивая. — Ты бы с ней... а?.. Старый бабник?

— Спасибо, — хмыкнул Турецкий.

— А я-то думал, что ты готов ради женщины на все...

— Да ну тебя... Слушай.

— Подожди одну минуту, звонок... — Денис отвернулся, послушал мобильник. — Ребята звонили из Шереметьева. Ушел твой Мамед, совсем ненадолго они опоздали, самолет как раз в воздух взлетал. Так что если у тебя есть лапа в Интерполе... А то придется ждать, пока он обратно соберется. Если он, конечно, будет проезжать мимо. Если он такой дурак...

— Так. Хорошо. Это я подумаю, это я возьму под свой контроль. Что касаемо другой проблемы, а именно одного из главных свидетелей — Гордеева... Вот, собственно, что мне от тебя нужно...

Я мыл посуду и одновременно прислушивался к тому, что говорилось за моей спиной. В основном переговоры велись на чужом языке — то есть для них-то он был свой, но мне показалось, что несколько раз промелькнуло имя Мамед. Ну конечно, Мамед, я даже и не сомневался... Значит, что-то там было такое, в его биографии... Да уж, здорово я защищаю Аслана, ничего не скажешь. Вместо того чтобы вызволить его из тюрьмы, того и гляди, собственной головы лишусь.

Мои мысли подтвердил обрывок разговора на русском, донесшийся из коридора.

— Мамед уехал в Америку сегодня, — сказал кто-то, — а приедет через неделю...

Ну вот, более-менее ясно. Ух, мне бы повстречаться сейчас с этим Мамедом... Одним Мамедом на свете стало бы меньше. Во всяком случае, я бы все из него вытряхнул — все документы, все свидетельства. Даром, что ли, я столько лет общался с шантажистами? Я ведь вполне могу стать и по другую сторону...

Одно жалко — как бежать из квартиры, я пока не представлял. Я не успел рассмотреть, у кого еще было оружие. Вариант, по-моему, один — улучить момент и всех положить. Рискованно... Может не получиться, задействуем его в крайнем случае.

Я как раз хлебал горячую мясную похлебку, когда в дверь позвонили. На всякий случай я стал есть быстрее и был совершенно прав: мой абрек сходил в прихожую, посмотрел в глазок, отпер дверь, сказал что-то, затем вернулся и наставил на меня свою пушку.

— Палезай обратна! — сказал он.

Пришлось оставить тарелку с недоеденным супом. Жаль, готовили они неплохо... Только перцу много, аж душа горит.

— Открывай! — приказал абрек, и мне пришлось самому открывать люк и добровольно спускаться в сырой подвал, который после пребывания на кухне показался мне еще более отвратительным.

Одно меня утешало — видимо, пришел кто-то,

кого я не должен был видеть. Это внушало надежду, — значит, убивать меня пока не собираются, во всяком случае, твердого решения нет, что-то им еще надо... А может, просто команды не было. Мамед-то в Америке. А самодеятельность у них не поощряется...

Приникнув к люку, я пытался расслышать, что именно говорят наверху, но ничего, кроме ровного гудения голосов, не слышал. На люк опять положили ковер, черт бы их побрал... Я слез вниз, обхватил колени руками и погрузился в легкую дремоту. Мне было нечего делать, оставалось только ждать, как дальше будут разворачиваться события.

— Что ж, город Щелково — это неплохо, — сказал Денис. — Это тебе не Москва. Народу гораздо меньше... Тем более такой ориентир — Макдоналдс... Это, конечно, ничего не значит, что они там живут рядом, ведь в провинциальном городе Макдоналдс — это как у нас в Москве Красная площадь или Арбат. Все на этом пятачке толкутся... Но вот что. У них там должны быть приезжие с Кавказа, в этом городе. Они везде есть... Сделаем так. Я отправляю ребят, они ищут нужного нам человека — наверняка на кого-то что-то есть, какой-нибудь компромат, а дальше уж он нас наводит... Поговорим в местной ментовке, кто у них там зарегистрировался, кто квартиры сдает... Хорошо, что кавказцы — народ приметный, они у нас как изюм... или как тараканы в булке — короче, не пропустишь; а в последнее время народ у нас и вовсе по этому поводу бдительность усилил, все за соседями шпионят. Я думаю, это можно устроить.

— Хорошо, — согласился Турецкий, — устраивай поскорее. Я тогда за ордером, пока время есть, а ты мне звони, если будут новости. И я прямо с опергруппой...

— Перетрясем заштатный городок, — ухмыльнулся Денис.

Так оно и вышло. Я тихо-мирно сидел в своем подвале, даже, можно сказать, спал. И был разбужен страшной возней наверху. Даже мне здесь слышно было. Крики, шум, пальба. Потом все стихло, люк скрипнул, открылся, и в проеме вместе со светом показалась чья-то голова. Прямо как в кино. Это был Александр Турецкий, дорогой друг, как же я рад был его видеть!

Но виду я, к чести моей могу добавить, не подал.

— Гордеев? Ты цел? — спросил он поначалу встревоженно.

— Цел, цел, — сказал я. — Я как раз сладко спал...

— Угу, — хмыкнул Турецкий. — Что ж, говорят, проснувшись, человек должен видеть перед собой что-нибудь прекрасное.

— Себя имеешь в виду?

— Хватит сидеть, как Аленушка на камушке. Поднимайся, опознание проводить будем.

— Я рад тебя видеть...

Вот так. И больше ни слова, никакого дружеского

участия, никаких сантиментов... Постанывая и прихрамывая для вида, я вышел на поверхность. Первым делом проверил кастрюлю — жратву доесть не успели. Это радовало... Должен же я получать хоть какое-то удовлетворение от работы.

— Ты куда нос суешь? — осведомился Турецкий. — Пошли, пострадавший!

— Человек, можно сказать, только что с того света вернулся, — укорил его я, — а ты его сразу за жабры... Бесчувственный ты человек, Саша, жестокий...

— Ладно, ладно... Вижу, что ты цел и в полном порядке, раз так способен зубы заговаривать. Небось еще и выспался...

— Конечно... Тепло, темно и мухи не кусают...

— А у меня к тебе новости. Угадай, что за птичку мы поймали?

— Неужели?..

— Нет, сам Бараев от нас ушел, он уже на полпути к Соединенным Штатам. Надо бы обеспечить ему там горячий прием... Ты добыл что-нибудь?

— Как сказать... И да и нет... Что касается документов, то они должны быть у Бараева, надо бы в квартире его поискать... Ты знаешь, где он живет?

— Уже ищут.

— Да, так кого же ты, говоришь, поймал? — вспомнил я.

— А вот пойдем, — подмигнул мне Турецкий.

Мы прошли в другую комнату. Большинства моих знакомых здесь уже не было — увезти успели, но вот абрек сидел, обезоруженный и разом обмякший, словно он так уже сросся со своим автоматом, что без него ничего из себя не представлял; тут же находился Денис Грязнов, который радостно мне подмигнул.

— А интересно, — почесал я затылок, — это что же за статья такая у них будет?

— Известное дело, киднепинг... — пошутил Турецкий. Кажется, и он был рад меня видеть. — Ну что, Гордеев, — резюмировал он, — можешь забирать своего подзащитного. Сейчас мы его обменяем, можно сказать, вот на этого несознательного гражданина и предателя. Как там фамилия следователя?

— Александр Васильевич Ковалев.

— Дело аннулируется... Пойду позвоню, и поедешь заберешь. Поздравляю...

Позвонив по телефону, Турецкий сообщил эти новости тюремному начальству.

— Я направляю к вам адвоката Гордеева, чтобы он мог забрать Аслана Магомадова, — сказал он и вскрикнул через минуту, изменившись в лице: — Что?!.. Когда? Понятно...

Турецкий повесил трубку. Я, почувствовав себя нехорошо, где стоял, там и сел, не сводя с него глаз, но уже догадываясь, что он скажет.

— На Аслана Магомадова ночью было совершено нападение, — сказал Турецкий, помолчав, — а вернее, покушение на убийство... Сейчас он находится в тюремном лазарете. К счастью, покушение было неудачным и он жив. Так что можешь поехать и забрать его прямо оттуда, устроишь в какую-нибудь приличную больницу... Да, позвони Елене, сообщи новости. Таким образом, я думаю, Аслан получит себе бесплатную сиделку... Про мужа можешь пока не говорить. Да и, держу пари, она про него скоро и не вспомнит... Так, все, — хлопнул в ладоши Турецкий, — пора, ребята, собираемся. Всем спасибо... А тебе, Гордеев, — задержал он меня перед выходом, — не исключено, что придется лететь в Америку лично. Готов?

— Всегда готов, — сказал я, пожав плечами. И это было почти правдой.

21

В круглой башне Бутырского следственного изолятора для Аслана перестало существовать время. Мутное решетчатое окошко, снаружи закрытое металлическими ставнями, лишь едва заметно светлело, обозначая день, и темнело ночью. В камере на высоком облупившемся потолке под крепким проволочным колпаком круглосуточно горела маломощная лампочка, освещая безрадостную картину юдоли страданий. Крашеные стены с отваливающимися кусками штукатурки, под которой обнаруживались замазанные непробиваемым серым цементом краснокирпичные стены. Затоптанный цементный пол со следами засохшей крови...

Слева от входа каменным бордюром обозначена «санитарная» зона — дырка в полу для сортирных надобностей и ржавый текущий кран над этой дыркой — умывальник.

В дальнем правом углу на нарах, навечно вмонтированных в пол, лежал без сна измученный пытками Аслан. Он, стараясь согреться, свернулся калачиком на левом боку, насколько это было возможно из-за поврежденной спины и сломанных ребер. Дышать на боку было очень больно, но и на спину лечь никак не получалось.

Бригаду «добровольцев-палачей» ежедневно приводили под конвоем отрабатывать свою дополнительную жратву и выпивку. Но работали они с частыми и долгими перекурами, тупо, без выдумки и энтузиазма. Видимо, Марченко не был чересчур щедр в расчетах со Скориком. И наверное, во многом благодаря этому Аслану удалось-таки продержаться до сих пор и не подписать ни одной из предложенных ему бумаг.

А предлагали много всякой гадости.

Марченко, по всей вероятности, нисколько не сомневался, что Аслан под «прессом» моментально подпишет любую чушь. И потом будет подписывать по мере необходимости все подряд. Поэтому, не утруждая себя никакими расчетами, Марченко самым коротким путем двигался к цели. Сразу же сунул «чистосердечное» признание на десяти листах. Естественно, его «помощники» не предложили Аслану внимательно прочитать это перед подписанием. Но по ругательствам и вопросам, по упоминаемым ими именам и местам событий Аслан практически безошибочно выстроил версию Марченко относительно Бараева. Нетрудно было догадаться, чего добивался Марченко и зачем.

Сколько судеб он уже искалечил, сколько еще искалечит, раздумывал Аслан, упорно стараясь дышать перебитым носом. И все ради сущей ерунды — ради звездочек на погонах... Наверное, по десятку человек на каждую... мелкую...

Аслан уже нисколько не сомневался, что жить ему осталось совсем немного. Они добьются подписи. Ну не сегодня, так завтра. И тут же избавятся от него. Как от выкуренной сигареты. Единственный способ продлить себе жизнь хоть на несколько часов — продержаться и не подписывать.

Может быть, эти сатрапы, так Аслан называл своих палачей, тоже тянут, потому что подозревают, что и их Марченко уберет после дела? Неужели настолько серьезно? Неужели он запланировал так много? А что?.. Заключенные для него просто мусор. Этих уберут, новые сядут. Подстроят что угодно...

С каждой минутой приближения к последней черте он чувствовал все острее, как отдаляется от него весь мир, как проваливаются в прошлое и становятся бесплотными, туманными призраками близкие люди и уже никогда их не увидеть, не услышать, как недостижимы становятся самые простые радости, что уже, вероятно, никогда и неба-то он не увидит... Вот тут и открылись Аслану самые главные истины бытия. Перед смертью все становятся мудрыми. А может быть, от крайнего физического и психического истощения уже невозможно думать о чем-то глобальном, большом и глубоком? Может, изнуренный мозг только и способен, что представлять лишь самые простые образы. Как бы там ни было, но Аслан только здесь ощутил в полной мере, что самыми важными и нужными, самыми дорогими для живого человека являются простые и обиходные вещи. Нужно, чтобы кто-нибудь любил, ждал и верил. Важно, чтобы была цель, чтобы не напрасно...

За дверью послышались шаркающие шаги поднимающегося по лестнице человека.

— Почему идет один? — испугался Аслан и начал приподниматься, чтобы хотя бы сесть к приходу опасного человека.

Заскрипел ключ в замке, дверь открылась.

— Хавать баланду будешь? — спросил пожилой усатый сержант и поставил перед нарами на пол глубокую миску с бурым месивом. — Хлеба тебе не положено. И ложки тоже. Хлебай так. Собаке и жрать по-собачьи.

Аслан не ел уже несколько дней. Хорошо, что хоть воду в кране не отключили. Вид съедобного, даже просто мысль о еде как о чем-то возможном вызывала в нем болезненные спазмы. Но... Что-то уж очень подозрительно... Да и баланда... Не такая, как для других заключенных.

— Боишься? — понимающе улыбнулся сержант. — Правильно делаешь. — Он поднял миску и для убедительности отхлебнул через край. — Тут тебе не тещины угощенья — это факт. Но ничего... Продержишься пару дней. А там — бог даст день, бог даст пищу. Ты сам-то верующий?

Аслан, не сводя глаз с миски, протянул к сержанту дрожащие руки.

— Жри, раз уж положено. — Сержант, отдав миску, неторопливо развернулся и направился на выход. — Уделали тебя, факт. Но жить можно... Частями...

Он запер за собой дверь.

Аслан набросился на пойло. Сдерживая себя из последних сил, сделал несколько маленьких глоточков.

«Здесь, наверное, литра два, — размышлял он. — Еда полужидкая... Может быть, все сразу выпить? Это же...»

Он сделал еще два глотка — побольше.

Отчетливо чувствовалось, как еда проходит по пищеводу, как приятно расправляет слипшиеся стенки желудка... И сразу возникло ощущение сытости.

Аслан повеселевшим взглядом осмотрелся.

Еще продержимся, обрадовался он.

И смело допил все оставшееся в миске.

Отставил миску на край лежанки, поднял ноги и приступил к сложным передвижениям по укладыванию собственного тела.

— Раз болит, — значит, заживает, — уговаривал себя Аслан, с кряхтением располагаясь на нарах.

И тут с грохотом распахнулась дверь!

Аслан обернулся и увидел, как к нему в камеру зашли мучители. На этот раз их было только двое. Высокий и рябой.

— Лежи! — приказал высокий. Подошел и сел рядом. — Ты, Аслан, хороший парень. Это я тебе как специалист говорю. Много я всякого человеческого дерьма повидал на этом свете. Ты даже не представляешь, как себя люди могут проявить. В минуту жизни трудную. Такое вытворяют, чтоб только их не ударили, от одной угрозы способны на все! На все! Аслан, ты понимаешь меня?

Аслан утвердительно кивнул и стал разворачиваться, чтоб слезть с лежанки.

— Лежи, — снова приказал высокий. И сам развернул и положил Аслана на спину.

Аслан застонал от боли и зажмурился.

— Другой бы на твоем месте, — сказал рябой, — много дерьма выпустил. А ты, пацан, в натуре нормальный. Я бы тебя к себе взял. Ты бы со мной пошел?

— Нет, — прошептал Аслан, поворачиваясь, чтоб ослабить боль в позвоночнике. — Ни за что бы не пошел.

— Да? — удивился рябой. — Вот за такой честный и прямой ответ я тебя еще больше уважаю. Мог бы наврать на прощанье.

«Отступятся? — мелькнула в голове у Аслана радостная догадка. — Сорвалось у Марченко! Вот они и... Хотят все спустить на тормозах, будто по чужой воле, чтоб, мол, зла не держал, и все такое». А вслух сказал, стараясь скрыть волнение:

— Я же все понимаю. И на вас конкретно не обижаюсь. Тут не ваша воля.

— Наша неволя, — глубоко вздохнул высокий и переглянулся с рябым.

Тот молча прошелся по камере и встал у изголовья лежанки.

— Другой на твоем месте потащил бы за собой...

По списку... А ты сам. Один. Они даже и не узнают, что ты их спас. — Рябой вынул из кармана кусок черного кабеля. — Гады! Ты же из-за них! Это к ним подбираются! И не зря! Копают под них... Через тебя. Ты сам понимаешь это? — истерически закричал он, подогревая себя к решительному действию.

— Тише, — шикнул на него высокий, поворачиваясь к Аслану. — Давай!

Он всем телом навалился на Аслана, придавливая его к лежанке, рябой, стоя у изголовья, набросил виток кабеля Аслану на шею, дернул концы в разные стороны, приподнял его... Снова дернул, затягивая потуже...

Аслан сразу потерял сознание, язык вывалился, глаза широко раскрылись.

Высокий отскочил от убитого.

— Сейчас потечет, — проговорил он с брезгливой миной на лице.

Рябой бросил Аслана, тот упал на лежанку, рябой смотал кабель:

— Кабелем нехорошо. Скользкий. Веревка была бы лучше. А этот кабель еще и тянется.

— Разотри шею, — приказал высокий, — чтоб след был поменьше.

— Может, тюкнуть для верности по чайнику?

— Да брось ты! Он и сам сдох бы к вечеру. Ты что, не видишь? — Высокий перевернул труп на живот. — Гляди, даже не обделался! Вот это люди!

— Хороший был человек, жаль. — Рябой открыл дверь камеры. — Ну пошли?

Выходя, высокий с такой силой шарахнул за

собой дверью, что с потолка и стен осыпались крошки штукатурки. А из-под ног Аслана скатилась на пол пустая миска из-под баланды.

От этого грохота Аслан вздрогнул, передернулся в судорогах и замер...

Придя в сознание, он сразу сообразил, что нужно прикинуться мертвым. Чтобы не стали добивать... Шансов на это никаких, но все-таки... Он прислушался — тишина!

Адская боль сковала все тело. Гортань была смята и едва-едва пропускала воздух. Аслан осторожно сглотнул — сквозь чудовищный взрыв боли удалось протолкнуться...

— Все равно... все кончено, — прошептал он, не в силах больше сдерживаться, и попробовал повернуться на бок.

Тишина...

— Что нужно сделать напоследок? — сказал Аслан, поджимая колени. — Что-то самое важное... Проститься?

По винтовой лестнице высокий и рябой спустились до загородки, громко потрясли решетку:

— Эй, стража! Отворяй ворота.

Усатый пожилой сержант, стараясь не глядеть в лица палачей, открыл им загородку и пропустил в коридор.

— Сержант, — сказал ему через плечо высокий, — минут через двадцать загляни к клиенту. Что-то он себя сегодня плохо чувствует. Жаловался на головную боль.

— Сердечная недостаточность, — пошутил рябой. — Ему сердечности не хватает.

Едва они скрылись в конце коридора, сержант, не дожидаясь положенных двадцати минут, пошел в камеру.

Скорчившись, на лежанке лежало неподвижное тело Аслана.

«Хоть он легонький, а надо вдвоем нести». Сержант подошел к нарам, наклонился...

И тут услышал тихий шепот:

— О, алла, бис-смил-ля... О, рахмат...

— Ты что, сынок, молишься? — поразился живучести мусульманина сержант. — Или ты уже там? А мне теперь что делать? Опять их звать? И снова-здорово... Нет уж... Два раза приканчивать не положено. Факт. Сорвалось — значит, Бог не велел. Значит, еще не время! Подожди немного. Если выживешь часок, я за тобой санитаров пришлю! Поедешь в больничку. Только держись! Я раньше не могу. А вот водички тебе я сейчас дам!

Аслан потерял сознание.

Очнулся он на постели, укрытый белой простыней. По прозрачным трубочкам из капельниц ему в вены поступала какая-то живительная прозрачная жидкость.

Он спал, спал, спал...

Кажется, на третий день сморщенный старик с соседней койки прошептал Аслану, когда тот очнулся на короткое время:

— Маляву передали... Тебе привет сам знаешь от кого. И еще... Из камеры тебе передачу прислали! Сигареты мы уже того... Тебе сейчас курить вредно. А жрачка ждет. Там и апельсины есть. Хочешь, я тебе почищу?

— Не надо. Ешьте все... Ничего не оставляйте. — Глаза у Аслана снова закрылись.

— Погоди, милок! — тормошил его сосед. — А что в камеру передать?

— Меня, меня передай! Обратно!

И Аслан снова провалился в сон.

Туда, где вечно будет позвякивать на сверкающих рельсах трамвай, катящийся по тенистой улице Красных Фронтовиков от главпочтамта до филармонии, подбирая на остановках аккуратненьких детишек с тяжелыми портфелями.

— Мы учимся во второй школе! — с гордостью говорят они попутчикам. — И выходим на следующей остановке.

— Не забудьте, дети, — поучает их седой ветеран, украшенный орденами и медалями, — выучить стихи о нашей великой Родине! О Ленине! И об Асланбеке Шерипове!

— Проснись, Асланбек! — грозно приказывает отец, вытирая руки о передник.

— Очнись, Аслан! — улыбается мама, приподнимаясь в гамаке.

Аслан открыл глаза и увидел над собой лицо молоденькой врачихи, которая внимательно разглядывала его зрачки.

— Молодой человек, вам нужно попробовать попить. — Она поднесла к его губам фиолетовую поилку. — Ну-ка...

Через неделю Аслан уже мог сидеть в постели. С удовольствием слушал веселые байки болящих соседей. И даже сам пытался что-то говорить.

По заискивающему и внимательному отношению к нему совершенно посторонних людей он понял, что тут все известно о происходившем в одиночке. Что все симпатии на его стороне. Что он выдержал. Перенес, пережил что-то ужасное, определяющее все дальнейшее. Что он прошел какой-то важный перевал в своей жизни.

В один из дней в больничной палате появился Гордеев.

— Здравствуй, Аслан, — просто сказал он и сел поближе к кровати. — Нам нужно поговорить. Прежде всего, меня интересует личность Бараева, — тихо сказал Гордеев.

— Об этом я подробно рассказывал в Чернокозове.

— Там расследовали вашу деятельность в группировке Бараева?

— Расследовали мою бездеятельность. Я там был переводчиком. И все.

— Заканчивайте ваш допрос! — подошла молоденькая врачиха. — Больному вредно волноваться.

В больнице Аслан еще несколько раз встречался с Гордеевым.

В конце концов, по ходатайству Гордеева, Аслана освободили под подписку. Вполне успешно все получилось.

— Лучше бы здесь остаться до завершения дела, — засомневался Аслан. — Мне же совсем некуда податься. И Марченко меня везде достанет.

— Поезжайте к Елене, — предложил Гордеев. — И не бойтесь никакого Марченко. Его арест — дело почти решенное... Во всяком случае, сейчас ему не до вас.

— Мне надо позвонить!

— Давно пора! — поддержал его Гордеев.

У дверей КПП Бутырского следственного изолятора многострадальный Аслан Магомадов впервые увидел своего подросшего сына!

— Ты такой взрослый! — Он сразу кинулся к мальчику, сел перед ним на корточки.

— Здравствуй, Аслан! — бросилась к ним Елена.

Так и получилось, что оба они нелепо сидели на корточках, обнявшись и плача от счастья, среди идущих по тротуару людей, смеющихся и удивляющихся, ругающихся и пугающихся.

— Аслан, Аслан, Аслан, — повторяла сквозь слезы Елена.

— Ты мой папа? — догадался черноволосый мальчик. — Мой настоящий папа?

— Самый настоящий! — Елена тесно прижалась к плечу Аслана.

22

Подали самолет. Мамед Бараев, оглядываясь на стюардессу, высокую вежливую девушку в синем костюме, ступил на борт в сопровождении трех особо

317

приближенных людей — двух телохранителей Беслана и Ахмата, а также Джамиля, своей правой руки.

Минуты ожидания взлета протекли незаметно. Самолет дрогнул, стал набирать скорость, с трудом оторвался от земли, и тут же у всех пассажиров заложило уши. Но скоро это прошло, и стюардесса приятным голосом позволила отстегнуть ремни и сообщила сведения о высоте и продолжительности полета, а также о температуре за бортом. Сведения эти были рассчитаны на то, чтобы произвести впечатление, но Мамеда оставили совершенно равнодушным. Он, в конце концов, не собирался покидать салон самолета до приземления по ту сторону океана — его не интересовала температура за обшивкой.

Он принялся разглядывать облака. Облака ему нравились; они расстилались густой ватой, подсвеченные огненным шаром солнца — дело стремительно шло к закату. Иногда, очень редко, в просветы видна была далекая земля. Мамед закрыл глаза и стал размышлять, что вот он, Мамед Бараев, тридцати с лишним лет от роду, везде побывал и все повидал, был в самом пекле, убивал беспощадно врагов и друзей — если было надо, — воевал, женился, родил двоих детей, а теперь вот выбился в люди, занял пост, и будет чем обеспечить себе покойную и богоугодную старость, но перед этим многое еще предстоит сделать, и для этого-то он и летит в неизвестную Америку, могущественную страну, которая не любит Россию и с удовольствием при случае будет вставлять ей палки в колеса. Мамед уже знал, что он скажет в Госдепартаменте. О сепаратизме расскажет, о притеснениях, о демократии... Денег дадут, подумал Мамед с удовлетворением, оружие купим... И не заметил, как заснул.

Лету до Америки было около восьми часов. Самолетный завтрак Мамед отверг, хотя окружение его ело с аппетитом. Мамед есть не хотел. Начинался самый важный этап его жизни, и он сам достиг этого, заслужил.

Под крылом показались разлинованные на аккуратные коричнево-зеленые клеточки холмы и поля, и вскоре самолет сделал посадку в Швейцарии. Еще несколько часов лету — статуя Свободы под крылом, — и самолет приземляется на взлетную полосу в аэропорту под Вашингтоном.

Муторное ожидание на таможне, получение багажа — в одном из саквояжей аккуратно сложенный драгоценный фрак, — и пожалуйста, их встречают, проводят к ожидающему автобусу на мягком ходу... И уже бегут мимо окна жаркие американские пейзажи.

Город Вашингтон поразил Мамеда обилием негров. Негров Мамед видел и раньше, но чтобы так, на каждом углу, словно в Москве — нищие... Негры были все веселые, многие — в ярких лохмотьях; сопровождающий предупредил Мамеда, что здесь их нельзя называть — «ниггер», нужно говорить — афроамериканцы. Предупредил он также, что вечером на улицу выходить небезопасно, особенно в последнее время, так как недавно происходили какие-то волнения. Мамед только удивлялся, поднимая брови. Он знал, что раньше здесь белые держали в страхе черных. А теперь — черные держат в страхе белых... Словно шахматная партия, усмехнулся он. Даже испытал к неграм некоторую симпатию — ему всегда больше нравились победители.

В коридорах и номерах гостиницы приятно пахло, окна и кровати были большие, потолки высокие. Мамед, хоть имел достаточно денег, не привык жить в роскоши — жизнь вокруг была не та, условия всегда были суровые, походные, а мужчина что, он на такие мелочи обращать внимания не должен... А как, однако, приятно бывает вот так откинуться на кресло, покурить, смешать себе чего из бара... Так бы жил и горя не знал.

В ванной Мамеда тронули одноразовые пакетики с шампунем и мылом, и лишние он убрал себе в чемодан. Из окна номера открывался вид на пыльную улицу с горящей над зданиями неоновой рекламой, под окном рос экзотический куст с мясистыми блестящими листьями, а по телевизору крутили много передач на разных языках и предлагали эротику.

Совсем другой город, другой мир...

23

И опять у меня появилось обманчивое ощущение, что дело фактически закончилось. Магомадов наконец отпущен на свободу, хоть и до суда; чеченцы, державшие меня в мерзком подвале, арестованы.

Единственное, что меня смущало, это то, что Бараев улетел в Америку и до него теперь сложнее добраться, но, в конце концов, это дело уже не входило в мою компетенцию. Проблема оставалась только одна — вернуть документы, которые похитили у меня бараевские бандиты. И проблема эта была чертовски актуальна — без них строить защиту мне было не на чем.

Такие вполне оптимистичные размышления приходили мне в голову, пока я ехал по Тверской, направляясь к себе домой. Все равно я не мог ничего предпринять, пока Турецкий не достанет ордер на обыск. Кроме того, я настолько вымотался за последнее время, что хотя бы пара часов отдыха была мне необходима как воздух. Тут я вспомнил, что до сих пор не объявилась Юлия — я так и не видел ее с тех пор, как она пошла в тот злополучный день за хлебом. Да, прямо анекдот какой-то. С одной стороны, конечно, ей повезло, что ее не оказалось в тот момент, когда нагрянули омоновцы, а с другой — представляю себе, что она подумала, когда вернулась в разгромленную квартиру. Наверняка решила, что это пришли за ней. Да, придется заодно попросить Турецкого, чтобы он по своим каналам как-то разузнал, что там случилось с ее фирмой.

Словно услышав мои мысли, зазвонил мобильник — конечно же на проводе был Турецкий.

— Ну что, военнопленный, — начал разговор он, — какие соображения?

— Надо бы обыскать квартиру Бараева, Александр Борисович.

— М-м! Какие у тебя умные водятся мысли в голове, оказывается. Как я сразу этого не заметил? — пошутил он.

— Ну дык, — в тон ему ответил я с гордостью, — выращиваю их каждый вечер, подкармливаю. Вот и заводятся. А если серьезно — я, конечно, не слишком рассчитываю, что Бараев документы оставил здесь. Он все-таки не дурак.

— Да у тебя в голове просто мыслевыводитель стоит какой-то, — никак не хотел переходить к делу Турецкий.

— Александр Борисович! — взмолился я.

— Ладно-ладно, прекращаю, — смилостивился Турецкий. — Заезжай за мной на своей роскошной тачке, я как раз ордер на обыск на руки получу. А то моя машинка с сегодняшнего дня ездить отказалась.

— Уже еду! — Эх, не придется мне, видно, сегодня отдохнуть. Ну да ладно, как говорится, взялся за гуж — полезай в кузов, а назвался груздем — не говори, что не дюж. И наоборот. Короче, дела надо доделывать до конца.

И пока я обо всем этом размышлял, сзади в меня вписался зеленый «жигуленок». Ну везет же, однако! Скрипя зубами от сдерживаемой злости, я вылез из машины. Водитель «копейки» уже был снаружи, весь белый от страха, а может быть, от рождения.

— Что ж ты подставляешься? — сразу начал наезжать на меня.

— Что, лучшая защита — это нападение? Я, между прочим, опаздываю, и подставляться мне нет никакого резона.

— Ага, — обрадовался водитель, — значит, ментов звать не будем. Ну я ж говорю — подставляешься! Бабок хочешь с меня взять, да? А вот не выйдет! Ментов будем ждать, так вот!

Больной какой-то. Ладно бы, я действительно подставлялся, стоило бы тогда дожидаться гаишников. А так — когда сам виноват, да к тому же в любом случае трудно будет доказать мою вину. Чокнутый, одно слово. Я пожал плечами и достал мобильник:

— Александр Борисович, это Гордеев. Тут некий гражданин мне зад помял, так что я задержусь.

— Как интересно! — воскликнула трубка голосом Турецкого. — Только штаны помял или еще что?

Определенно у него сегодня плохое настроение. Вечно он в плохом настроении вот так вот гадко шутить начинает.

— Еще что, — ответил я хмуро. — Сам помял, а теперь ментов вызывает.

— У-у, — протянул Турецкий. — Тогда это надолго. Слушай, может, мы без тебя управимся?

— Нет уж, вы меня дождитесь, пожалуйста, — попросил я.

— Ладно-ладно, шучу. Дождемся, конечно. В конце концов, ты у нас сегодня звезда телеэкрана, — Турецкий усмехнулся и добавил: — Хоть и с помятым задом.

— Ну и шуточки у вас, Александр Борисович, — попенял я.

— А что, мне нравится. Ладно, до связи. — Турецкий отключился.

Пока ждали прибытия патруля, прошло не меньше получаса. Я тем временем позвонил домой — не объявилась ли там Юлия. К телефону никто не подходил. Вот черт! Совсем забыл сказать Турецкому, чтобы он попробовал в этом деле разобраться. Тем более что у него явно время есть, раз он шутки шутит. Звонить в третий раз не хочется — опять начнет подкалывать. Ладно, при встрече расскажу.

Приехавшие долго удивлялись, почему виноватый водитель «копейки» сам настоял на официальном оформлении. Их, конечно, это насторожило, и «расследование» несколько затянулось. В результате все, естественно, решилось в мою пользу, но еще один драгоценный час был безвозвратно утерян.

Так что, когда я доехал наконец до Турецкого, шел уже шестой час. По дороге до квартиры Бараева я рассказал ему свою историю с Юлией.

— Чего-то ты со своей новой машиной вечно влипаешь в истории. Может, ее у тебя того... сглазили? — Турецкий оглядел салон моей «БМВ», словно пытаясь проверить свою догадку.

Я пожал плечами.

— Хорошо, — продолжал Турецкий уже нормальным тоном, — посмотрю я, что там с твоей долговязой красавицей.

— Спасибо.

— Пока не за что.

Московская квартира Бараева располагалась на Кутузовском проспекте. Квартира была, надо сказать, впечатляющая, даже с черным входом, а вернее, пожалуй, выходом. Очень удобно, должно быть. Обстановочка в квартире тоже соответствовала рангу проживавшего в ней. Но хлопот от этого только прибавилось — одно дело обыскать однокомнатную клетушку с одной кроватью, а другое — искать тоненькую папочку с бумагами в этаких апартаментах. Но ничего, глаза страшатся — руки делают. К ночи в квартире не осталось ни одного неизведанного закоулка. Чернокозовских протоколов, однако, в квартире не нашлось. Как я и предполагал, впрочем. Так что я не слишком расстроился.

— Счастливчик ты, Гордеев, — заметил Турецкий, пока мы спускались по лестнице.

— Почему? — не понял я.

— Что, мыслевыводитель испортился? Придется тебе теперь ехать за Бараевым в Штаты.

— Да, — вздохнул я. — Похоже на то.

— А чего ты вздыхаешь-то?

— Да как-то не тянет меня в Америку! Мне больше Европа нравится.

— Жируешь, однако. Не тянет его в Америку! Ничего, зато обстановку сменишь. Развеешься.

— И потом, как-то надо еще Бараева убедить отдать мне документы.

— Что-то с тобой случилось, Гордеев. Сам на себя не похож. Ты не заболел, часом?

Сказать по правде, на самом-то деле меня очень беспокоила судьба Юлии. Я не хотел уезжать, не выяснив, что с ней случилось. Это, конечно, тоже не слишком было похоже на меня, — видно, все-таки действительно люди с возрастом меняются.

Турецкий все же умудрился догадаться, что меня удерживает.

— А, за «космонавтку», что ли, свою беспокоишься?

Я, конечно, все отрицал.

— Не бойся, найдем мы твою Юлию Гагарину. И сохраним в лучшем виде до твоего приезда. Стар ты, однако, становишься, Гордеев, остепеняешься.

— Я не стар, я суперстар, — попытался отшутиться я.

Я довез Турецкого до дома, и мы распрощались.

— Извини, на коньяк не приглашаю, Иришка дома спит уже, наверное, — свет не горит, — на прощание сказал мне Турецкий.

— Ну вот, — обиженным тоном сказал я, — чего ж я вас тогда подвозил?

— Ты все равно за рулем, — утешил меня Александр Борисович.

Да, я забыл, какой меня дома ждет разгром. Отдохнуть придется не скоро. Хотя фиг с ним, с разгромом. Завтра, все завтра. Жаль только, что тот порядок, который едва успела навести Юлия, был не оценен бандитами. Я взглянул на часы. Начало второго, однако! Да, тревожить Елену по поводу моей предстоящей поездки в Штаты придется завтра. То-то она обрадуется поутру. Ладно, хоть поспит спокойно.

На следующий день Елена позвонила сама. Разбудив меня в девять утра, замечу! Проклиная на чем свет стоит телефон и его изобретателей, я взял трубку:

— Гордеев слушает!

— Я вас разбудила? Извините. Я вам вчера весь вечер домой звонила, а вас не было.

— А на мобильный почему не позвонили? — спросил я строго.

— А у меня нет вашего номера, — ответила она растерянно.

— Что, серьезно? Немедленно записывайте! — Я продиктовал номер своего мобильного.

— Я хотела вас спросить, как продвигается дело. Оно же не закрыто?

— К сожалению, нет. Я, кстати, тоже собирался вам звонить. У меня не очень приятная новость... — Я сделал паузу. — Дело в том, что Бараев забрал с собой доказательства, которые я нашел в Чечне. Вчера обыскивали его квартиру, но там ничего не нашли.

— Совсем ничего?

— Ну, я имею в виду из интересующих нас бумаг. Так что придется ехать за ним в США.

Как ни странно, Елена не очень расстроилась.

— Примерно этого я и ожидала, — сказала она. — Сколько вам надо денег?

— Я думаю, долларов восемьсот хватит. На дорогу и проживание там.

— Что ж, хорошо. Где и когда вы сможете со мной встретиться?

Условились опять у Грибоедова через пару часов.

Предстояло еще сделать визу. Хорошо, что США чуть ли не единственная страна, которая дает право на въезд в течение одного дня. Все, что им нужно из документов, — это действительный загранпаспорт и анкета, которая заполняется прямо в посольстве. Хотя неофициально считается, что с собой надо набрать максимальное количество бумажек, подтверждающих, что ты не намерен оставаться навсегда в их хваленой стране. А потому я заехал к себе на работу за бумажкой, подтверждающей, что я здесь работаю. Ну а заодно и действительно поработать — что-то мне в последнее время было не до приема посетителей. Все равно в посольство идти сегодня уже поздно.

На следующий день, особенно тщательно побрившись, я с самого утра отправился в американское посольство. Человек, проводивший собеседование, был неплохо настроен по отношению ко мне. Так что через пару часов после приема я уже имел на руках американскую визу. Я отогнал машину на стоянку и поехал на такси в Шереметьево-2: билет на самолет Москва — Вашингтон я заказал еще вчера вечером.

Когда я сидел в мягком кресле салона самолета, ожидая взлета, зазвонил мой мобильный.

— Ты еще не в Штатах? — спросил меня Турецкий.

— Почти, — ответил я. — Как раз вылетаю.

— Завидую, я бы тоже слетал на пару дней. Нашлась твоя Юлия, кстати, радуйся.

— Где она?

— Дома. У мамы с папой под крылышком. До самого суда. Вроде ничто ей не угрожает, убийцы действительно оказались наркоманами. Так что искать ее никто не ищет. Ну кроме нас с тобой, как обычно.

— Ладно, спасибо, Александр Борисович.

Забегая вперед, скажу, что после суда Юлия вновь уехала к себе на родину, решив, что в Москве она уже явно не приживется. Жаль, конечно.

Зато в самолете я наконец смог хорошенько выспаться. Уже на исходе восьмого часа полета я проснулся бодреньким, но с ужасной зубной болью, которая началась, как только самолет пошел на посадку. Вот черт, только этого мне не хватало! И лететь к стоматологу далековато. А местные, я слышал, берут гораздо дороже. Да, хорош же я буду — с раздувшейся щекой выпрашивающий у Бараева документы.

Едва приземлившись, я бросился искать хоть какую-нибудь аптеку. Тоже проблема — по-английски я, конечно, говорю очень неплохо, но вот разные медицинские названия я даже и в Москве-то вспомнить не могу. Ну да ладно, попросив у продавщицы все, что есть от зубной боли, я наглотался этих таблеток — и спустя полчаса боль заметно утихла.

Я знал, что в Вашингтоне довольно приличное метро, в котором не зазорно ездить нормальным белым людям, так что решил пока сэкономить на такси, а поехать общественным транспортом. Еще неизвестно, сколько здесь придется проторчать.

От аэропорта я доехал до метро на специальном автобусе, который отправляется отсюда каждые пятнадцать минут. А дальше мне предстояло решить проблему — где остановиться. В принципе я не собирался зависать в Вашингтоне надолго, но кто знает, может, я все проверну в этот же вечер, а может, и дня через три. В результате я решил не снимать пока номер в гостинице — благо вещей у меня с собой фактически не было.

Я нашел ближайший телефонный узел и принялся обзванивать по справочнику все лучшие гостиницы города, где мог остановиться Бараев. На это у меня ушло минимум час. Наконец в гостинице «Шератон» мне дали положительный ответ. И даже соединили с его номером, но там никто не подошел к телефону.

Теперь предстояло самое трудное — убедить Бараева отдать документы. У меня даже вновь начал побаливать зуб, но я мысленно на него прикрикнул, и он успокоился.

Бараева я нашел в ресторане все того же отеля, где он веселился вовсю. Я нагло подошел к его столику и заявил, что у меня к нему важное и неотложное дело. Минут десять он упрямился, не желая завершать свое пиршество. Я, однако же, его переупрямил. С кислой физиономией он, в сопровождении свиты, направился к своему номеру. Там он заявил, что ему необходимо срочно помыть руки после жирной пищи, и оставил меня наедине с одним из своих охранников. Я с интересом разглядывал номер, в котором оказался. Надо сказать, он давал фору даже бараевской квартире в Москве. Но жить среди такого великолепия, пожалуй, не слишком уютно.

Наконец я дождался, когда Бараев закончит свой туалет и обратит внимание на меня. Спешить мне уже, собственно, было некуда — я знал, что смогу припереть Бараева к стенке в любой момент и он вынужден будет сделать то, что мне нужно. Потому я и не обижался, что он заставил меня так долго ждать. Хочет показать себя хозяином положения — что ж, пусть повыпендривается, недолго ему осталось. Я же был абсолютно спокоен. Потому и молчал, внимательно разглядывая бывшего полевого командира, а ныне представителя Министерства иностранных дел Ичкерии. Хотя на полевого командира он все-таки был похож гораздо больше.

Бараев, похоже, правильно оценил мое спокойствие и слегка занервничал. Впрочем, настолько слегка, что если бы я этого не ожидал, то и не заметил бы, пожалуй. Все-таки психология — великая наука. Почти такая же великая, как юриспруденция. Для непосвященного сплошная путаница на пустом месте, а стоит хоть немного вникнуть — и горизонты открываются, выражаясь современным русским языком, немереные.

Наконец полевой командир не выдержал. Позвал кого-то из своей свиты:

— Кофе нам принеси! — Взглянул на меня: — Может, желаете коньячку?

Я, разумеется, желал.

— «Реми Мартен» у вас есть? — может, и не слишком вежливо поинтересовался я.

— Должен быть. Зря вы изъявили желание уйти из ресторана — там бы и продолжили беседу, — обратился он ко мне вкрадчиво. — И «Реми Мартен» там есть безусловно.

— Я уже объяснил вам причины, по которым мы не могли там разговаривать, — сухо ответил я. — Это

331

слишком конфиденциальные вещи. И это, между прочим, скорее в ваших интересах, чем в моих.

— Я и без вас знаю свои интересы, — вдруг разозлился Бараев. От его напускной вежливости и вкрадчивости не осталось и следа. — И мне пока отлично удавалось их блюсти.

Разозлился — это хорошо. Значит, точно нервничает.

— Давайте выкладывайте, что там у вас. Вы и так уже испортили мне вечер.

— Исключительно из желания не испортить вам весь завтрашний день, — ухмыльнулся я. Я вел себя нагло и развязно — даже сам себе удивлялся. Но, похоже, взял правильный тон, — во всяком случае, Бараев насторожился.

В это время принесли кофе.

— Что вы имеете в виду? — спросил бывший полевой командир, как только мы вновь остались одни.

— Послушайте, — сказал я нетерпеливо, — что вы все прикидываетесь? Вы отлично знаете, кто я такой и зачем к вам пришел. Официальное лицо вы будете изображать из себя завтра, на приеме в Госдепартаменте. Там сможете разговаривать светским тоном сколько вам заблагорассудится. В конце концов, мне надоело смотреть, как все вы — начиная с Ковалева и Марченко — строите из себя невинных младенцев, агнцев Божьих. Как будто все вы здесь ни при чем, трудитесь на благо Отечества и жизнь и честь свою готовы ради него положить. Вот уж не знаю, у чьих ног вы сложили свою честь...

— Хватит! — оборвал мою обличительную тираду Бараев. — Уймите ваше словесное недержание.

Я, впрочем, и сам уже чувствовал, что гоню околесицу, но остановиться никак не мог. Бывает со мной такое, к счастью, редко.

— Объясните наконец толком, что вам от меня нужно. Я, может, и знаю, кто вы такой, но мысли читать еще не научился.

— Ну хорошо, — сказал я, развалясь на диване. — Раз уж вы такой недогадливый, я объясню. Только странно, почему вы догадались стащить у меня документы, а вот вернуть их никак не догадываетесь. Воровать нехорошо. — Я встал, подошел к креслу, где сидел Бараев, и еще раз повторил: — Нехорошо воровать, — я даже погрозил пальцем возле его носа. Я понимал, что зарываюсь, но кожей чувствовал свою абсолютную безопасность и неприкосновенность. — Еще нехорошо убивать. Нехорошо лгать, — продолжал я читать нотации. Бараев взмок от напряжения. — Все это смертные грехи. Хоть вы и не христианин, но думаю, у вас в Коране тоже имеется что-то вроде этого. А особенно нехорошо лгать в Госдепартаменте США. В России это, может, и сойдет вам с рук, к сожалению. Но в свободной Американской стране уже вряд ли.

— Что вам от меня нужно? — холодно спросил опять Бараев.

333

— Мне нужны документы, которые вы у меня сперли. До-ку-мен-ты, — повторил я по слогам. — Протоколы допросов в Чернокозове. Которые я добывал с риском для собственной жизни, потому что ваши земляки и единоверцы никак не могут расстаться с детством и все играют в войнушку.

— Вы сами отлично знаете, что это выгодно правительству, — заметил Бараев.

— Ладно, допустим, — успокоился наконец я. — Бог с ними, с боевиками и правительством. Мне в общем-то нет дела ни до тех, ни до других. Но я выполняю свою работу. И для этой работы мне нужны протоколы допросов Магомадова.

— Мне они тоже нужны, — хрипло возразил Бараев. — Гораздо больше, чем вам.

— Для обеспечения своей безопасности, не так ли? — уточнил я. — Думаю, для обеспечения вашей безопасности вам нужно нечто другое. В конце концов, у меня есть копии этих документов, и, если очень понадобится, я могу обойтись без них. — Тут я, конечно, немного блефовал. — Но мне будет спокойнее, если эти документы у меня тоже будут. А если вы не отдадите их, у меня не останется выбора, не забывайте, что у нас есть свидетель, который был в курсе очень многих ваших дел. И не думаю, что Магомадову очень захочется вас выгораживать, после того как по вашему приказу его чуть не убили в тюрьме.

Бараев вздрогнул. Неужели он не знал, что Магомадов остался жив после покушения в камере?

— Какой резон мне **отдавать** вам лишние доказательства? — спросил Бараев после долгого молчания.

— Если вы оставите их у себя, они вам не помогут. В этом случае я сделаю все, чтобы стало известно, кто вы на самом деле, — а я могу сделать очень многое, как вы уже должны были понять. Если же вы отдадите документы, я пообещаю вам, что не стану больше вмешиваться в ваши дела.

— Почему я должен вам верить?

— Потому что вам больше ничего не остается. У вас нет выбора. — Я видел, что Бараев уже сдался. И оказался прав.

— Хорошо, подождите здесь.

Бараев скрылся у себя в кабинете. Спустя несколько минут он вернулся со столь хорошо знакомой мне папкой.

— Вы действительно обещаете, что не дадите им огласки? — медлил он.

— Обещаю, — ответил я, забирая документы.

Едва выйдя из гостиницы, я расхохотался так, что удивленные швейцары заглядывались на меня. Стоило мне вспомнить все свои обличительные монологи перед Бараевым и его изумленное лицо, как начинался новый припадок смеха. Тоже мне Чацкий в доме Фамусовых!

Крепко сжимая папку в руках, я поймал такси и поехал в аэропорт. Больше дел в Вашингтоне у меня не было. Дело Аслана Магомадова можно считать законченным.

Эпилог

С раннего утра, собравшись, как на парад, Мамед сперва вышел прогуляться, с тем чтобы к назначенному времени быть у Госдепартамента. Осмотрел издалека Капитолий, похожий на белую черепаху, прошелся мимо Белого дома — на лужайке перед ним прыгали белки, заборчик был невысок, прохожие подходили вплотную и смотрели — никто их не прогонял. Мамед только подивился, как слабо охраняется главное здание в государстве. Хотя, наверное, лужайка-то все же под прицелом... Демократия, одним словом. Народная вольница.

Хрустел под ногами гравий, было очень чисто. Прогуливались полисмены — наблюдали за порядком. Вроде наших постовых... Люди, попадавшиеся Мамеду и его телохранителям навстречу, были одеты пестро и свободно — казалось, их не стесняли ни лишние килограммы, ни кривые ноги, ни большие животы.

Прогулочным шагом подошли они к зданию Госдепартамента — большому, из белого камня, как и практически все в этом городе. Мамед поправил костюм, пригладил волосы, строго взглянул через плечо на телохранителей — достойно ли они выглядят.

— Главное, — сказал он, — чтобы они не думали, будто мы им чем-то обязаны. Помните — мы здесь главные, и мы пришли, чтобы взять от них все, что нам нужно.

Сказав эту краткую напутственную речь, Мамед бодрым шагом двинулся к зданию. Однако на входе их остановил охранник — тоже, кстати, негр, здоровенный, и бегло заговорил по-английски. Мамед напряг память и извлек из себя несколько оставшихся после института фраз:

— Мне назначена встреча с главой Госдепартамента... Я официальный представитель Ичкерии, Мамед Бараев, посол, вы понимете? Куда мне пройти?

Охранник подумал, сказал:

— О'кей.

И попросил подождать внизу. Он звонил по телефону, куда-то ходил, говорил вполголоса с другими охранниками, стреляя глазами в сторону Бараева, и наконец, сообщил:

— Я очень сожалею, господин Бараев, но господин глава департамента Уиллис не может вас принять.

— То есть как? — не понял еще Бараев, но на скулах у него проступили два красных пятна — ни разу еще за всю свою долгую и славную жизнь полевой командир не оказывался в положении просителя, да еще на виду у собственных подчиненных.

— Я сожалею, — повторил негр и сделал рукой такой жест, словно собирался взять Бараева за плечо и вытолкать на улицу, — встреча отменена; вам нельзя здесь находиться, пожалуйста... Покиньте помещение.

Кипя от унижения, Бараев, пошатываясь, вышел на улицу и рванул тесный воротничок рубашки, мешающий ему дышать. Бешеными глазами он обвел своих подчиненных — не смеется ли кто, — но лица их были, как обычно, тупы и равнодушны. Немного успокоившись, Бараев широкими шагами пошел по улице, на ходу стаскивая с себя дурацкий фрак, бросил его на землю, Ахмат поднял, не зная, что делать, и понес за ним.

— Брось, — сказал ему, повернувшись, Мамед. Ясно одно: он стал жертвой провокации, политической интриги... Что все это значит — он еще не понимал, вернее, не хотел понимать. Ему казалось, что он может еще что-то предпринять и вот-вот ему принесут извинения и все пойдет по плану. И тут вдруг Мамед у дороги увидел киоск с газетами и в газетах — свое лицо, свою давнюю фотографию, еще когда он был полевым командиром, неизвестно, кем и как сделанную, — знал бы, зарезал... А рядом — фотографию себя нынешнего, облеченного властью и достоинством.

Не веря своим глазам, Мамед шагнул к киоску и купил газету. «Убийца — депутат», гласили сенсационные заголовки, «Московский адвокат раскрывает дело...», «Москва требует выдачи палача», «Интерпол идет по следу»... Сдал, сволочь, подумал Бараев с удивлением, вот гад, если выберусь из этой передряги — горло перегрызу!

На плечо Бараеву легла чья-то рука. Оглянувшись, он увидел глядящего на него полицейского.

— Мистер Бараве? — спросил тот, коверкая фамилию. — Вы арестованы.

Телохранители отступали, лелея надежду затеряться в толпе. И тут Мамеду кровь ударила в голову, это было их знаменитое, родовое, священная ярость воина Аллаха... Придя в себя, он увидел полицейско-

338

го на земле в луже крови, себя — убегающим с оружием в руках, которое он, собственно, и отнял у поверженного врага. Хотел было, убегая, шмальнуть в предателей, особенно в Джамиля, но передумал — некогда, и патроны жалко. В схватке с иноземным блюстителем порядка Мамед получил небольшое ранение — так, пустяк, царапина на шее, но она кровоточила, и из-за нее он мог быть заметен на улице.

И началась погоня. Не сразу: немного еще дали ему погулять, словно забавляясь, отпустили на длинный поводок... Самая забавная игра, которая горячит и разгоняет кровь, — человеческая охота; в былые времена Мамед сам с удовольствием принимал в ней участие, но всегда в качестве охотника, а не жертвы. Что ж, попробовать в этой жизни нужно все...

С утра в полиции в Вашингтоне царила суматоха. Ознакомившись с доказательствами, предъявленными Москвой, сотрудники Интерпола связались с местной полицией, дав наводку на Мамеда Бараева. Сами они, конечно, не имели права действовать в суверенной стране — но глава полиции решил, что правильнее будет помочь Москве арестовать преступника, тем более что за ним числились тяжелые преступления против человечности. В данной ситуации и Госдепартамент США попадал в глупое положение — так как они сами пригласили к себе преступника. И так свободная пресса подняла шум... Если же Америка не могла бы его выдать... Короче, действовать приходилось быстро и оперативно, открещиваясь от своего участия в делах Чечни и полностью свалив все на бесчестность Бараева, обманувшего доверчивых политиков.

Однако для организации облавы нужно было некоторое время. В отеле Бараев с утра отсутствовал, потому требовалось стянуть силы полиции вокруг района Госдепартамента. Пока же фотография Бараева была разослана патрульным. Но к тому времени, когда наряд был стянут к зданию, Бараев уже успел уйти — трусливые политиканы даже не пустили его внутрь, хотя могли бы помочь в задержании... Умыли, видите ли, руки. Более того, Бараев ранил сотрудника полиции и был теперь вооружен... Пахло немыслимым скандалом. Преступника необходимо было брать, причем не обязательно живым — даже наоборот, при малейшем сопротивлении гораздо проще было его пристрелить — и тем считать инцидент исчерпанным.

Жертвы всегда делают одну ошибку — они начинают метаться. Надо взять себя в руки и действовать хладнокровно. Мамед свернул бегом в переулок, домчался до безлюдного тупичка, а потом вышел спокойной походкой, спрятав ствол в штаны, и нырнул в первый попавшийся большой супермаркет. Прохаживаясь там, он дошел до противоположного выхода, а заодно подумал. Прежде всего — транспорт. Не на своих же двоих от них удирать...

Прямо на стоянке Мамед машину брать не стал — охранник присматривал, — а пошел искать вдоль по улице. Вот какая-то дамочка оставила свою машину ненадолго — зашла в аптеку. Мамед разбил боковое стекло, зубами зачистил провода — и через минуту уже несся по трассе, пытаясь приноровиться к автомобилю и местным правилам.

Вот что было плохо — играть приходилось на территории противника, его фигурами. Он же ничего тут, будь проклят этот город, не знает!

Стараясь ничего не нарушить, он ехал по незнакомым улицам, сворачивал, перестраивался из ряда в ряд... И тут была ему дарована последняя милость Аллаха — впереди замаячил выезд из города. Добраться до аэропорта, прикидывал Мамед, угнать самолет? Но тут взвыла сирена, и полицейский, выйдя из машины, стоящей у обочины, замахал в его сторону палочкой: мол, документы давай! Прямо как на дорогах Подмосковья...

Мамед взглянул, сколько у барышни бензина, — выходило, что немного. Полицейский подошел к машине, наклонился к открытому окну, что-то сказал, но тут Мамед, схватив его за горло, молниеносно распахнул дверцу и упер ему в бок дуло пистолета так быстро, что тот не успел среагировать. Мамед повел его к полицейской машине, и тот, повинуясь движению пистолета, сел за руль, косясь на Бараева.

— Давай, — сказал он, — поезжай!

Полицейский завел машину и осторожно двинулся с места, поглядывая на Бараева. Мамед размышлял. Куда они ехали? В аэропорт-то, пожалуй, сложновато будет... Если б я был не один, подумал он с горечью, так пробились бы...

Рация в машине полицейского непрерывно что-то говорила, но Мамед так и не смог разобрать что — не хватало познаний в английском, тем более через такие помехи... Слов он почти не узнавал.

— Что они говорят? — спросил он у полицейского. Это он неправильно сделал, не надо было признаваться, что он чего-то не понимает...

— Спрашивают, все ли у меня в порядке, — ответил полицейский.

— Скажи, что да, — качнул пистолетом Бараев.

Полицейский пробормотал в рацию, что все в порядке, он отходил проверять документы у владельца машины с подозрительными номерами.

— У вас есть бедный квартал? — спросил Бараев.

— Бедный квартал? — удивился полицейский.

— Там, где живут китайцы, арабы?.. — раздраженно пояснил Мамед.

— Да... — подумав, сказал полицейский, а потом добавил с интересом: — Вы араб?

Идиот, подумал Мамед.

— Поезжай туда! — приказал он и откинулся на спинку.

Полицейский послушно развернул машину. Через какое-то время показались низкие дома, узкие улочки... Мамед почувствовал себя лучше.

— Останови тут! — сказал он, увидев подходящий со стратегической точки зрения дом.

Выйдя из машины, он заставил полицейского выйти следом, подошел сзади, захватил его рукой за шею и, приставив к затылку копа пистолет, подтолкнул его по направлению к дому. Дверь дома он распахнул, изо всех сил двинув по ней ногой, — дверь открылась легко, так как была тонкая, почти картонная.

Внутри его встретили криками обитатели дома — то ли арабы, то ли индусы — две женщины, старая и молодая, пара грязных ребятишек. Мамед поднял пистолет в воздух.

— Скажи им, — прошептал он на ухо полицейскому, — что я им ничего не сделаю, если они будут вести себя тихо. Мы скоро уйдем. Пусть все пойдут на кухню. Скажи, чтобы женщина принесла мне попить, поесть и бинты.

Загнав обитателей дома на кухню, Мамед проверил, нет ли из нее другого выхода, потом оборвал телефонные провода, а сам вместе с заложником остался в комнате.

— Тебя как звать? — спросил он у заложника.

— Боб...

— Понятно... Боб, сейчас мы отдохнем, а потом ты поможешь мне выбраться... Мне нужно одно — добраться до чеченской диаспоры где-то здесь, за границей. Ты меня понял? Никто не пострадает, все останутся живы. У тебя семья есть?

Боб мотал головой:

— Зря ты... Зря. Тебе надо сдаться. Полиция все равно найдет тебя. Нельзя брать заложников. Нельзя оказывать сопротивление...

— Ты поучи меня еще, что мне делать! — прикрикнул Мамед, осердившись.

Вошла женщина, принесла воды, перевязочные средства, бутерброды.

Когда Мамед, поев, перевязывал себе шею, положив пистолет рядом с собой и внимательно поглядывая на полицейского, за окном завыли сирены и потом голос, усиленный громкоговорителем, что-то скомандовал по-английски. Мамед все понял. Он вскочил на ноги, затравленно озираясь.

— Как они нашли? — спросил он, одновременно выглядывая под прикрытием занавесок во двор. С тоской увидел там ряды касок и блестящих щитов.

— Я тебе говорил, — поднял голову Боб, — зря ты это затеял.

Мамед, холодно посмотрев на него, поднял пистолет.

— Не надо! — закричал Боб, закрываясь руками, но Мамед все-таки выстрелил. Просто со зла, так как выгоды в этом убийстве для него никакой не было. Просто так хотелось остаться одному, в тишине...

Он еще раз выглянул осторожно, оценивая силы противника. Нет, даже с заложниками прорываться бесполезно... Далеко не уйдешь...

Насторожившиеся после выстрела полицейские заняли позиции, послышались резкие команды — начинался штурм дома.

Мамед отошел в дальний угол, сел в кресло. Вздохнув, приставил пистолет к виску. Послышался треск взламываемой двери...

Незнанский Ф.Е.

Н44   Чеченский след: Роман /Ф.Е. Незнанский. — М.: ООО «Издательство АСТ»: ООО «Агентство «КРПА «Олимп», 2002. — 344 с. — (Господин адвокат).

ISBN 5-17-011446-Х («Издательство АСТ»)
ISBN 5-7390-1127-2 («Олимп»)

Это — новое дело «господина адвоката».

Дело, одновременно и самое простое, и самое сложное за всю его карьеру.

Казалось бы, чего проще — доказать невиновность АБСОЛЮТНО ЧЕСТНОГО человека, оказавшегося в тюрьме по явно ложному обвинению?

Но... КАК доказать невиновность чеченца, против которого — буквально все возможные и невозможные улики в террористической деятельности? Как заниматься делом, в котором против слова обвиняемого — десятки свидетельских показаний?

«Господин адвокат» ЗНАЕТ, ЧУВСТВУЕТ — его подзащитного попросту тонко подставили. Но — кто и почему? Слишком много вопросов — и слишком мало времени, чтобы найти ответы на них...

УДК 821.161.1-312.4
ББК 84(2Рос=Рус)6-44

Литературно-художественное издание

Незнанский Фридрих Евсеевич

Чеченский след

Редактор *В. Вучетич*
Художественный редактор *О. Адаскина*
Технический редактор *Н. Сидорова*
Компьютерный дизайн: *И. Герцев*
Корректор *Г. Иванова*

Общероссийский классификатор продукции
ОК-005-93, том 2; 953000 — книги, брошюры

Гигиеническое заключение
№ 77.99.14.953.П.12850.7.00 от 14.07.2000 г.

ООО «Издательство АСТ»
Лицензия ИД № 02694 от 30.08.2000 г.
674460, Читинская область, Агинский район,
п. Агинское, ул. Базара Ринчино, д. 84
Наши электронные адреса:
WWW.AST.RU E-mail: astpub@aha.ru

ООО «Агентство «КРПА «Олимп»
Изд. лиц. ЛР № 070190 от 25.10.96.
121151, Москва, а/я 92
E-mail: olimpus@dol. ru

При участии ООО «Харвест». Лицензия ЛВ № 32 от
10.01.2001. 220040, Минск, ул. М. Богдановича, 155-1204.

Налоговая льгота — Общегосударственный
классификатор Республики Беларусь
ОКРБ 007-98, ч. 1; 22.11.20.300.

Республиканское унитарное предприятие
«Полиграфический комбинат имени Я. Коласа».
220600, Минск, ул. Красная, 23.

Читайте захватывающие бестселлеры Сидни Шелдона, вышедшие в издательстве АСТ!

«Гнев ангелов»
«Мельницы богов»
«Если наступит завтра»
«Пески времени»
«Узы крови»
«Звезды сияют с небес»
«Сорвать маску»
«Интриганка»
«Незнакомец в зеркале»
«Конец света»
«Оборотная сторона полуночи»
«Полночные воспоминания»
«Ничто не вечно»
«Утро, день, ночь»
«Тонкий расчет»
«Расколотые сны»